RUDI KOST

Dillinger sieht Gespenster

Rudi Kost, 1949 in Stuttgart geboren, ist gelernter Journalist und arbeitet seit langem als freier Autor und Herausgeber. Er hat Hörfunkfeatures und Hörspiele geschrieben, PC-Fachbücher, Reiseführer und vieles mehr. Er lebt bei Schwäbisch Hall, wo auch seine Krimiserie um den Versicherungsvertreter Dillinger spielt.

RUDI KOST

Dillinger sieht Gespenster

Hohenlohe-Krimi

SILBERBURG

Sollte dieses Werk Links auf Webseiten
Dritter enthalten, so machen wir uns
die Inhalte nicht zu eigen und übernehmen
für die Inhalte keine Haftung.

1. Auflage 2018

Umschlaggestaltung:
Christoph Wöhler, Tübingen.
Coverfoto: © Stocksnapper – Shutterstock.
Lektorat: Michael Raffel, Tübingen.
Druck: CPI books, Leck.
Printed in Germany.

ISBN 978-3-8425-2111-7

Ich kam oft hierher. Wenn ich in der Gegend war und die Zeit nicht drängte, stellte ich meinen Porsche ab und schlenderte durchs Freilandmuseum Wackershofen. Neuerdings hatte es mir der Käshof angetan, ich wusste selbst nicht genau, warum. Vielleicht seiner bewegten Geschichte wegen?

Also stapfte ich auch heute den Hügel hoch und trotzte tapfer allen Widrigkeiten.

Ich betrat das mächtige Gebäude über die Außentreppe, die in den ersten Stock führte. Drunter waren die Ställe.

Draußen tobte der März. Aus dem Nieselregen war ein Platzregen geworden, der eklige Wind hatte sich zu einem Stürmchen emporgeschwungen, dass die alten Fensterläden klapperten.

Man nannte das Frühling.

März – das war mal der Monat gewesen, in dem der Bauer die Rösslein anspannte und sich, begleitet von des Frühlings holdem, belebendem Blick, frohgemut hinaus auf seinen Acker begab.

Tempora dingsbums, wie der Lateiner sagt, der ich nicht bin. Eine Erinnerung an längst vergangene Zeiten, wie alles hier im Freilandmuseum. Der Bauer von heute schaute mit sorgenvoller Miene hinaus in das Mistwetter und ließ seinen schweren Traktor im Stall, weil er in den aufgeweichten Äckern versunken wäre.

Ich zog meinen Mantel fröstelnd enger um mich. Was sich Frühling nannte, war heuer wieder mal nichts anderes als die Fortsetzung des Winters unter falschen Vorzeichen. Klimaerwärmung? Am Nordpol vielleicht, doch bis ins Hohenloher Land hatte sie sich noch nicht herumgesprochen.

Wetter! Ich könnte ganz gut ohne auskommen.

Im Haus war es kalt und düster. Es zog wie Hechtsuppe durch alle Ritzen, und davon gab es reichlich in dem Gemäuer. Ich hätte ja Licht machen können mit den altertümlichen Schaltern, aber das fahle Zwielicht kurz vor der Abenddämmerung passte gut zu dem alten Haus. Es erinnerte an die Zeiten, bevor der Strom auf die Dörfer kam. Gleich lugt ein Gespenst um die Ecke und erschreckt mich mit einem Huh!

Anscheinend war ich allein. Wenigstens hörte und sah ich niemanden.

Dafür sah ich etwas anderes.

Mitten auf dem Tisch in der ehemaligen Wohnstube.

DAS DING.

Ich starrte darauf, unfähig, mich zu rühren. Wie das Kaninchen vor dem Kochtopf. Ob das Ding wohl explodierte, wenn ich mich daran zu schaffen machte?

»Hallo? Ist da jemand?«, rief ich.

Kam tatsächlich ein »Nein« zurück? Blödsinn, meine Fantasie spielte mir einen Streich.

Ich ging hinaus in den Flur, stellte mich an die Treppe, die hinauf auf den Dachboden führte, und rief abermals.

Um mich nur Stille.

Im meinem Kopf beharkten sich die Gedanken. Zwar verkündet meine Geschäftspartnerin Sonja, wenn sie mit mir hadert, lauthals die Meinung, ich dächte ohnehin immer nur an das eine, doch das ist eine infame Unterstellung, unverhohlen sexistisch und zudem grottenfalsch. Nein, ich denke nicht immer nur ans Essen. Auch jetzt nicht, obwohl mein Magen knurrte, es war ein langer Tag gewesen. Selbst in einem solcherart geschwächten Zustand war ich in der Lage, mich mit existentiellen Fragen zu befassen.

DAS DING.

Es gab verschiedene Möglichkeiten, die der gesunde Menschenverstand, Anstand und Ritterlichkeit geboten hätten.

Doch ich konnte der Versuchung nicht widerstehen.

Es war eine einmalige Gelegenheit.

Ich war dabei, das letzte Mysterium der Menschheit zu lösen.

Das Geheimnis der Handtasche.

Der Frauenhandtasche wohlgemerkt. Man muss das betonen, seit auch immer mehr Männer mit Handtaschen zu sehen sind. Nicht diese Handgelenkschlenkerer, wie sie früher mal Mode gewesen waren, sondern die richtig großen Oschis, die man über der Schulter trug. War wohl so eine gendermäßige Angleichungsache.

Doch vor mir lag das weibliche Original.

Kein Logo, nur der Markenname klein am Metallschloss. Wenn das Teil echt war, dann war es nicht billig gewesen.

Erste Schlussfolgerung: Die Besitzerin war markenbewusst, hatte Geschmack und Geld.

Und sie war schusselig, vertrottelt oder in Gefahr. Entführt vielleicht von einer Bande krawallostanischer Mädchenhändler?

So eine Handtasche vergisst man nicht einfach so auf dem Esstisch eines alten Bauernhauses.

Etwas stimmte da nicht.

Noch einmal rief ich, nur der Form halber. Das Ergebnis war das gleiche. Die Bande war anscheinend schon über alle Berge.

Vorsichtig öffnete ich die Tasche.

Nichts geschah. Sie explodierte nicht, kein Springteufel kam herausgeschnellt und biss mich in die Nase.

Ich schaute hinein. Eine Ordnung war nicht zu erkennen, deshalb kippte ich den Inhalt kurz entschlossen aus.

Ich weiß, so etwas macht man nicht. Es war unentschuldbar. Die Handtasche einer Frau ist ein Heiligtum.

Aber wenn eine unschuldige Maid um ihr Leben bangen musste? Nicht auszudenken, was die Mädchenhändler mit ihr anstellen mochten!

So einiges polterte auf den Tisch. Ein Ding polterte ganz besonders.

Ich weiß nicht, was genau ich in der Handtasche einer Frau zu finden gehofft hatte. Eine Pistole gehörte definitiv nicht dazu.

Pistole. Knarre. Schießeisen. Ballermann. Bleispritze. Wumme.

Ich kenne mich nicht so gut aus mit diesen Sachen. Ich weiß, dass in Deutschland eine ganze Industrie gut davon lebt, so etwas zu produzieren und zu exportieren, und offenbar ohne schlechtes Gewissen. (Ja, ja, wenn wir's nicht tun, dann die anderen, und weshalb sollen wir uns ein Geschäft entgehen lassen?) Ich weiß auch, dass diese Dinger ziemlichen Lärm machen und hässliche Folgen haben. Pfui! Ich regle Auseinandersetzungen lieber mit einem geschliffenen Dialog oder mit dem Kochlöffel. Und im allerschlimmsten Notfall war bisher immer Sonja mit ihren imposanten Kampfkünsten rechtzeitig zur Stelle gewesen.

Was einem so alles durch den Kopf geht!

Zum Beispiel: Wer war die Frau, der diese Handtasche gehörte? Und vor allem: Wo war sie?

Von irgendwoher meinte ich, ein Geräusch zu hören.

Das musste nichts zu bedeuten haben. Alte Häuser sind immer in Bewegung, Fachwerkhäuser zumal. Sie leben. Sie ächzen und stöhnen und knirschen. Manchmal schreien sie auch, als wären ihnen die Geschichten, die in ihren Mauern eingeschlossen sind, eine Last.

Die ganz banale Erklärung für uns aufgeklärte, mit wissenschaftlichen Erkenntnissen zugedröhnte Menschen des einundzwanzigsten Jahrhunderts ist natürlich, klar, dass das Holz arbeitet. Die Witterungseinflüsse – Kälte, Wärme, Feuchtigkeit – sorgen dafür, dass sich das Holz dehnt und wieder zusammenzieht.

Es war mehr so ein Ächzen, und es klang nicht hölzern.

Trieb da der Käshof-Geist sein Unwesen und wartete auf Besucher, die er erschrecken konnte?

Nicht mit mir, Freundchen! Ich wollte schon lange mal mit einem echten Geist plaudern.

Es war jetzt mehr so ein Stöhnen, und ich konnte nicht genau lokalisieren, woher es kam.

Vielleicht von dem Ofen, der gusseisern und kalt in der Ecke stand? Vielleicht bibberte der Geist und bettelte um ein kleines Feuerchen?

Ich hätte es ihm nicht verdenken können.

In dem alten Käshof gab es keine Wohlfühltemperaturen. Wie es früher gewesen war, von den wenigen Räumen abgesehen, die beheizt werden konnten, und das war immer die Küche und vielleicht auch noch die Wohnstube. Im Rest des Hauses fror man sich einen ab. Der arme Geist musste im Laufe der Jahrhunderte einiges ausgestanden haben.

Können Geister überhaupt frieren?

Jetzt war es mehr so etwas Unbestimmtes, und es kam eindeutig von oben.

Ich ging wieder aus dem Wohnzimmer in den Flur und stieg die Treppe hinauf auf den Dachboden. Hier konnte eigentlich niemand sein, ich hatte vorhin ja mehrmals gerufen.

Die Dämmerung war noch nicht vollständig angebrochen, trotzdem war es schummrig in dem großen Raum. Die wenigen Fenster konnten auch nur den trüben, trostlosen März hereinlassen.

Es war still.

»Na, du Gespenst?«, rief ich in die Stille hinein. »Jetzt hat's dir wohl die Sprache verschlagen!«

Es war mehr so ein Wimmern nun, und es kam von noch weiter oben.

Eine Treppe aus grob behauenen Holzbohlen führte zum zweiten Stock des Dachbodens. Oben war der Zugang durch ein Gatter eher symbolisch verwehrt.

Vorsichtig setzte ich einen Fuß auf die unterste Stufe. Warum vorsichtig? Hier oben war doch niemand. Nicht einmal das Gespenst hatte mir geantwortet.

Ich stieg eine Stufe weiter. Die Bohlen knarzten. Die Treppe sprach mit mir, aber ich verstand nichts.

»Zeige dich, Gespenst«, rief ich, »und kämpfe wie ein Mensch.«

Hätte mich jemand gehört, er hätte mich für total meschugge halten müssen. Aber hier war ja niemand, sagte ich mir ein ums andere Mal. Bis auf das Gespenst natürlich.

Es war still. Kein Ächzen, kein Stöhnen, kein Wimmern. Gar nichts. Der Wind legte zu und ließ irgendwo irgendwas ganz heftig klappern. Schreckhafteren Naturen als ich konnte schon etwas mulmig werden, der Gruselfaktor war eindeutig gestiegen.

Konnte mich das beeindrucken? Nicht im mindesten, mich doch nicht!

Und dann geschah es.

***

Ich wusste nicht, wie lang ich unten an der Treppe im Regen lag, bis ich mühsam wieder auf die Beine kam. Ich wusste nicht, wie ich es zu meinem Auto schaffte. Ich erinnerte mich nur, dass ich mich zwischendurch verfluchte, weil ich mir ausgerechnet das Haus ausgesucht hatte, das am weitesten weg vom Eingang und mithin vom Parkplatz war.

Benommen versuchte ich mir zusammenzureimen, was geschehen war.

Der Käshof. Ein Geräusch. Vielleicht ein Schrei? Der Dachboden. Die Holzbohlentreppe zum zweiten Stock des Dachboden. Ich hatte gerufen, niemand da.

Eine voreilige Schlussfolgerung. Niemand hatte *geantwortet*.

Von dort oben, wo nichts war, kam etwas herabgestürzt und klatschte mir auf den Kopf. Es war nicht der kalte Hauch des Todes, der da nach mir griff, sondern etwas viel Handfesteres. Und Größeres. Und Schwereres. Groß und schwer genug, um mich aus dem Gleichgewicht zu bringen.

Die Treppe hatte nur auf ihrer rechten Seite eine Holzstange als Geländer. Die Stange war mal ein dünnes Bäumchen gewesen, das man aus dem Wald mitgenommen, entastet und entrindet hatte. Viele Hände aus vielen Jahrhunderten hatten die Stange glattgeschliffen.

Ich griff danach, aber ich griff daneben, und das Etwas warf mich von der Treppe und erst ärschlings, dann rücklings auf den Boden. Etwas lastete schwer auf mir.

Und dann kam aus dem Nirgendwo ein Schlag, traf mich irgendwo, und um mich wurde es schwarz.

Als ich wieder zu mir kam, war um mich das Nichts, die vollkommene Leere, so schwarz wie die Nacht. Nun ja, war wohl auch Nacht inzwischen. Über mir war ein Dach, folgerte ich messerscharf, denn ich hörte den Regen trommeln.

Ich versuchte mich zu sortieren. Was war geschehen? Wo war ich? Wer war ich?

Letzteres war eine Frage von so philosophischer Komplexität, dass sie mich eindeutig überforderte. Einem armen Versicherungsvertreter wie mir verursachte das Nachdenken darüber nur Kopfschmerzen. Rasende Kopfschmerzen.

Ich rappelte mich hoch, stöhnend und fluchend. Eine Welle von Schmerz durchflutete meinen Körper. Messerscharf.

Ein Indianer kennt vielleicht keinen Schmerz, aber ich schon. War ich denn Winnetou? Offensichtlich hatte ich eine intensive Begegnung mit Old Schmetterhand gehabt, die er eindeutig zu seinen Gunsten entschieden hatte.

Deduktion, Sherlock Holmes? Ich lebte noch, so halbwegs wenigstens. Also einer von denen, die ich war. Über die anderen von mir ließ ich mich besser nicht aus.

Das Epizentrum meiner Qual lag, soweit ich das feststellen konnte, an meinem linken Hinterkopf, am Hals, an der Schulter, am Arm … eigentlich überall, und es schickte seine Stacheln durch jeden meiner Muskeln. Böse Stacheln. Stacheln mit Widerhaken.

»Arschloch, hinterhältiges!«, schrie ich in die Dunkelheit. Es war nicht anzunehmen, dass mich jemand hörte. Ich konnte mir gefahrlos noch ein paar hübsche Beschimpfungen einfallen lassen, aber mir fehlte die Kraft dazu.

Irgendwo raschelte es.

Nur eine Maus, beruhigte ich mich.

Mein Smartphone protzte auch mit einer Taschenlampe, auf die ich durch Zufall mal gestoßen war. Ich wischte und drückte, mal hier, mal da, stieß auf hochinteressante Funktionen, die mir bisher verborgen geblieben waren, aber die Taschenlampe war nicht darunter. Der Zufall ließ sich nicht wiederholen. Einerlei, der Akku war ohnehin fast leer.

Ja, ja, im Dunkeln ist gut munkeln. Warum fiel mir ausgerechnet jetzt so ein dummer Sinnspruch ein, der in meiner derzeitigen Situation wenig hilfreich war? Hatte der Schlag etwas durcheinandergebracht in meinem Schädel?

Im bläulichen Schein des Displays schaute ich mich um.

Irgendwo hier musste eine Leiche liegen. Ich ging davon aus, dass es eine Leiche war, die aus der Höhe gestürzt war. Jedenfalls wäre es eine gewesen, als sie zu meinen Füßen aufschlug.

Na bitte, ein wenig logisches Denken war noch möglich.

Oder eine Puppe, um mich zu erschrecken. Was eindeutig gelungen war.

Aber um mich war: das Nichts. Keine Leiche, keine Puppe. Nichts außer dem kunstvoll gezimmerten Dachstuhl eines alten Bauernhauses.

Ich sah doch keine Gespenster!

Ich richtete mein Smartphone in die Höhe. Das fahle Licht verlor sich zwischen dem Gebälk.

»Zeige dich, Satan!«, brüllte ich in die Dunkelheit.

So ein bisschen infernalisches Gelächter hätte ich jetzt schon erwartet. Stattdessen: nichts. Selbst die Maus hatte sich anscheinend erschreckt verzogen. Ich würde mich vor mir auch fürchten.

Ich betastete meinen Hinterkopf. Ein Schlag auf den Schädel, und du bist eine Schönheit. Blut spürte ich keines, nur eine Beule. Sehr rücksichtsvoll von meinem Angreifer. Ein Profi, der genau gewusst hatte, wie er den Schlag führen musste? Oder der nicht viel Kraft gehabt hatte? War »der« vielleicht eine »die«? Warum ging ich automatisch davon aus, dass ein Mann mir eines übergezogen hatte? Angesichts der fitnessstudiogestählten jungen Frauen von heute war das ja eine schreckliche sexistische Diskriminierung!

Ich quälte mich die Treppe in den Flur hinunter und schleppte mich in Richtung Wohnstube. Irgendwas war dort gewesen, bloß was? Ich würde mich schon wieder erinnern, wenn ich dort war. Alter Trick: Wenn du etwas vergessen hast, gehe den Weg zurück, den du gekommen bist.

Kaum hatte ich die Stube betreten, ging meinem Smartphone der Saft aus, und ich stand in der stockschwarzen Nacht.

Nein, ich fürchtete mich nicht, nicht im Geringsten. Deduktion, Sherlock Holmes? Wenn ich nichts sehe, sieht auch mich niemand. Nicht einmal der Mensch, der mich niedergeschlagen hatte. Oder das Mensch?

Dennoch kam in mir Panik hoch. Ich hatte jegliche Orientierung verloren, in meinem Kopf war ein ganzes Bergwerk an arbeitswütigen Zwergen am Hämmern und Bohren, ich konnte nicht mehr klar denken.

Ich könnte ja Licht machen, doch dazu müsste ich die Lichtschalter erst einmal finden.

Ich tastete mich mit ausgestreckten Armen voran und stieß mit dem Oberschenkel gegen etwas. Der Tisch? Ich tastete weiter, verruckte etwas mit scharrendem Geräusch. Ein Stuhl? Ein Stuhl. Um den Tisch in der Wohnstube standen Stühle, daran erinnerte ich mich.

Der Tisch. Ich wischte darauf herum, um zur Orientierung eine Kante zu finden. Meine Finger ertasteten etwas. Was? Was war vorhin auf dem Tisch gewesen? Ein Schwindel überfiel mich, ich hielt mich krampfhaft fest, um nicht das Gleichgewicht zu verlieren. Der Anfall ging vorüber. Ich versuchte, mich zu erinnern, wo ich war.

Also der Tisch. Also ganz einfach. Eine Kehrtwendung um 180 Grad, dann geradeaus weiter zur Tür in den Flur. Geradeaus? Oder leicht versetzt nach rechts? Oder links?

Ich weiß nicht, wie ich in den Flur gelangte. Ich war wie in Trance. Ein Teil von mir wollte nur raus aus diesem Haus, ein anderer Teil wollte nur seine Ruhe haben.

Im Flur. Die Eingangstür. Abgeschlossen, natürlich. Und der Museumsaufseher hatte sich nicht vergewissert, ob noch jemand im Haus war. Vielleicht hatte er gerufen und keine Antwort bekommen. Ich konnte nicht, und wer immer mir eins übergezogen hatte, wollte ganz bestimmt nicht.

Mit dem geeigneten Werkzeug und bei Licht wäre es vielleicht möglich gewesen, das alte Schloss zu knacken. Beides hatte ich nicht, ich gehörte nicht mehr zu der Generation, die immer ein Taschenmesser nebst Schnur und Angelhaken in der Hosentasche mitschleppte.

Neben der Eingangstür war ein Fenster. Ich tastete es ab. Bingo! Es ließ sich öffnen. Ich zwängte mich hindurch.

Was ich nicht bedacht hatte: Direkt unter dem Fenster befand sich die Außentreppe.

Ich fiel auf harten Stein und kullerte die Treppe hinunter. Wenn das die Schauspieler bei den Freilichtspielen auf der Großen Treppe vor St. Michael machten, sah das sehr viel eleganter aus. Und sie brüllten auch nicht wie am Spieß vor Schmerz.

Es waren nicht dreiundfünfzig Stufen wie bei der Freitreppe, aber mir reichten sie vollauf. Ich spürte jede einzelne.

Irgendwie kam ich nach Hause, und je größer der Abstand zu Wackershofen wurde, desto verwirrter war ich. War das tatsächlich alles geschehen, oder hatte ich mir das nur eingebildet?

Ich warf mich aufs Bett, wie ich war, mitsamt meinen nassen, verdreckten Kleidern. Wirre Alptraumfetzen überfielen mich, die kein klares Bild ergaben. Ich kämpfte gegen ein Gespenst, das standesgemäß ganz in Weiß gekleidet war. Ich machte einen Ausfallschritt, aber das Gespenst löste sich plötzlich auf und materialisierte sich hinter mir wieder und schlug zu. War das nicht gegen die Regeln? War es nicht so, dass Gespenster nur erschreckten und Schabernack trieben? Ich wollte protestieren, aber ich versank wieder im Dunst der Träume.

***

Am nächsten Morgen, gleich in der Frühe, schleppte ich mich mühsam zum Arzt meines Vertrauens. Der Drache an der Rezeption, Mitte fünfzig mit praktischer grauer Kurzhaarfrisur, hatte keinerlei Mitleid mit meinen Qualen, die ich doch ausdünsten musste wie ein Pennbruder seinen Alkohol, und wollte mir einen Termin ungefähr im nächsten Jahrtausend geben.

»So lange kann ich nicht warten«, sagte ich. »Es ist dringend.«

Ungerührt erwiderte sie: »Das sagen sie alle. Einer nach dem andern. Das Wartezimmer ist voll.«

»Es geht um ein neues Rezept für eine Lammkeule.«

Misstrauisch beäugte sie mich. »Lammkeule? Ich glaube nicht, dass die in unserem Leistungskatalog steht.«

»Kleiner Scherz. Irgendein Problem mit der Versicherung. Er hat's eilig, nicht ich.«

Ihr Misstrauen blieb. Ich wusste, dass mein Charme bei ihr nicht verfing.

Ich schob nach. »Hat was mit einer zusätzlichen Altersversorgung für seine Angestellten zu tun, glaube ich.«

In der Not sind kleine Lügen erlaubt, der Herr würde es vergeben. Vor allem, wenn sie wirken.

Der Doktor saß an seinem Schreibtisch, vor sich eine Tasse mit Kaffee und einen Teller mit Kuchen, und las in einem Buch, das nicht nach Fachbuch aussah.

Ich schaute ihn vorwurfsvoll an. »Du sitzt hier gemütlich an deinem Schreibtisch, und draußen drängeln sich leidende Menschen in deinem Wartezimmer!«

Er biss genussvoll in seinen Kuchen, eine Nussrolle, wie es aussah.

»Ah!«, sagte er genießerisch. »Hat Gerlinde gebacken, die Sprechstundenhilfe mit der Stupsnase. So fängt der Tag gut an! Weißt du, das ist ein alter psychologischer Trick. Kennst du doch selber. Du hockst im Wartezimmer, blätterst in langweiligen Zeitschriften, und je länger du hockst, umso weniger Beschwerden hast du. Ich habe da so eine Theorie. Lass sie drei Tage hocken, und alle sind von alleine wieder gesund.«

»Es gibt auch den umgekehrten Fall«, gab ich zu bedenken. »Du gehst gesund zu deinem Arzt wegen einer harmlosen Vorsorgeuntersuchung und kommst todkrank wieder heraus.«

»Wenn das eine Spitze gegen meinen ehrenwerten Status als Halbgott in Weiß sein soll, dann prallt sie wirkungslos an meinem mit Liebe gepflegten Bauch ab.«

Er strich sich über die Kugel, die sich in seiner Leibesmitte wölbte, und schlürfte genießerisch seinen Kaffee. »Eine ganz seltene Sorte, schwer zu kriegen. Ein Excelsa, der beste von allen.«

»Abgesehen von einem Kopi Luwak.«

»Du meinst den, den die Schleichkatzen ausgeschissen haben? Tja, bloß, wo kriegt man den her? Hast du eine Quelle?«

»Warum frühstückst du eigentlich nicht zu Hause?«

»Zu Hause gibt es nur Müsli. Wegen der Kalorien und der Gesundheit. Meine Frau hat da etwas abseitige Vorstellungen und führt ein strenges Regiment.«

»Und dieses Regiment schließt auch den Drachen in deinem Vorzimmer mit ein? Früher war da eine ausnehmend hübsche und gut gebaute Blondine.«

»Das ist auch ein psychologischer Trick, aber den verrate ich dir nicht, du musst ja nicht alles über meine Ehe wissen. Aber Schluss mit dem Gequatsche, das Wartezimmer ist voll mit bemitleidenswerten Kranken, hast du gesagt, und du Hypochonder drängelst dich vor? Was willst du?«

Ich zeigte ihm meinen Hals und die angeschlossenen Partien. Also den Rest meines Körpers.

Er kniff die Augen zusammen und schüttelte ungläubig den Kopf. »Wie siehst du denn aus? Hat dich eine unbefriedigte Geliebte mit dem Wellholz davongejagt?«

»Mich wollte jemand mit einer Lammkeule erschlagen, weil ich dein Spezialrezept nicht verraten wollte.«

»Schmarrn! Das kennst du doch gar nicht.«

»Da siehst du mal, was du mit deiner Geheimniskrämerei anrichtest. Ich werde fast erschlagen für etwas, das ich gar nicht weiß. Könntest du mir nicht …?«

»Nie im Leben! Das Rezept nehme ich mit ins Grab, Kollateralschäden sind mir egal. Was ist wirklich passiert?«

»Das geht dich nichts an, und du würdest mir sowieso nicht glauben. Ich will nur, dass du das wieder wegmachst, aber pronto, die Schmerzen sind unerträglich.«

»Hast wieder einen Fall am Wickel, Dillinger, was? Nun ja, wer sich in Gefahr begibt, macht sich die Füße nass. Mach dich mal frei.«

»Ganz?«

»Die Unterhose kannst du anbehalten, es sei denn, diese Region ist auch in Mitleidenschaft gezogen.«

»Mein Steißbein.«

»Dann also alles.«

»Weißt du, was du mir damit antust?«

»Weißt du, was du mir damit antust?«

Mühevoll schälte ich mich aus meinen Kleidern, genauso mühevoll wie heute morgen, als ich erwacht war. Mein Bett hatte ausgesehen wie nach einer Schlammschlacht.

Es dauerte eine Weile, bis ich nackig vor ihm stand. Er ging um mich herum und betrachtete mich von allen Seiten wie einen Preisbullen.

»Mann, Mann, Mann, Dillinger, die haben dich aber zugerichtet! Was ich da sehe, lässt mein Medizinerherz hüpfen.«

Es klopfte, aber das Klopfen war nur symbolisch gemeint, denn im gleichen Moment wurde die Tür aufgerissen, und der Drache aus dem Vorzimmer kam herein. Sie legte etwas auf den Schreibtisch und würdigte mich keines Blickes. Die früher hier tätige ausnehmend hübsche und gut gebaute Blondine hätte bestimmt anders reagiert.

Dann stutzte der Drache jedoch, guckte mich verkniffen von oben bis unten an und sagte böse: »So sehen Versicherungsgeschäfte aus?«

Als sie sich zum Gehen wandte, hielt sie der Doktor zurück.

»Schauen Sie sich das mal an, Frau Krummbolz! Sind das nicht Hämatome wie aus dem Bilderbuch? Und diese Schürfwunden erst! Was meinen Sie, kriegen wir das wieder hin oder müssen wir ihn notschlachten? Dreh dich mal, Dillinger!«

Ich drehte mich nicht.

Sie schaute mir aufs Gemächt und dann ins Gesicht und sagte: »Notschlachten!« Und weg war sie.

Den subtilen Humor des medizinischen Personals hatte ich schon immer bewundert. Ich funkelte den Doktor wütend an: »Musste das sein? Kannst du dir vorstellen, dass mir das oberpeinlich war?«

»Nö«, sagte er ungerührt.

Er drückte an mir herum, mal hier, mal da, ich biss die Zähne so zusammen, dass ich als Nächstes unbedingt meinen Zahnarzt konsultieren sollte, und ich gebe zu, einige Male schrie ich auch auf. Es tat höllisch weh.

»Nun hab dich nicht so, Dillinger!«, sagte er und drückte weiter. »Dein wichtigstes Organ scheint noch intakt zu sein, und an den paar blauen Flecken wirst du nicht sterben. Allerdings werden sie deinen Astralkörper noch eine Weile verzieren. Bist du die Treppe hinuntergefallen oder was?«

Er drückte, und ich schrie auf.

»Tut weh, was? Wird noch eine ganze Zeit so bleiben. Ist doch schön, wenn man seinen Körper spürt.«

»Du hast das Gemüt eines Schlachters«, stöhnte ich.

»Es wäre in der Tat interessant, mal über die Gemeinsamkeiten beider Berufsstände zu diskutieren«, sagte er. »Aber das sollten wir bei anderer Gelegenheit tun, vielleicht bei der Lammkeule, die dich nicht getroffen hat. Jetzt nicht, ich möchte zum Mittagessen rechtzeitig zu Hause sein.«

Er drückte noch einmal irgendwo ganz kräftig, und ich sah mich nach einem Skalpell um, das ich in seinen Bauch rammen konnte.

»So, Dillinger, und jetzt zu deinem wunderschön verfärbten Nacken. Ich möchte dem Urteil der Gerichtsmedizin nicht vorgreifen, aber ich tippe auf einen stumpfen Gegenstand. Doch ein Wellholz? Hast du heute schon geduscht?«

»Unter Qualen.«

»Normalerweise begrüße ich es sehr, wenn meine Patienten nicht stinken wie ein Schweinestall, aber in diesem Fall ist das schlecht. Ganz schlecht. Sonst könnten wir anhand der Rückstände auf die Tatwaffe schließen. Vielleicht war es ja doch kein Wellholz. Vielleicht war es ein handbeschlagener Eichenbalken von 1585. Erstaunlich, was man heute alles feststellen kann. Die können dir sogar sagen, wie der Zimmermann hieß, der den Balken behauen hat, und dass er Linkshänder war. Und aus welchem Wald der Baum kommt. Können die alles herausfinden.«

Mein Misstrauen war geweckt. »Wie kommst du auf 1585?«, fragte ich. Das war das Jahr, auf das man den ältesten Kern des Käshofes datierte.

»War nur so dahergesagt«, meint er. »Könnte auch 1586 sein. Also, kommen wir zum Fazit. Die erste gute Nachricht: Du lebst noch, aber das hast du ja selbst schon gemerkt. Die zweite: Du wirst diese Attacke überleben, aber du wirst noch eine Zeitlang ein paar schöne Schmerzen haben. Sieht nach einer leichten Gehirnerschütterung aus, aber das steckt dein Dickschädel weg. Du hast wahrscheinlich einige Erinnerungslücken, aber freu dich nicht zu früh, die kommen wieder. Ehrlich, Dillinger, dich haben sie ganz schön fertiggemacht. Ich rate zur körperlichen Schonung. Keine heftigen Bewegungen, vor allem nicht in der Horizontalen. Das musst du der Dame mit dem Wellholz verklickern. Ansonsten ist mit dir körperlich alles in Ordnung, abgesehen von der Wampe, die du vor dir herschiebst. Aus purer Gehässigkeit sollte ich dir vegane Schonkost verschreiben. Du solltest in nächster Zeit weiterhin deinen Schal tragen, wenn du blöde Frage vermeiden willst. Als Knutschfleck geht das nicht mehr durch.«

»Mann, quasselst du alle deine Patienten so voll?«

»Nur die Privatpatienten.«

Während ich mich unter Qualen wieder anzog, fragte ich ihn: »Glaubst du an Gespenster?«

»Sicher. Mein Wartezimmer ist voll davon.«

»Du meinst die Siechen und Lahmen, die zu dir kommen in der Hoffnung auf Heilung?«

»Ach, Heilung! Weißt du, was die beste Medizin ist? Gute Ernährung, wobei es eigentlich egal ist, was du isst, Hauptsache, du tust es mit wirklichem Genuss – neueste Studien, mein Lieber –, außerdem viel Bewegung an der frischen Luft, viel Sex und eine gute Flasche Wein. Mehr brauchst du nicht, um gesund zu bleiben. Die paar Wehwechen, die dich ab und zu plagen, regelt dein Körper alleine. Sogar deine Hämatome.«

»Und das sagst du deinen Patienten genau so?«

»Bin ich blöd? Dann ist mein Wartezimmer schnell leer. Ich muss an die Miete denken, an die Gehälter für meine Angestellten und an meine Lammkeule.«

»Und an einen Porsche.«

»So ein Proletenauto wie du fahre ich nicht, das weißt du.«

»Aber du träumst davon, gib's zu.«

»Ich träume von einem Bugatti Chiron. Sechzehn Zylinder. 1500 PS. Zweiter Zündschlüssel, damit du auf über 400 km/h kommst. Schluckt innerorts 35 Liter. Jedes Auto ein Unikat.«

»Ein total unnützes Auto.«

»Völlig. Nur ein Spielzeug. Deshalb träume ich davon, verstehst du?«

»Kostenpunkt?«

»Sagen wir mal so: Ich brauche jetzt haufenweise solche Privatpatienten wie dich. Ich rechne mal aus, wie oft du dich noch verprügeln lassen musst. Was glaubst du, weshalb ich mich so lange mit dir abgebe? Aus Freundschaft? Aus ärztlichem Verantwortungsgefühl? Quatsch! Dich kann ich nach Zeit abrechnen und ein bisschen schummeln dabei. Für die armen Kassenpatienten da draußen im Wartezimmer gibt's im Quartal gerade mal zwanzig Euro. Ich verschreibe dir eine Salbe, die die Durchblutung fördert. Geht auch ohne, aber vom Onkel Doktor will man ja was mitnehmen, nicht wahr? Das hilft mir und der Pharmaindustrie erst recht und dir auch, wenn du daran glaubst. Regelmäßig einreiben.«

»Wie stellst du dir das vor? So hoch bringe ich meinen Arm derzeit nicht.«

»Lass das deine Liebste machen.«

»Gibt zur Zeit keine.«

»Schlecht. Was habe ich dir vorhin gesagt? Schnackseln hält gesund.«

»Keine heftigen Bewegungen, hast du gesagt.«

»Du wirst dir schon was einfallen lassen. Über den Rest meiner wohlgemeinten Ratschläge brauche ich mir bei dir ja keine Sorgen zu machen. Übrigens, das Angebot mit der Lammkeule steht. Und jetzt verpiss dich. Ich habe zu tun.«

Ach, ich liebte seine einfühlsame Art!

Beim Hinausgehen begegnete ich Gerlinde mit der Stupsnase, und was ich sah, ließ in mir die Hoffnung aufkeimen, dass an ihr nicht nur die Backkünste interessant sein könnten. Vielleicht könnte ich sie dazu überreden, mir regelmäßig meinen Nacken einzureiben?

Aber da war sie auch schon wieder verschwunden. Wie eine Geistererscheinung.

***

Unterwegs traf ich auf Padre Giorgio Baffini. Er war vor Urzeiten vom Vatikan als klerikaler Gastarbeiter nach Hohenlohe geschickt worden, fand allerdings an Maultaschen und Blooz mehr Gefallen als an Ravioli und Pizza, so dass er nicht mehr zurückwollte. Wie so viele, die das mit dem »Gast« nicht so wörtlich genommen hatten, wie es gemeint war. Und jetzt hatten wir den Multikulti-Salat.

Ich hatte mit seinem Verein nichts am Hut, genauso wenig wie mit den Kollegen von der Konkurrenz, aber man kann sich ja nicht aussuchen, wem man in unserem Städtchen über den Weg läuft.

Man kannte sich, grüßte höflich und machte Small Talk. Ich hatte den Eindruck, dass er auf meine Sticheleien und Gehässigkeiten durchaus lustvoll einstieg, doch wenn er sie leid war, verwickelte er mich in einen theologischen Disput, dem ich nicht gewachsen war und der mich jedes Mal schnell in die Flucht trieb. Er merkte, dass dieses Schaf nicht zurückzuholen war, und ich hielt fruchtlose Streitereien für Zeitverschwendung. Das Leben war so kurz, wie ich heute Nacht am eigenen Leib erfahren hatte.

Apropos.

»Was sagt Ihr Boss eigentlich zu Gespenstern?«, fragte ich.

»Vor Gott sind alle gleich, mein Sohn.«

»Im Ernst jetzt.«

»Im Ernst jetzt. Mit dem Namen des Herrn würde ich nie Scherze treiben.«

Mit dem Namen des Herrn vielleicht nicht, aber mit mir schon. Eigentlich war er ein netter Kerl, der Herr Pfarrer. Man sah ihm an, dass er von Askese nicht viel hielt, mir war bekannt, dass er einen guten Tropfen zu schätzen wusste, und das allein machte ihn sympathisch.

Er musterte mich aufmerksam. »Sie sehen ganz schön mitgenommen aus. Eine unliebsame Begegnung mit einem Gespenst?«

»Wie kommen Sie auf ein Gespenst?«

»Sie haben es ins Spiel gebracht. Brauchen Sie geistigen Beistand?«

»Ich weiß, ein Ave Maria hilft immer.«

»Besser wohl eine Maria«

Ich sah ihn verblüfft an. Das aus dem Munde eines Padre?

»Ich meine jemanden, der Sie pflegt und sich liebevoll um Sie kümmert«, erläuterte er. »Ihre Verletzungen werden verheilen. Doch es gibt Wunden, die tiefer gehen. In Ihnen gärt es, Sie sind mit sich selbst nicht im Reinen.«

»Und das lesen Sie aus meinen Blutergüssen?«

»In Ihren Augen. Wenn man Jahrzehnte seelsorgerisch tätig ist, lernt man viel über die Menschen.«

Manchmal gärte es in mir in der Tat, und ich ließ mich nur zu gern zu einer Provokation hinreißen, zumal wenn die nagenden Schmerzen mich alles andere als friedfertig machten.

»Maria also«, sagte ich. »Und wie kriegen wir das mit dem Zölibat auf die Reihe?«

»Das ist ein Problem, das nur mich betrifft.«

»Sagten Sie Problem?«

»Sagte ich, in der Tat. Aber das ist ein Thema, das Sie in Ihrem Zustand bestimmt nicht diskutieren möchten. Gott befohlen!«

Sprach's und ging von dannen. Ich starrte ihm mit offenem Mund hinterher. Was war das denn?

Padre Giorgio Baffini war ein Mann Ende fünfzig, vielleicht auch etwas darüber, der, so hatte es den Anschein, zufrieden in sich oder was auch immer ruhte. Immer freundlich, von heiterer Gelassenheit und manchmal bissigem Humor. Jemand, der im Laufe seines Lebens, das glaubte ich ihm gern, schon alles gesehen und gehört hatte, den nichts mehr zu erschüttern vermochte. Ein treuer Diener seines Herrn, fest im Glauben und den Ritualen und den Einschränkungen, die sein Beruf mit sich brachten.

Den Eindruck jedenfalls hatte ich bisher von ihm gehabt. Schlichen sich bei ihm jetzt plötzlich Zweifel ein? Oder drängte nur nach oben, was verdrängt war? Bezog sich seine Feststellung, dass ich mit mir nicht im Reinen sei, vielleicht eher auf sich? Wenn ich so über ihn nachdachte, konnte ich mich des Eindrucks nicht erwehren, dass er mir auf eine seltsame Art angespannt vorkam. Was gärte da in ihm?

Ich schubste die Gedanken auf die Seite. Ich hatte meine eigenen Sorgen.

***

Als ich endlich in unser Büro in der Gelbinger Gasse wankte, sah Sonja nicht auf und tat so, als wäre sie schwer beschäftigt. Das machte meine Partnerin immer so, wenn sie sauer auf mich war.

»Ist ja schön, dass du auch noch unter den Lebenden weilst«, sagte sie spitz. »Aber es ist noch nicht zu spät, es ist noch jede Menge Arbeit übrig für dich.«

Ich stöhnte.

»Ja, ich weiß, du magst diesen ganzen Papierkram überhaupt nicht«, sagte sie und schob den ganzen Papierkram auf ihrem Schreibtisch hin und her. »Aber du kannst das nicht alles mir allein überlassen, du musst auch deinen Teil dazu beitragen. Ich bin nicht deine Angestellte, ich bin Partnerin.«

Ich stöhnte.

»Ich bin dafür, dass wir jetzt gleich eine Gesellschafterversammlung abhalten, um dieses Problem ein für alle Mal zu lösen«, sagte sie.

Ich stöhnte noch lauter.

»Ich glaube, du weißt genau, was auf dich zukommt, also lass dieses alberne Gestöhne.«

Jetzt endlich drehte sie sich um. Ich nahm meinen Schal ab.

»Um Himmels willen, Dillinger! Wie siehst du denn aus! Bist du unter die Räder gekommen?«

»Du hältst mich für verrückt, wenn ich dir das erzähle.«

»Sowieso. Warst du schon beim Arzt?«

»Natürlich.«

»Und was sagt er?«

»Wird schon wieder, sagt er. Aber das sagen sie immer, selbst wenn Gevatter Tod schon seine Sense wetzt.«

»Erzähl!«

»Gestern Abend in Wackershofen. Im Käshof. Auf dem Dachboden. Eine Leiche ist auf mich gefallen, und jemand hat mich auf den Kopf gehauen oder in den Nacken oder beides, das weiß ich nicht mehr so genau, und als ich wieder zu mir gekommen bin, war die Leiche weg.«

Sonja schaute mich lange an, ohne etwas zu sagen.

»So, so«, sagte sie schließlich.

»Ich wusste doch, dass du mir nicht glaubst!«

»Eine Leiche. So, so. Warum meinst du, dass das eine Leiche war?«

»Weil ich immer über Leichen stolpere.«

»Diesmal nicht. Diesmal ist sie auf dich gefallen, wenn ich dich richtig verstanden habe, und dann davonspaziert.«

»Abwechslung muss sein. Aber danach bin gestolpert. Irgendwie.«

»Weil dich die Leiche k.o. geschlagen hat.«

»Das muss jemand anderes gewesen sein. Die Leiche hat mich nur umgeworfen.«

»Nun ja, manches haut auch den stärksten Mann um, wie man so schön sagt. Diesmal war's eben eine Leiche. Aber sonst geht's dir gut, oder?«

»Überhaupt nicht! Diese Schmerzen! Bis in den kleinen Zeh! Ich bin dann nämlich hinterher auch noch die Treppe hinuntergefallen.«

»Die Treppe. So, so. Allmählich kommen wir der Sache näher.«

»Vom Käshof. Weil ich aus dem Fenster klettern musste.«

»Aus dem Fenster. So, so.«

»Glaubst du, ich bilde mir das alles nur ein?«

»Du hast etwas wahrgenommen, und du interpretierst es nach deinem Erfahrungshorizont. Meinetwegen auch nach deinen Erwartungen. Deine Interpretation wiederum verändert retrospektiv deine Wahrnehmung.«

Das hatte Sonja sehr schön gesagt, aber ihr Gesichtsausdruck dabei gefiel mir gar nicht. Er war irgendwie … skeptisch. Oder mitleidig?

»Mit anderen Worten«, sagte ich, »du denkst, ich sehe Gespenster.«

»Durchaus möglich. Im übertragenen Sinne zumindest.«

»Hm. Da ist noch etwas Mysteriöses. Was hast du in deiner Handtasche?«

»Was hat das mit deiner angeblichen Leiche zu tun?«

Aha! Jetzt redete sie schon von einer »angeblichen« Leiche. Ich sagte: »Wirst du gleich sehen. Jetzt sag!«

»Vorsicht, Dillinger, ganz heikles Thema! Die Handtasche ist ungefähr das Intimste, was eine Frau hat! Genauso gut könntest du mich fragen, welche Unterwäsche ich trage.«

»Und welche trägst du?«

»Idiot!«

»Interessiert mich ja auch gar nicht. Deine Handtasche schon. Es ist nämlich so. Als ich in den Käshof gekommen bin, lag eine Handtasche auf dem Tisch, aber niemand war da.«

»Sicher. Das machen Handtaschen so. Liegen frauenlos auf einem Tisch herum.«

»Ich habe gerufen, und niemand hat geantwortet. Und dann habe ich hineingeschaut.«

Sonja sah mich empört an. »Dillinger, das macht man nicht! Unter keinen Umständen!«

»Ich weiß. Ich bin auch schwer bestraft worden dafür. Du weißt schon, die Leiche, mein Kopf und so.«

»Wo ist da der Zusammenhang?«

»Weiß ich noch nicht.«

»Was war das für eine Handtasche?«

»Eine Handtasche halt. Ist doch eine wie die andere.«

»Kannst du sie beschreiben?«

»Ich kann sie dir sogar zeigen. Ich habe sie oben in meiner Wohnung. Ich hole sie schnell.«

Schnell allerdings ging gar nicht. Meine Schmerzen hatten sich metastasenartig über den ganzen Körper verbreitet. Ich sah den Zeitpunkt kommen, da ich mich nur mit einem Rollator vorwärts bewegen konnte. Vielleicht gar mit einem Rollstuhl.

Als ich unser Büro wieder betrat, die Handtasche im Arm, fragte Sonja: »Du hast sie einfach so mitgenommen?«

»Muss ich wohl«, erwiderte ich. »Ich kann mich nicht mehr erinnern, ich war wohl ziemlich durcheinander. Heute Morgen lag sie jedenfalls in meiner Wohnung. Hier!«

Ich warf Sonja schwungvoll die Handtasche zu, aber das mit dem Schwung war momentan auch so eine Sache. Das Ding landete auf dem Boden zu Sonjas Füßen.

Sie starrte genauso hypnotisiert darauf wie ich gestern in Wackershofen und sagte nur: »Uff!«

Dann schaute sie mich mit großen Augen an. »Weißt du, was das für eine Handtasche ist?«

»Eine Handtasche halt. Wie jede andere. Nur von Hermès, steht wenigstens drauf. Teuer wahrscheinlich. Na und? In diesem weiblichen Intimbereich kenne ich mich nicht aus. Handtaschen sind für mich seit jeher ein Rätsel. Wie kann man nur freiwillig ständig so ein Monstrum mit sich herumschleppen?«

»Wo soll ich sonst alles unterbringen, was ich brauche?«

»Die Männer haben dafür Taschen. Viele Taschen. In der Hose und im Jackett.«

»Frauen nicht.«

»Ja, ja, das Überleben im Kleinstadtdschungel ist schwierig, da muss man für alles gewappnet sein, für Hungersnöte genauso wie für einen Schneesturm im Hochsommer, und deshalb braucht man so ein Riesending von Handtasche. «

»Genau dafür wurde diese Handtasche entworfen. Das ist eine Birkin Bag.«

»Aha.«

»Das sagt dir nichts?«

Ich schüttelte sehr vorsichtig den Kopf, um meine Halsmuskeln nicht allzu sehr zu strapazieren. »Nein.«

Sonja schüttelte ganz heftig den Kopf. Die tat sich auch leicht. »Ich fasse es nicht!«

»Wie gesagt, meine Kenntnisse auf diesem Gebiet sind eher bescheiden, und ich schäme mich nicht mal dafür. Ich konzentriere mich auf die wirklich wichtigen Dinge im Leben.«

»Jane Birkin, Schauspielerin und Sängerin, okay?«

»Ich erinnere mich. *Je t'aime.* Das war so hinreißend gestöhnt!«

»Der Legende nach hat sie einmal den Chef von Hermès getroffen und sich beklagt, dass sie keine Handtasche findet, in der sie alles unterbringen kann, und ihm ihre ideale Tasche beschrieben. Und 1984 kam dann die erste Birkin Bag auf den Markt.«

Ich betrachtete DAS DING, das zwischen uns auf dem Boden lag. So, so, eine Birkin Bag.

Sie war aus hellblau gefärbtem Leder, hatte zwei Henkel und eine Art Bügel mit einem metallenen Verschluss.

Wie schon gesagt: Eine Handtasche halt.

Sonja hob die Tasche auf und betrachtete sie von allen Seiten. Sie hatte einen ehrfürchtigen, ja geradezu verklärten Blick.

»Und was ist nun so besonders an einer Birkin Bag?«, fragte ich.

»Jedes Exemplar ist nach deinen speziellen Wünschen handgefertigt. Deshalb werden nicht so viele produziert, das heißt, sie sind selten. Und deshalb sind sie teuer. Das fängt bei so etwa zehntausend Euro an und kann je nach Material und Ausstattung auch bis zu hundertfünfzigtausend gehen.«

»Wahnsinn! Und es gibt tatsächlich Frauen, die so bescheuert sind, für eine Handtasche so viel Geld auszugeben?«

»Es soll auch Männer geben, die so bescheuert sind, sich für so viel Geld einen Sportwagen zu kaufen.«

Das konnte man nur als einen Leberhaken bezeichnen. Ich war angeschlagen. Aber ich ging noch nicht zu Boden.

»Ein Auto ist wenigstens etwas Nützliches«, sagte ich hilflos.

»Eine Handtasche etwa nicht? Gut, eine Birkin Bag ist natürlich ein Statussymbol. Wie ein Sportwagen auch. Und sie ist Kult. Ein Sammelobjekt. Und eine hervorragende Geldanlage mit einer besseren Rendite als Gold. Für eine gebrauchte Birkin Bag erzielst du mindestens den Neupreis, meistens sogar mehr. Deswegen werden haufenweise Geschäfte mit solchen

Handtaschen ausgeraubt. Kannst du ohne Problem bei eBay vertickern.«

Ich nahm ihr das Ding aus der Hand und betrachtete es von allen Seiten. Ja, ganz hübsch mit den kleinen Metallfüßchen. Und erstklassig verarbeitet, das sah sogar ich Banause.

Ich schüttelte den Kopf, so heftig es nur eben ging. »Ihr Frauen seid verrückt. So viel Geld! Für eine Handtasche!«

»Das versteht ihr Männer nicht! Außerdem habe ich keine Birkin Bag. Die kann ich mir nicht leisten.«

»Aber du hättest gern eine?«

»Wenn sie mir geschenkt wird, würde ich mich nicht lange zieren.«

»Ich arbeite daran. Bei mir kannst du wenigstens sicher sein, dass ich keine unschicklichen Hintergedanken habe.«

Ich warf ihr das teure Stück wieder zu. »Vorerst kannst du diese leihweise behalten.«

Sie fing sie geschickt auf und sagte: »Hab ich das richtig verstanden? Diese Handtasche lag auf dem Tisch im Käshof, als du gekommen bist?«

Ich nickte. »Genau so war's.«

»Das ist in der Tat seltsam. Keine Frau lässt ihre Handtasche liegen. Und eine Birkin Bag schon gar nicht. Du hast hineingeschaut?«

»Daran erinnere ich mich ganz deutlich. Ich musste doch wissen, wem sie gehört, damit ich sie zurückbringen kann.«

»Dillinger, der ehrliche Finder.«

»Neugierig war ich schon auch. Wann hat man schon Gelegenheit, in einer Frauenhandtasche zu wühlen?«

»Und welche Erkenntnisse hat dir das verschafft?«

»Keine. Ich kam gar nicht dazu. Erst war da das Geräusch auf dem Dachboden und dann die Leiche und dann mein komatöses Nichts nach dem infamen Anschlag auf mich.«

»Und Leiche sowie Attentäter verschwanden, nur die Tasche blieb.«

»Wohl. Ich habe sie ja offensichtlich mitgenommen, wenn ich mich daran auch nicht mehr erinnern kann. Wenn man sich das überlegt: Diese Handtasche muss das alles live miterlebt haben. Mann, wenn die reden könnte! Moment mal, da fällt mir was ein. Ich habe nicht in der Tasche gewühlt, in diesem Chaos findet man ja nichts, ich habe sie auf dem Tisch ausgeleert.«

»Bist du dir sicher?«

»Natürlich bin ich mir sicher. Warum sollte ich mir nicht sicher sein?«

»So ein Schlag auf den Schädel kann manchmal schwerwiegende Folgen haben. Ich sage nur partieller Gedächtnisverlust, weswegen man die Geschehnisse auf seine Art interpretiert, weil man nicht mehr alles weiß.«

»Blödsinn!«, sagte ich mit tiefster Empörung.

Wirklich Blödsinn? Wenn ich ehrlich war, bekam ich nicht alles auf die Reihe, was gestern abgelaufen war.

»Dann wollen wir mal!«, sagte Sonja, drehte die Birkin Bag um und schüttete den Inhalt auf ihren Schreibtisch.

Und da lag nun alles: Papiertaschentücher, Tampons, Sonnenbrille. Eine Strumpfhose, originalverpackt. Ein Slip einer Edelmarke, sehr reizend. Eine angebrochene Schachtel mit der Pille. Acht Kondome. Ein Notizbuch. Ein Kugelschreiber, Billigmarke, wahrscheinlich ein Sonderangebot bei McPaper. Ein Flakon Parfum, »Black Opium« von Yves Saint Laurent. Sagte mir nichts. Ich schnüffelte daran. Sagte mir doch was, ich hatte diesen Duft schon mal erschnuppert, orientalische Nuancen mit fruchtig-frischen Akzenten, ich wusste nur nicht mehr, an wem.

Und das war alles?

Ich war enttäuscht. Deshalb macht man so ein Gewese um eine Frauenhandtasche?

»Fehlt etwas?«, fragte Sonja.

»Hm«, machte ich, und nochmals: »Hm.«

Lange starrten wir schweigen auf das, was auf Sonjas Schreibtisch lag, dann sagte ich: »Ich sehe mich zu einem hochpeinlichen Geständnis gezwungen.«

Sonja schaute mich fragend an.

»Ich weiß es nicht mehr«, sagte ich.

»Aber ich weiß, was garantiert fehlt«, sagte Sonja.

Nun war es an mir, fragend zu schauen.

»Ein Geldbeutel. Dieses Ding, in dem wir Frauen alles aufbewahren, nicht nur Geld. Ausweise. Kreditkarten. Bankkarten. Kundenkarten. Belege. Die Fotos unserer Liebsten.«

»Du meinst, dieses riesengroße Ding, das man beim besten Willen nicht in eine Hosentasche stecken kann?«

»Allmählich verstehst du den praktischen Nutzen einer Handtasche.«

»Ich verstehe. Und du trägst tatsächlich Fotos von deinen Liebsten, also von Birnur und mir, mit dir herum?«

»Du etwa nicht, also in Zeiten, wenn es eine Liebste gibt?«

»Nie. Ich kann mir vom Morgen bis zum Abend schon noch merken, wie meine Liebste aussieht.«

»So eine unromantische Auffassung! Kein Wunder hält bei dir eine Beziehung nie lang.«

Hatte ich da in der Vergangenheit womöglich mal zwei Damen verwechselt? Ich konnte mich nicht erinnern.

»War der Geldbeutel schon weg, als du die Tasche in Wackershofen ausgeleert hast?«, fragte Sonja.

Ich nagte an meiner Unterlippe. »Ich weiß es nicht.«

»Noch etwas fehlt«, sagte Sonja, »und das sollte sogar dir auffallen.«

Ich sah angestrengt auf den Handtascheninhalt und dann hilflos zu Sonja. »Meine kleinen grauen Zellen funktionieren im Moment nicht, wie sie sollten. Erlöse mich!«

»Ein Handy. Und Schlüssel.«

Ich schlug mir die Hand vor den Kopf. »Natürlich! Was bin ich für ein Idiot!«

Sonja sagte nüchtern: »Egal. Wir können also nicht feststellen, wem diese Handtasche möglicherweise gehört.«

»Hat so ein Ding vielleicht eine Seriennummer? Wenn es schon so teuer ist wie ein Auto.«

»Eine Birkin Bag nicht. Seriennummer gibt es nur bei Chanel. Falsche Firma. Was weißt du sonst über die Tasche und ihren Inhalt? Irgendetwas Auffallendes?«

»Nichts. Ich erinnere mich an nichts.«

Ich wurde mir allmählich selbst unheimlich. Was sind Erinnerungen? Elektrochemische Schaltungen im Gehirn. Was, wenn durch den Schlag die Schaltungen anders verdrahtet wurden? Was zur Folge hatte, dass meine Erinnerungen teilweise gelöscht wurden? Oder auch nur in andere Regionen verschoben wurden, an die ich im Moment nicht herankam?

Vielleicht hatte es auch die Leiche, die auf mich gestürzt war, gar nicht gegeben? Hatte ich irgendein Ereignis, an das ich mich nicht mehr erinnerte, mit einer anderen Erinnerung verknüpft?

Andererseits: Der Schlag auf meinen Kopf war real. Genauso real wie die Birkin Bag, die Sonja von allen Seiten akribisch betrachtete. Ich hatte die ja mitgebracht, und ich hatte sie aus Wackershofen mitgebracht, aus dem Käshof. Oder? Es musste so sein, ich kannte niemanden, der eine solche Handtasche besaß. Oder?

»Und was machen wir jetzt?«, fragte Sonja.

Ich streckte ihr die Salbe hin, die ich aus der Apotheke mitgebracht hatte.

»Jetzt musst du mich erst einmal einreiben, hat der Doktor gesagt.«

»Warum ich?«

»Weil sonst niemand da ist. Und ich selber kann das nicht. Mir tut alles weh.«

»Das gehört nicht zu meinen vertraglich geregelten Aufgaben.«

»Es ist ein Notfall.«

Sie seufzte. »Also gut, zieh dich aus.«

»Ganz?«

»Wenn's dir ein Bedürfnis ist. Mich kannst du nicht erschrecken.«

»Das wäre ein Spaß, wenn genau in dem Moment deine Birnur hereinkäme!«

»Meine Lebensgefährtin hätte höchstens ein unangenehmes Dejà-vu.«

»Unangenehm? Das hat sie gesagt? Was ihr Frauen so tratscht!«

Ich begnügte mich dann doch mit dem Hemd. Den Spruch, dass es nicht so ist, wie es aussieht, sollte man nicht überstrapazieren.

Aber vielleicht traf er doch zu, auf meine verschwundene Leiche bezogen?

Sonja machte es vielleicht widerwillig, aber sie machte es gut. Solche Einreibungen sollte ich mir öfter verschreiben lassen.

»Und jetzt?«, fragte Sonja noch einmal, als sie fertig war.

»Jetzt gehst du im Städtchen spazieren und zeigst dich mit deiner neuen Birkin Bag. Hey, wird das ein Getuschel geben unter den Frauen!«

»Das geht doch nicht! Die Tasche gehört doch nicht mir!«

»Aber vielleicht triffst du jemanden, der weiß, wem sie gehört hat? Ich nehme mal an, Birkin Bags werden in Schwäbisch Hall nicht allzu häufig herumgetragen. Lass dich überall sehen, in Geschäften, in Kneipen, Cafés, einfach überall.«

»Und was machst du?«

»Das ist doch ganz einfach. Eine Frau ohne Handtasche gibt es nicht, eine Handtasche ohne Frau erst recht nicht. Also suche ich die Frau zur Handtasche. Vielleicht habe ich dann auch meine verschwundene Leiche.«

Sonja sah mich skeptisch an. »So ganz logisch klingt das nicht, was du da von dir gibst. Ich glaube, deine Synapsen sind doch mehr in Mitleidenschaft gezogen. Du solltest noch mal zum Arzt gehen.«

»Jetzt nicht. Jetzt habe ich eine Verabredung.«

Daran immerhin erinnerte ich mich.

Und an etwas anderes plötzlich auch. An der Tür drehte ich mich um.

»In der Tasche war eine Pistole«, sagte ich.

»Willst du mich verscheißern?«, gab Sonja zurück.

»Wenn ich's sage! Sie hat ganz schön gepoltert, als sie auf den Tisch gefallen ist.«

»Du bist dir ganz sicher?«

»Na ja«, gab ich zu. »Und noch etwas anderes. Ich habe die Handtasche doch ausgeleert, bevor dann dieses Geräusch war und so weiter. Aber ich kann mich nicht erinnern, das alles wieder eingepackt zu haben.«

»Du hast das wahrscheinlich unbewusst getan. So, wie du auch die Tasche unbewusst mitgenommen hast.«

»Das glaube ich nicht. Ich war ziemlich angeschlagen. Ich habe an alles Mögliche gedacht, aber bestimmt nicht an eine Handtasche, die vorher auf dem Tisch gelegen hatte. Außerdem war es stockdunkel. Kaum vorstellbar, dass ich das alles zusammengerafft haben soll. In meinem Zustand!«

»Mh«, machte Sonja und dann eine lange Pause. Dabei schürzte sie die Lippen. Es war nicht angeraten, sie in diesem Zustand zu stören. Sie dachte nach. Sie dachte schwer nach. Und was diese Frau denken konnte, mein lieber Scholli!

Ich hielt den Atem an und wartete auf das Ergebnis. Ich hatte keine Lust, selbst zu denken, mir schwirrte der Kopf auch so schon genug.

Schließlich sagte sie: »Mal angenommen, alles hat sich tatsächlich so zugetragen, wie du dich erinnerst, und nein, jetzt bitte keinen Protest wegen der Zweifel, die du durchaus heraushören kannst.«

Ich hatte gar nicht die Absicht gehabt zu protestieren. Sie hatte ja recht. Ich wusste selbst nicht mehr genau, was ich von dem halten sollte, was mir in Erinnerung war.

»Es könnte so gewesen sein«, fuhr Sonja fort. »Jemand, möglicherweise der Mensch, der dich niedergeschlagen hat, hat die Sachen wieder in die Tasche gepackt, die Tasche auf dem Tisch stehen lassen, damit du sie siehst und mitnimmst.«

»Warum sollte er das getan haben? Und warum sollte er davon ausgehen, dass ich in die Wohnstube gehe, die Tasche sehe und mitnehme?«

»Woher soll ich das wissen? Wie ich dich kenne, wirst du diesen Jemand suchen und finden, und dann kannst du ihn ja danach fragen.«

»Und die Pistole?«

»Hat er mitgenommen, und frag jetzt bitte nicht nach dem Grund. Andere Möglichkeit: Du hast doch selbst alles zusammengerafft, weißt es nur nicht mehr.«

»Und die Pistole?«, insistierte ich.

»Hast du übersehen, wobei das nicht das richtige Wort ist, wenn es stockdunkel war. Oder der Jemand hat sie mitgenommen.«

»Räuberpistole!«, knurrte ich und ging zu meiner Verabredung.

»Dillinger!«, rief Sonja mir nach. »Überleg mal, an was du dich sonst nicht mehr erinnerst!«

***

Wir waren beim Asiaten in der Gelbinger Gasse verabredet, nur wenige Schritte von meinem Haus entfernt. Es war ihr Vorschlag gewesen. War das ein zarter Wink der Sterne, die mir Glück im siebten Haus verhießen? Oder doch nur ein komischer Zufall, gar kein kosmischer? Ich wollte gar nicht weiter darüber nachdenken. Allzu oft waren in der Vergangenheit zarte Hoffnungen eingegangen wie eine Primel ohne Wasser.

Aufgeregt war ich trotzdem.

Nach den sehr seltsamen Regeln heutiger Beziehungsanbahnung war das wohl unser erstes Date.

Das war ja alles so amerikanisch-verklemmt-kompliziert geworden. In meinen jungen Jahren traf man sich einfach, ging miteinander aus und hüpfte danach umstandslos ins Bett. Oder auch nicht. Jedenfalls machte man kein Gewese darum. Jeder wollte, aber nicht mit jedem.

Heutzutage stand selbst ein harmloser Flirt sofort unter dem Generalverdacht der sexuellen Nötigung. Die Tinder-Generation hatte es schwer, die bei der Geschlechteranbahnung einem unbekannten Algorithmus vertraute. Wo blieb das spielerische Ausprobieren? Das verzehrende Sehnen nach jemandem, dem man zufällig über den Weg gelaufen war und den man sofort als die Liebe seines Lebens erkannt hatte – und der dann auf rätselhafte Weise für immer verschollen blieb? Gab es mit Tinder noch Schmetterlinge im Bauch? Ich sah schwarz für den Fortbestand der menschlichen Rasse.

Welch gedankenschwere Überlegungen! Konnte es sein, dass ich alt wurde, wenn ich früheren Zeiten derart nachsann? Ach nein, das war nur der Schlag auf den Kopf, der hatte viel durcheinandergebracht, was ich erst mühsam wieder zusammensetzen musste.

Der Regen hatte aufgehört, die Kälte nicht. Ich setzte mich trotzdem außen hin. Ich wollte nicht riskieren, dass sie mich vielleicht im Gastraum übersah.

»Bestellen?«, fragte die junge Bedienung mit freundlichem Kichern.

»Später«, antwortete ich. »Ich warte auf jemanden.«

***

Wir waren uns ganz altmodisch analog über den Weg gelaufen, ohne vorherigen Abgleich unserer beschönigten Profile. Wir standen auf dem Haller Wochenmarkt nebeneinander am Gemüsestand.

Natürlich schaute ich aus den Augenwinkeln genauer hin.

Als Single-Mann in den besten Jahren, der nun schon längere Zeit eine tragfähige Beziehung schmerzlich vermisste, ist man ja geneigt, jedes halbwegs passable weibliche Wesen genauestens zu taxieren. Was ich natürlich offiziell entschieden bestreiten würde, von wegen Chauvinismusverdacht und so.

Was ich sah, gefiel mir. Interessantes Profil. Ungefähr Mitte dreißig. Passte.

Als sie bezahlen wollte, rutschte ihr der Geldbeutel aus der Hand, und ich, als der vollendete Gentleman, der ich war, bückte mich rasch und hob ihn auf.

Es war so ein übliches Monsterding, wie es Frauen mit sich herumschleppen.

»Danke«, sagte sie mit einer weichen, etwas tiefen Stimme, der eine kleine Rauchnote gut angestanden hätte.

»Gern geschehen«, sagte ich. Sehr einfallsreich. Eine überaus schlagfertige Antwort, ein wunderbarer Ausgangspunkt für ein nettes Gespräch, in dessen Verlauf …

Sie kramte in dem Monsterding, und ich schaute auf schlanke Finger, an denen keinerlei Ring glänzte, und nichts deutete darauf hin, dass dort jemals einer gewesen wäre, kein hellerer Streifen, keine Druckstellen.

Das besagte gar nichts, war aber dennoch eine interessante Beobachtung. Ich bandelte grundsätzlich nicht mit Frauen an, von denen ich wusste, dass sie verheiratet waren. Das war mir zu kompliziert.

Sie musste neu sein in der Gegend, sonst wäre sie mir bestimmt schon aufgefallen. Denn auffallend genug war sie. Und ich vermutete, dass sie genau das auch sein wollte.

Wohlgeformte Beine unterm Mantel, wie ich gesehen hatte, als ich mich nach dem Geldbeutel bückte, und elegante Stiefelchen mit Absätzen, die eigentlich zu hoch und dünn waren für das Kopfsteinpflaster von Schwäbisch Hall. Solche Schuhe erforderten gutes Balanciervermögen und außerdem viel Geld. Es waren Louboutins, wie ich an den roten Sohlen bemerkt hatte. Die trägt man gemeinhin nicht im Niedriglohnsektor.

Deduktion, Sherlock Holmes? Zweierlei, mein lieber Watson. Erstens war sie mit irdischen Gütern gesegnet und versteckte das nicht. Wer etwas bewandert ist, erkennt Louboutins sofort, und er kennt auch ihren Preis. Keine Schwäbin also?

Zweitens. Wie sie sich kleidete und wie sie sich gab, zielte auf Wirkung ab. War sie auf Männerfang oder war es das souveräne Selbstbewusstsein einer schönen Frau, die gern zeigt, wer sie ist und was sie hat, über die materiellen Güter hinaus?

Ein Drittes kommt hinzu, lieber Watson. Sie kaufte Sachen, mit denen man kochen konnte, was nun wiederum den Schluss nahelegt, dass sie, drei a, sich zumindest nicht ausschließlich von Industriefertigfutter ernährte und mithin kulinarischen Genüssen aufgeschlossen war, und dass sie, drei b, von hier oder zumindest aus der Umgebung war. Man kauft kein frisches Gemüse als Tagestourist, der sich erst durch die Kunsthalle Würth und dann durch die Altstadt schleusen lässt.

Es ist ein nettes Spiel, sich tiefschürfende Gedanken zu machen über jemanden, den man gar nicht kennt. Meist liegt man ja völlig daneben, aber das mindert nicht den Spaß.

Immerhin bestand noch die Gefahr, dass sie Vegetarierin war oder, schlimmer noch, Veganerin. Diese Frage von beziehungstechnisch größter Relevanz beantwortete sich von selbst, als wir uns kurz darauf in der Markthalle an der Fleischtheke wiedertrafen.

»Ich stehe in den Startlöchern«, sagte ich.

Sie sah mich verständnislos an.

»Geldbeutel«, half ich ihr auf die Sprünge. »Macht sich manchmal selbständig.«

Es dauerte kurz, bis der Groschen fiel. Nett, wie sie lachte und dabei die Haare nach hinten warf.

»Zu spät für edle Ritterdienste. Ich habe schon bezahlt«, sagte sie, und dann rauschte er davon, der Traum meiner schlaflosen Nächte.

»Dann muss der Ritter eben einen Drachen erlegen«, sagte ich, aber das hörte sie schon nicht mehr. Ich bestellte einen Krustenbraten vom Hällischen Landschwein. Auch nicht schlecht als fette Beute.

Wir sahen uns in der Folge noch öfter, mal auf dem Wochenmarkt, mal irgendwo in der Stadt, doch immer nur aus der Ferne. War ich beim Bäcker, stand sie am Obst, und bis ich bezahlt hatte, war sie verschwunden. In der Stadt war es nicht anders. Ich sah sie um eine Ecke biegen, und bis ich dort war, war sie weg. Es gehört schon einiges dazu, sich in der kleinen Innenstadt von Schwäbisch Hall, wo man andauernd Bekannten über den Weg läuft, so unvermittelt in Luft aufzulösen. Sie war wie eine Geistererscheinung, die verschwand, sobald man näher kam.

Wäre ich eingebildet gewesen, hätte ich den Verdacht haben können, sie wolle eine Begegnung absichtlich vermeiden.

Das reizte den Jäger im Mann natürlich besonders.

Zu übersehen war sie nie. Sie war immer und ausschließlich in Weiß gekleidet. Weißer Hosenanzug. Weißes Kleid. Weißer Rock mit weißer Jacke. Weißer Mantel, der gelegentlich offen stand, wenn es die Temperaturen zuließen. Und immer ein Tuch fest um den Hals geschlungen, als fröre sie, mal einfarbig in grellen Tönen, mal schrill gemustert. Sie musste mehr von diesen Tüchern haben als ein modebewusster Geschäftsmann Krawatten.

Und dann geschah es.

Ich strebte meinem Lieblingscappuccino entgegen, und da saß sie. Das konnte kein Zufall sein, das war Vorbestimmung. Die Schicksalsfäden waren um uns gesponnen worden von den Nornen oder Jupiter oder wer immer dafür zuständig war im kosmischen Haus.

Jetzt mal Butter bei die Fische, ermahnte ich mich und fragte kühn: »Ist neben Ihnen noch ein Platz frei?«

»Anderswo auch.«

»Neben Ihnen würde es mir besser gefallen.«

Von hysterischen Hilferufen bis Ohrfeige war alles drin, doch sie sagte nur nach kurzem Zögern: »Bitte.«

So einfach war das.

»Ich beiße auch nicht«, sagte ich in dem matten Versuch, witzig zu sein.

Sie musterte mich eingehend und sagte: »Ich kann mich gegebenenfalls schon wehren.«

Ich musterte sie ebenfalls, verstohlen natürlich.

Heute ein angenehm kurzer Rock, in Weiß selbstredend. Gut so. Das gestattete einen ungenierten Blick auf ihre ansehnlichen Beine. Keine Louboutins diesmal, aber das Logo ihrer raffiniert exotischen Schuhe war mir durchaus bekannt und zeugte einmal mehr von teurem Geschmack. Was sie wohl bei Regenwetter trug?

Ein dezent cremefarbenes Top, eine eng geschnittene, schlichte Jacke, so schlicht, dass sie sündhaft teuer gewesen sein musste, und der unvermeidliche Schal diesmal in einem kräftigen, aber nicht knalligen Rot.

Jeder, der vorüberkam, musterte diese Erscheinung mehr oder weniger dezent, meist weniger. Sogar der Monsignore schaute sie mit unverhohlenem Interesse an und verfluchte wahrscheinlich im Stillen das Laterankonzil von elfhundertirgendwas, das den Zölibat verbindlich eingeführt hatte.

Und ich saß daneben, stolz wie Bolle, als wäre ich für diese Inszenierung verantwortlich und nähme die Bewunderungen huldvoll entgegen.

Natürlich registrierte sie die Blicke, meine ebenso wie die der anderen, doch sie zeigte keinerlei Reaktion. Nicht mal das kleinste Anzeichen von Befriedigung über einen gelungenen Auftritt.

Wir plauderten etwas angestrengt miteinander, dieses bedeutungsleere Geschwätz, wie man es nur beim ersten Zusammentreffen von sich gibt, wenn man von sich noch nicht viel preisgeben will, weil man noch nicht weiß, ob es beim folgenlosen Small Talk bleibt oder ob sich doch etwas anderes entwickeln könnte, und sei es nur eine nette Cafébekanntschaft.

Es gab genügend unverfängliche Themen, bei denen man sich abtasten konnte. Das Wetter – ja, könnte besser sein, aber man muss es halt nehmen, wie es kommt. Der Wochenmarkt – ja, immer wieder ein Vergnügen, dort einzukaufen, vor allem die frischen Produkte aus der Region. Schwäbisch Hall – ja, wirklich bezaubernd die Altstadt, und die paar einfallslosen Neubauten, nun, die muss man einfach ignorieren, da wollte sich halt jemand ein Denkmal setzen.

Mehrmals gab ich Steilvorlagen, um ihr irgendwas Persönliches zu entlocken, aber sie ging darauf nicht ein. Es blieb beim harmlosen Geplauder. Sicher, ich hätte sie auch ganz direkt ausfragen können, ich bin ja sonst auch nicht so zimperlich, doch irgendwie machte das vorsichtige Umkreisen auch Spaß.

Irgendwann sagte ich: »Ich habe mich noch gar nicht vorgestellt. Ich heiße Dillinger.«

»Schön«, antwortete sie.

»Haben Sie auch einen Namen?«, fragte ich, als nicht mehr von ihr kam.

»Denken Sie sich einen aus, der zu mir passt.«

Au weia! Das Fettnäpfchen war zu groß für mich. Kurz dachte ich an Irene und hatte dabei Sherlock Holmes im Sinn, für den es nur eine Frau gab, und das war Irene Adler. Doch eingedenk des Umstandes, dass sie dem Meisterdetektiv eine seiner wenigen Niederlagen beigebracht hatte, verwarf ich diesen Gedanken gleich wieder.

»Ich werde die ganze Nacht über nichts anderes nachdenken«, sagte ich stattdessen.

Sie lächelte. Geheimnisvoll. Vielleicht doch Irene?

Sie ließ sich ohne Geziere zu einem Riesling einladen, regionales Gewächs, von Idler aus Strümpfelbach. Die Pluspunkte mehrten sich. Kleine Einschränkung: Sie rauchte. Lange, dünne Zigaretten, natürlich ganz in Weiß. Aber wie der Dichter sagt: Nobody is perfect.

»Wir könnten unsere Plauderei eigentlich bei einem Mittagessen fortsetzen«, sagte ich.

»Jetzt?«

»Warum nicht? Was du heute kannst besorgen …«

»Am Mittwoch würde gehen.«

Und so saß ich nun hier in der Gelbinger Gasse, jammerte lautlos über meinen lädierten Hals und wartete.

Die kichernde Bedienung kam wieder.

»Bestellen jetzt?«, fragte sie.

»Später«, sagte ich. »Ich warte noch. Auf eine Frau, verstehen Sie?«

Sie nickte kichernd, aber ich war mir nicht sicher, ob sie wirklich wusste, was ich meinte.

Wusste ich es selber?

Ich sah auf meine Uhr. Eine halbe Stunde über die Zeit. Das musste nichts zu sagen haben. Um diese Zeit findet man schwer einen Parkplatz in Schwäbisch Hall.

Aber etwas pochte in meinem Hinterkopf, und das kam nicht nur von dem Schlag auf meinen Schädel.

Ich sollte vorsichtig sein. Berückend schöne Frauen hatten mich schon mehr als einmal ins Verderben geführt.

Himmel, war ich jetzt selbst so weit, dass ich hinter jedem Flirt eine Teufelei sah?

***

Oder sollte Isabel doch recht haben? Kaum war die Frau in Weiß gegangen, ach was: entschwebt, ich dachte glückselig über unser baldiges Rendezvous nach, da kam Hohenlohes hinreißendste, gerissenste Immobilienmaklerin auf mich zu.

»Bemerkenswert, deine neue Freundin. Eine Augenweide.«

»Sie ist nicht meine Freundin«, wehrte ich ab.

»Noch nicht. Aber bald.«

»Woher denn! Nur eine interessante Bekanntschaft. Eine flüchtige Bekanntschaft.«

»Ich sehe dieses gewisse Glitzern in deinen Augen und deinen dümmlichen Gesichtsausdruck. So hast du mich auch mal angesehen.«

»Das ist lange her.«

»Eben. Und du hast immer noch nichts gelernt. Von wegen die Weisheit des Alters! Sei vorsichtig! Sie will was von dir.«

»Vielleicht wollen wir beide dasselbe.«

»Höchstens als Mittel zum Zweck.«

»Bist du etwa eifersüchtig?«

Sie warf den Kopf zurück, schüttelte ihre rötliche Mähne und lachte dieses Lachen, das jedem Mann durch Mark und Bein ging und einen potentiellen Kunden blindlings alles unterschreiben ließ, was sie ihm vorlegte.

»Dillinger, das ist lange her, um einen stadtbekannten Versicherungsvertreter zu zitieren. Nein, ich mache mir Sorgen.«

»Um meinen Hormonhaushalt?«

»Um deinen Seelenfrieden. Du hast eine bemerkenswerte Begabung, dich in die falschen Frauen zu verlieben.«

»Ich glaube, in dich war ich auch mal verliebt.«

»Das ist kein Widerspruch, oder?«

»Außerdem bin ich nicht verliebt.«

»Doch, Dillinger, das bist du, du weißt es nur noch nicht. Mein Gott, wie primitiv seid ihr Männer doch gestrickt! Vierzigtausend Jahre Evolution sind spurlos an euch vorübergegangen! Nun gut, Dillinger, ich habe dich gewarnt, und wie üblich wirst du nicht auf mich hören. Aber wenn du jemanden zum Ausweinen brauchst, ich stehe zur Verfügung.«

»Ganz selbstlos.«

»Ja, ganz selbstlos und ganz platonisch, auch wenn das dein Männerschädel nicht kapieren kann. Weißt du, Dillinger, du bist ein netter Kerl, und ich mag dich, und mir tut es weh, wenn ich dich leiden sehe. Und ich werde auch ganz bestimmt nicht sagen, dass ich es ja gleich gesagt habe.«

Sie stöckelte davon, haare- und hüfteschwenkend, und jeder primitive Mann in Sichtweite starrte auf ihren knackigen Hintern. Ich auch.

Aber mein Blick war nicht begehrlich, sondern nachdenklich. Vielleicht hatte Isabel ja recht. Vielleicht sollte ich mein Verhältnis zu Frauen wirklich mal überdenken, ohne deswegen gleich ans Kloster zu denken. Aber wie sollte das denn gehen, wenn einem diese rätselhaften Wesen dauernd über den Weg liefen und mit dem Hintern wackelten? Einem hübschen zudem?

***

Die Bedienung kam wieder. Diesmal sagte sie nichts, sondern sah mich nur mit großen Augen fragend an.

»Also gut«, sagte ich seufzend, »wenn ich schon mal hier bin. Weißwein, trocken, und ein paar Frühlingsrollen.«

»Für zwei?«, fragte sie, ohne zu kichern.

Das war jetzt gemein, oder?

Lustlos trank ich den Wein, appetitlos aß ich die Frühlingsrollen. Eigentlich merkte ich gar nicht, was ich zu mir nahm.

Die Frau in Weiß würde nicht mehr kommen, dessen war ich mir sicher. Nun gut, ein geplatztes Rendezvous passiert, das war nichts, weswegen mein männliches Ego Schaden nehmen müsste. Das geschah, überall auf der Welt, genau jetzt, zu diesem Zeitpunkt, in Tausenden von Fällen.

Es gab viele Erklärungen dafür. Hatte ich etwas durcheinandergebracht? Falsche Zeit, falscher Ort?

Ich schaute im Kalender meines Smartphones nach. Zeit und Ort stimmten.

Eigenartig. Warum hatte ich mir diesen Termin überhaupt notiert? Bei privaten Verabredungen pflegte ich das nicht zu tun. Ich hatte noch nie ein Date vergessen, vor allem kein erstes Date.

Was sagte Sherlock, der Meisterdetektiv, dazu? Gar nichts. Er war genauso ratlos wie ich.

Vielleicht war etwas dazwischengekommen. Wie soll man sich verständigen, wenn man vom anderen nicht mal den Namen weiß und auch die Handynummer nicht kennt? Vielleicht hatte sie den Verdacht, dass der Kerl doch bloß ein aufgeblasener Schwätzer war, für den jede Minute verschwendet wäre. Vielleicht war es ja so, dass der Charme, den ich mir einbildete zu haben, etwas antiquiert war.

Vielleicht hatten Sonja und Isabel recht, die beiden Frauen, die mich besser kannten als ich mich selbst. Vielleicht hatte ich ja tatsächlich die Tendenz, mich immer mit den falschen einzulassen.

Ich war nicht verärgert.

Nicht einmal wütend.

Nur besorgt.

So langsam nahmen Gedanken Gestalt an, die ich mir bisher nicht hatte eingestehen wollen. Oder die sich in meinem Gehirn so langsam nach vorne arbeiteten.

Die Handtasche aus Wackershofen, diese Birkin Bag. Könnte sein, dass das ihre war. Eine ähnliche auf alle Fälle. Ich hatte sie nur flüchtig wahrgenommen, aus den Augenwinkeln sozusagen. Handtaschen interessierten mich nicht, mich interessierten eher Bauch–Beine–Po. Einer Frau wäre das nicht passiert. Auch wenn sie eine Birkin Bag vielleicht nicht erkannte, so hätte sie doch sofort registriert, dass dies eine außergewöhnliche Handtasche war.

Das Parfum in der Handtasche, an dem ich vorhin geschnuppert hatte. Ich hatte es an ihr gerochen. Nur an ihr, bisher an niemandem sonst. Das sagte nichts, es war keine Spezialkreation nur für eine Frau, tausende von Frauen benutzten es.

Eine Frau lässt eine Handtasche nicht einfach liegen. Frauen und ihre Handtaschen sind symbiotisch miteinander verwachsen. Eher vergisst man den Partner an einer Raststätte.

Vor allem: Keine Frau lässt eine Birkin Bag liegen, das hatte ich mittlerweile kapiert. Nicht freiwillig jedenfalls.

War da in Wackershofen nicht irgendwas mit einem weißgekleideten Wesen gewesen, das auf mich gestürzt war? Oder hatte ich das nur geträumt?

Aber das war doch absurd!

Oder?

Mein Handy klingelte. Das wird sie sein! Das konnte sie nicht sein, wir hatten unsere Handynummern ja nicht getauscht.

»Störe ich bei etwas Wichtigem?«, fragte Sonja.

»Nur beim Denken. Aber dabei lasse ich mich gern stören. Es dreht sich alles im Kreise.«

»Was ich ganz vergessen hatte: Kellberg hat Sehnsucht nach dir.«

Ich stöhnte. »Kannst das nicht du übernehmen?«

»Kann ich nicht. Er will nur dich sehen. Er kennt meine Präferenzen und empfindet sie als persönliche Beleidigung.«

»Ich schau bei ihm vorbei. In den nächsten Tagen, wenn es mir wieder besser geht.«

»Jetzt. Sofort. Er hat es ganz dringend gemacht. Soll ich dir mal vorlesen, was er so alles bei uns hat?«

»Ich weiß es nur zu genau. Deshalb wehre ich mich auch nicht mehr. Ich nehme das auf mich, wenn auch nicht klaglos.«

»Wie war deine Verabredung?«

»Frag nicht! Sie reiht sich nahtlos ein in das derzeitige Desaster.«

Ich zahlte und ging.

Sonja hatte recht.

Ich hatte nicht nur ein paar unbeantwortete Fragen nebst einigen wirklich hübschen Hämatomen am Hals, ich hatte auch noch einen Beruf, der den Mann ernährte und das auch weiterhin tun sollte. Allzu viele Empfindlichkeiten konnte ich mir nicht leisten, selbst in angeschlagenem Zustand nicht.

***

Gunter Kellberg war eine Größe in der Stadt, an der man nicht vorbei kam. Jetzt Anfang sechzig, war er immer noch ein durchtraniert wirkender und auf geradezu obszöne Weise attraktiver Mann, und er wusste das und stylte sich entsprechend. Die grauen Haare trug er, zu einem kleinen Schwänzchen gefasst, straff nach hinten gekämmt, seine Wangen zierte ein silberner Dreitagebart, und die schwarze Brille setzte einen markanten Akzent.

Von Beruf war Kellberg Hausbesitzer. Den ererbten Bestand hatte er klug erweitert. Er kaufte Häuser, vermietete sie und verkaufte sie wieder, wenn sich eine gute Gelegenheit bot. Er war bestens vernetzt in jenen Kreisen, in denen die wirklichen Entscheidungen getroffen wurden, bevor sie dann in den zuständigen Gremien abgenickt wurden, wozu nicht zuletzt beigetragen haben dürfte, dass er einige Jahre im Gemeinderat gesessen hatte. Wie man hörte, war es ihm damals egal gewesen, für welche Partei er antrat, Hauptsache, er bekam seinen Platz. War selbstredend nur ein böses Gerücht. Eine Kleinstadt wie Schwäbisch Hall war der ideale Nährboden für Gerüchte. Die meisten hatten ja durchaus einen wahren Kern.

Natürlich spielte er Golf. Schließlich war die 18-Loch-Anlage in Dörrenzimmern der Ort, wo als empfindlichste Ware Informationen gehandelt wurden – sozusagen die moderne Fassung der historischen Trinkstube des Stadtadels. Deshalb war er immer einer der ersten, der von lohnenden Objekten erfuhr, bevor diese ihren Weg in die offizielle Gerüchteküche fanden.

Er galt als beredt, liebenswürdig und charmant. Ich konnte das nicht nachvollziehen, doch irgendwas musste dran sein, denn er verteidigte seinen Ruf als größter Womanizer der Stadt hartnäckig. Man sah ihn mit ständig wechselnden Freundinnen, wobei das Gerede nicht stimmte, dass seine Begleiterinnen immer jünger würden. Es war immer das Gleiche bei diesen Typen: Zumindest altersmäßig blieb er seinen Vorlieben treu, nur er wurde immer älter. Irgendwo gab es auch ein paar Ex-Ehefrauen, die aber nicht in Erscheinung traten.

Mir war er recht unsympathisch, aber nur auf der Streckbank hätte ich zugegeben, dass da vielleicht ein gewisser Neid mitschwang. Würde ich in diesem Alter auch noch so gut und offenbar begehrlich dastehen wie er?

Allerdings gab es Gerüchte, und die relativierten den Neid doch etwas, dass man ihn schon seit einiger Zeit nicht mehr mit einer zeitweiligen ständigen Begleiterin gesehen habe. War seine Anziehungskraft einer Altersschwäche erlegen? Wenn das stimmte, musste es ihn arg schmerzen.

Meine Abneigung beruhte allerdings nicht auf Gegenseitigkeit, denn rätselhafterweise bemühte er sich stetig um mich. Einmal überrumpelte er mich mit einer Einladung zum Lunch. Mir fiel auf Anhieb keine glaubwürdige Entschuldigung ein, und es wurde eine ziemlich anstrengende Angelegenheit. Sogar mein angeborenes Quasselgen hatte Mittagspause.

Doch in welchem Handbuch für Versicherungsvertreter stand geschrieben, dass ich meine Kunden lieben musste? Hauptsache, die Geschäfte liefen problemlos, und das war bei ihm zugegebenermaßen der Fall. Er war ein guter Kunde. Ein sehr guter.

So machte ich mich denn etwas missmutig, woran mein schmerzender Körper nicht unschuldig war, auf den Weg zum Marktplatz und weiter in die Obere Herrngasse. Dort hatte Kellberg eines der mittelalterlichen Häuser geschmackssicher renoviert und darin sein Büro aufgeschlagen.

Diese Gasse faszinierte mich, immer schon. Sie symbolisierte alles, was Schwäbisch Hall ausmachte. Im Mittelalter war sie der Wohnsitz des Stadtadels gewesen, daher rührt auch ihr Name.

Die vermögenden Herrschaften hatten sich stattliche Häuser bauen lassen. Eng geht es zu, die Häuser türmen sich in die Höhe, die mächtigen Vorkragungen scheinen aufeinander zufallen zu wollen und schlucken an einem trüben Novembertag alles Licht. Als Kind begann dann meine Fantasie zu galoppieren. Ich sah finstere Gestalten umherschleichen, den Dolch im Gewande, die sich hastig davonmachten in den engen, steilen Staffeln, die hinauf zur Pfarrgasse führten und sich bald schon im immerwährenden Dämmer auflösten.

Wenn sich aber an einem Sommermorgen die ersten Sonnenstrahlen vorkämpften, dann wandelte sich die Gasse und zeigte ihr verstecktes, ihr mediterranes Gesicht. Blumentöpfe überall, Stühle und Bänke.

Ein properes Gässchen. Vorzeige-Mittelalter, der Höhepunkt jeder Touristenführung. Und zu früheren Zeiten wurden morgens die Nachttöpfe einfach auf die Gasse gekippt und der sonstige Abfall gleich dazu.

Ich schlenderte vorbei am Architektenhaus, das früher ein jüdischer Betsaal gewesen war. Bis 1938. Auch Schwäbisch Hall war eifrig braun gewesen, sehr braun.

Von Mittelmeeratmosphäre war nichts zu spüren. Tief und schwer hingen die Wolken, die Gasse war düster und klamm, passend zu meinen Gedanken. In dem kleinen Gärtchen neben der Löwenapotheke sah ich eine Frau in Weiß tanzend dahinschweben. Sie rief mir etwas zu, doch ich hörte es nicht.

Hirngespinste.

Kellberg also.

Der wirkte geradezu erleichtert, mich zu sehen, und machte zunächst Smalltalk. Das Wetter. Die Kapriolen der Stadtpolitik. Die Lage auf dem Haller Immobilienmarkt. Lauter unerschöpfliche Themen mit hohem Aufregungspotential, aber nichts, was nicht auch hätte warten können. Der Wetterbericht war konstant scheußlich, an der Lokalpolitik änderte sich eh nichts, wenigstens nicht zum Guten, und die Miet- und Immobilienpreise in der Stadt würden weiter steigen.

Kann sein, dass ich etwas ungeduldig wurde, doch ich war nicht zum Plaudern aufgelegt, ich musste schließlich eine verschwundene Leiche finden.

»Weshalb haben Sie mich eigentlich einbestellt?«, fragte ich rundheraus.

Er lachte nervös. »Also einbestellt … Ich bitte Sie! Nun, ich habe da noch ein paar Fragen zu meinen Verträgen, mir ist da einiges unklar.«

Nichts war unklar. Es war das übliche Paket: Wohngebäude, Elementarschäden, Haus- und Grundbesitzerhaftpflicht, Mietausfall, Rechtsschutz sowieso – alles Standard, nichts warf Fragen auf. Weshalb hatte er es so eilig gehabt? Er mochte ja sonst eloquent sein, aber jetzt stotterte er sich einen ab.

Und die ganze Zeit beobachtete er mich, wie um mich einzuschätzen, weil er ein Gebot abgeben musste.

»Was ist denn mit Ihrem Hals passiert?«, fragte er unvermittelt.

Er hatte es also auch gemerkt. Jeder merkte es. Es war zum Heulen!

Ich winkte lässig ab. »Kleiner Unfall. Nicht weiter schlimm.«

»Sieht aus, als hätten Sie einen Schlag abgekriegt.«

»Ich bin nicht mehr in dem Alter, in dem ich mich prügeln muss.«

»Manchmal widerfährt einem unabsichtlich was«, murmelte er.

Interpretierte ich das richtig? War er es gewesen? Er? Wollte er nur sehen, wie ich die nächtliche Attacke überstanden hatte? Aber das war doch absurd! Was sollte er in Wackershofen zu schaffen haben? Andererseits … bei seinem Ruf als Frauenheld …

»Sie sind doch auch viel unterwegs im Städtchen«, sagte ich. Abrupte Themenwechsel konnte ich auch.

»Wieso?«, fragte er verwundert.

»Ist Ihnen auch diese Frau aufgefallen? Blond, hübsch und ganz in Weiß gekleidet?«

»Nein«, sagte er. Zu rasch. »Wieso?«

»Nur so.«

Er war wirklich ein erbärmlicher Lügner. Etwas stank ganz gewaltig, und ich musste nur noch herausfinden, woher die Düfte kamen. Aus den ungeleerten Fäkaliengruben der Oberen Herrngasse nicht, die war längst an die Kanalisation angeschlossen. Doch es hatte keinen Sinn, hier jetzt weiter zu schnüffeln, das spürte ich, also ging ich meiner Wege.

»Vielleicht könnte man bei den Verträgen etwas machen, um die Gesamtkosten zu reduzieren«, murmelte er. Das hörte sich nicht nach knallharten Verhandlungen an, sondern eher nach einer lahmen Rechtfertigung für meinen Besuch.

Waren denn heute alle etwas seltsam? Oder kam mir das nur so vor, weil ich nicht ganz bei mir selbst war?

»Ich schau mir's an. Wir sehen uns, Herr Kellberg«, sagte ich, und wenn er das als Drohung auffassen sollte, lag er genau richtig.

***

Im Eingangsbereich des Freilandmuseums Wackershofen waren drei Frauen, andere als am Abend zuvor, die nichts Offensichtliches zu tun hatten. Um diese Jahreszeit hielt sich der Besucheransturm in Grenzen, zumal bei diesem Mistwetter. An einem kalten, verregneten Märztag machte es nicht sonderlich viel Spaß, durch ein Freilandmuseum mit seinen Schotterwegen zu stapfen. Die Haupttätigkeit der Damen, stellte ich mir vor, bestand aus Warten.

Der Regen hatte wieder eingesetzt, nicht heftig, aber lästig genug, dass ein Regenmantel geraten schien. Mein bestes Stück, also das, in dem ich die beste Figur machte, lag verdreckt in meiner Badewanne und wartete auf die Reinigung. Aber mein Kleiderschrank war ja wohlgefüllt.

Ich war der einzige Kunde weit und breit, und das war mir gerade recht. Die Damen langweilten sich vermutlich, da war ein kleiner Plausch bestimmt eine willkommene Abwechslung.

»Nicht viel los heute«, sagte ich mit dem mir eigenen Sinn für geistreiche Konversation.

Eine der Damen, eine etwas Mollige mit grauem Wuschelkopf, zuckte die Schultern. »Bei dem Wetter!«

»Dafür können Sie jetzt auswählen, wer Ihnen eine Eintrittskarte verkaufen darf«, sagte die Hagere mit brünettem Kurzhaar.

Zur Auswahl stand noch eine langhaarige falsche Blondine, die die Fünfzig genauso lang hinter sich gelassen hatte wie ihre Kolleginnen.

»Wie gut, dass ich mich nicht entscheiden muss, sonst würde ich zwei hübsche Frauen enttäuschen«, sagte ich und zückte meinen Ausweis, der mir als Mitglied des Vereins Hohenloher Freilandmuseum freien Eintritt verschaffte. Ich halte es ja sonst eher mit Groucho Marx und wollte keinem Verein angehören, der mich als Mitglied aufnahm, aber beim Freilandmuseum machte ich eine Ausnahme.

»Das hat er nett gesagt«, meinte die Mollige.

»Überhaupt nicht!«, erwiderte die Hagere. »Wenn er zwei hübsche Frauen enttäuschen muss, was ist dann mit der dritten? Ist die nicht hübsch? Und wer von uns ist das?«

Die Blondine grinste mich an. »Jetzt müssen Sie sich doch entscheiden.«

»Ich werde den Teufel tun! Das kann böse enden! Da gab es mal den Paris, der sollte entscheiden, wer schöner sei, Hera, Aphrodite oder Athene.«

»Und wie hat er sich entschieden?«

»Er hat sich von Aphrodite die schöne Helena zuführen lassen. Dummerweise war die schon verheiratet, und deswegen gab's den Trojanischen Krieg.«

»Da haben Sie ja noch mal Glück gehabt«, sagte die Mollige. »Die genannten Kolleginnen haben heute alle frei.«

»Eigentlich will ich auch keinen Krieg auslösen. Ich will nur etwas fragen.«

»Nur zu!«, sagte die Blondine. »Wir haben Zeit.«

»Das klingt vielleicht etwas seltsam, aber eine Bekannte von mir war gestern hier im Freilandmuseum und hat ihre Handtasche vergessen.«

»Das klingt wirklich seltsam«, sagte die Mollige. »Welche Frau vergisst denn ihre Handtasche!«

»Meine Bekannte ist etwas schusselig«, sagte ich. »Und manchmal ziemlich geistesabwesend.«

»Mir ist das auch schon passiert«, sagte die Hagere. »Die hing da überm Stuhl, und ich habe sie einfach vergessen. Ich hab's aber gleich gemerkt.«

»Bei dir glaube ich das sofort«, ätzte die Blondine.

Die Hagere fuhr auf. »Was soll das denn heißen?«

Ich fuhr schnell dazwischen, bevor die Damen ihre Sticheleien vertiefen konnten.

»Meine Bekannte hat es leider erst spät gemerkt. Und jetzt wollte ich fragen, ob bei Ihnen eine Handtasche abgegeben worden ist. Vielleicht hat sie einer der Aufseher gefunden.«

»Hier ist nichts abgegeben worden«, sagte die Mollige. Die beiden anderen schüttelten bestätigend die Köpfe.

»Merkwürdig«, sagte die Blondine. »Heute Morgen war eine Frau da, die hat genau dieselbe Geschichte erzählt.«

»Ach!«, sagte ich. »Dann ist's gut. Sie wusste nicht, ob sie es schaffen würde. Hat sie die Tasche beschrieben?«

»Wozu? Ist ja keine abgegeben worden.«

»Warum habe ich das nicht mitgekriegt?«, fragte die Mollige.

»Ich auch nicht«, sagte die Hagere.

»Du warst wie üblich auf dem Klo, und die Sigrid hat eine sehr lange Zigarettenpause gemacht.«

»Also hör mal!«, brauste die Mollige auf, und die Hagere murmelte: »War ja nichts los.«

»Wie sah sie denn aus, die Frau?«, wollte ich wissen.

Die Blondine schaute mich misstrauisch an. »Sie sollten eigentlich wissen, wie Ihre Bekannte aussieht.«

»Natürlich weiß ich das. Ungefähr meine Größe, ungefähr mein Alter, attraktiv, wenn natürlich auch nicht so wie Sie, meine Damen, schulterlange blonde Haare, ganz in Weiß.«

»Die Frau war ganz in Schwarz, die Haare habe ich nicht gesehen, weil sie einen Hut aufhatte, der Rest kommt hin.«

Der Rest kam wahrscheinlich bei der Hälfte der weiblichen Bevölkerung hin.

»Das Halstuch!«, sagte ich. »Sie trägt meistens ein auffallendes Halstuch.«

»Hatte sie. So eins mit geometrischen Mustern.«

Nun ja, ein Halstuch war auch kein Alleinstellungsmerkmal. Zwei der drei Damen von der Kasse trugen eins.

»Welche Adresse hat sie angegeben, falls die Tasche doch noch auftaucht?«, fragte ich.

In dem Blick, mit dem mich die Blondine betrachtete, war unverhohlenes Misstrauen zu sehen.

»Müssten Sie eigentlich wissen, wenn das Ihre Freundin ist«, sagte sie.

Ich fand selbst, dass das alles ziemlich dünn klang, und sagte: »Sie ist nicht meine Freundin, nur eine Bekannte, und sie ist eben erst umgezogen, und glauben Sie's oder glauben Sie's nicht, ich Dussel habe den Zettel mit ihrer neuen Adresse verschlampert. Mitsamt der neuen Handynummer.«

Immer noch zu dünn? Ich sagte: »Ganz üble Geschichte. Böse Scheidung, verstehen Sie?«

Das verstanden sie. Das verstand jeder, denn jeder kannte solche Geschichten.

»Wegen Ihnen?«, fragte die Mollige.

»Was wegen mir?«

»Die Scheidung.«

»Aber nein! Wir sind nur Freunde. Frühere Kollegen, verstehen Sie?«

Sie verstanden auch das.

»Wie böse?«, wollte die Hagere wissen.

»Was wie böse?«

»Die Scheidung.«

»Er kann's einfach nicht akzeptieren, dass sie weg ist, und stellt ihr dauernd nach.«

Sie nickte wissend. »Stalking.«

»Genau. Deshalb dieser ganze Zirkus mit neuer Adresse und neuer Telefonnummer und so. Rasend eifersüchtig, der Kerl.«

»Auf Sie auch?«, fragte die Mollige.

»Auf jeden. Auch auf Sie, wenn Sie jetzt mit ihr reden würden.«

Sie schüttelte den Kopf. »Männer! Erst willst du unbedingt einen haben, und dann kriegst du ihn nicht mehr los.«

Ich schielte auf ihre Hand. Was dort dick golden glänzte, sah nach Ehering aus.

»Also keine Adresse?«, fragte ich die Blondine.

Sie schüttelte den Kopf. »Keine Adresse. Sie hat gesagt, sie weiß selbst nicht genau, wo ihr die Handtasche abhandengekommen ist. Hat sie so gesagt. Abhandengekommen.«

»Das klingt doch seltsam, nicht wahr?«, sagte ich.

»Auch nicht seltsamer als Ihre Geschichte.«

Wie recht sie hatte! Und wie kam ich jetzt halbwegs glaubwürdig aus dieser ziemlich unglaubwürdigen Nummer wieder heraus?

Plötzlich deutete die Mollige auf mich: »Den kenne ich doch! Die ganze Zeit habe ich schon überlegt, und jetzt ist's mir eingefallen. Das ist doch dieser Versicherungsfritze, dieser Dillinger!«

»Ach der!« Die Hagere musterte mich kritisch.

Ertappt! Nicht gut. Oder vielleicht doch gut. Vielleicht konnte ich mich doch noch aus dieser misslichen Lage herauswinden.

Ich verbeugte mich galant. »Stets zu Diensten, gnädige Frau!«

»Will der uns etwa eine Versicherung andrehen?«

»Das wollen die immer.«

»Das ist die neueste Masche. Erst erzählt er uns eine abstruse Geschichte von Freundin und verschwundener Handtasche und so, und passt auf, gleich zieht er ein Formular aus der Tasche, hier, meine Damen, nur unterschreiben, die Versicherung zahlt, wenn Sie Ihre Handtasche irgendwo liegen lassen.«

»Und für die doppelte Prämie ist ein Handtaschenraub auch gleich mitversichert.«

»Da hört man ja auch die abenteuerlichsten Geschichten. Jungs, die einem den Riemen durchschneiden. Oder mit dem Motorroller vorbeisausen und die Tasche schnappen.«

»Alles kein Problem, wenn du die richtige Versicherung hast.«

»Eigentlich keine schlechte Idee. Ich lasse meine Handtasche liegen und tausche mein Billigding gegen eine Bottega Veneto.«

»Das ist doch Versicherungsbetrug!«

»Macht doch jeder.«

»So einfach geht das nicht. Du musst den Kaufbeleg vorweisen.«

»Als ob ich den noch hätte!«

»Dann wird deine Handtasche geschätzt. Und dann sagen die: Die ist bestimmt schon fünf Jahre alt, also gibt es nur den Zeitwert, und drücken dir einen Zehner in die Hand.«

»Und der Versicherungsvertreter grinst sich eins und kassiert seine Prämie.«

»Kein Wunder, dass er einen Porsche fahren kann.«

Sie redeten, als wäre ich gar nicht anwesend. Ich weiß, mein Berufsstand hat keinen guten Ruf, aber so langsam hatte ich genug.

»Himmelherrgottssakkreuzdonnerwetteraberauch!«, fluchte ich mit erhobener Stimme.

Erschrocken fuhren die Damen zusammen.

Ich hieb auf den Tisch, dass die Tassen hüpften. Was ich bei meinem lädierten Hals besser unterlassen hätte. Ein stechender Schmerz durchfuhr meinen ganzen Körper. Grund genug, gleich nochmals los zu legen.

»Allmachtsjenseitsdobbelwegga!«

Auf den Gesichtern der Damen war so etwas wie Besorgnis zu sehen.

»Wie sehen Sie denn aus? Ihr Hals da!« Das war die Blondine.

Wieder mal war mein Halstuch verrutscht. Ich war ein solches Ding nicht gewohnt

»Das sieht ja schlimm aus!«, sagte die Mollige.

»War er das?«, fragte die Hagere.

»Wer?«

»Der eifersüchtige Mann Ihrer Freundin?«

»Sie ist nicht meine … Ach egal.«

»Und? Haben Sie's ihm gegeben?«

»Aber hallo! Der reibt sich jetzt noch die … also die empfindlichsten Teile.«

Jetzt meldete sich wieder die Blondine zu Wort. »Ach was! Der erzählt doch bloß Geschichten! In Wahrheit ist er wieder hinter einer Leiche her.«

In gespielter Kapitulation hob ich beide Hände. »Wieder ertappt! Es war auch nicht der Ehemann. Mir ist gestern Abend eine Leiche auf den Kopf gefallen, und jetzt suche ich sie, weil sie nämlich verschwunden ist.«

Die drei Frauen sahen sich an und brachen in brüllendes Gelächter aus.

»Der war gut!«, prustete die Hagere.

»Und was hat die Handtasche damit zu tun?«, fragte die Mollige, nachdem sie sich wieder beruhigt hatte.

»Wenn ich das wüsste!«, sagte ich.

»Wahrscheinlich war die Leiche da drin.«

»In einer Handtasche?«

»Kleingemacht. Der ist doch Hobbykoch, da hat er bestimmt scharfe Messer.«

»Gruselig!«

»Gibt's aber. Kannst du in jedem Krimi nachlesen.«

»So was lese ich nicht.«

»Ich schon.«

Ich räusperte mich, um mir Gehör zu verschaffen. »Wenn ich die Damen in diesen interessanten Diskussionen stören darf? Waren Sie gestern Nachmittag auch da?«

Meine stille Hoffnung war die Bestätigung, dass die Frau in Weiß eine Eintrittskarte gekauft hatte.

Drei Frauen schüttelten unisono den Kopf.

»Wer dann? Kann ich mit denen sprechen? Wann sind sie wieder da?«

»Die Lydia hat Hexenschuss, das kann dauern, die Helga können Sie auf Malle besuchen, die hat zwei Wochen Urlaub, und die Waltraud bereitet ihre Silberhochzeit vor und hat auch eine Woche frei.«

Es war sowieso nur eine klitzekleine Hoffnung gewesen.

»Und was ist mit den Aufsehern?«, fragte ich. »Irgendwer muss doch abends die Häuser abschließen.«

»Wo ist Ihnen denn die Leiche auf den Kopf gefallen?«, fragte die Blondine. Die anderen zwei prusteten schon wieder.

»Im Käshof.«

»Warten Sie mal! Ich glaube, das ist das Revier vom Georg.«

»Und wo finde ich den? Auch auf Malle?«

»Der ist immer da. Sonst wird er nämlich daheim im Haushalt eingespannt.«

»Das wird seiner Frau aber gar nicht gefallen«, sagte ich.

»Ach was! Die hat ihn doch so lange getriezt, bis er sich eine Beschäftigung gesucht hat. Die hat es mit ihm nicht mehr ausgehalten, seit er in Rente ist. Jetzt haben beide wieder ihre Ruhe und sind zufrieden.«

»Frauen!« Ich schüttelte den Kopf. »Erst schimpfen sie, weil man keine Zeit für sie hat, und dann … Wie erkenne ich ihn?«

»Unverkennbar! Hat lange Haare für sein Alter und einen grauen Vollbart.«

»Dann werde ich ihn bestimmt erkennen«, sagte ich.

»Und nehmen Sie sich in acht. Er hält sich für einen Schwerenöter.«

»Ist er auch einer?«

»Nicht die Bohne!«

»Also ich lass mich gern mal beflirten«, sagte die Mollige.

»Aber doch nicht so!«

»Wer's nötig hat.«

»Weißt du, was der neulich zu mir gesagt hat? Er hat gesagt …«

Ich überließ die Damen ihrem zweifellos aufschlussreichen Erfahrungsaustausch und machte mich auf die Suche nach Georg, dem Schwerenöter.

***

Der Regen pladderte, ein fieser Wind pfiff durchs Gelände, und so war es kein Wunder, dass ich keiner Menschenseele begegnete. Kein Schwein war unterwegs, und das im Wortsinne. Selbst die Schwäbisch-Hällischen Landschweine unweit des Eingangs hatten sich in ihren offenen Stall verzogen und verdösten den Tag. Kein Aufseher war zu sehen. Was sollten die auch tun? Die Regentropfen zählen?

Wir waren uns alle einig, dass wir einen solch miesen März noch nie hatten. Außer im letzten Jahr. Und im vorletzten. Und …

Ich zog den Gürtel meines garantiert wasserdichten Regenmantels enger, der auch als zweite Wahl jetzt mal beweisen konnte, ob er seine Versprechungen hielt, schob meinen Westernhut mit der breiten Krempe tief übers Gesicht und marschierte los.

Auf dem kleinen Teich dümpelten einige Enten und Schwäne. Denen war es egal, ob sie auch von oben nass wurden. Ich kam an den kleinen Häuschen vorbei, in denen früher Flachs gedarrt und gebrochen wurde.

War eine mühselige und langwierige Angelegenheit, bis aus der zarten Pflanze Lein mit ihren schönen blauen Blüten Leinen wurde. Die Pflanzen wurden ausgerupft, mussten nachreifen, dann wurden mit der Riffel die Samenkapseln von den Stengeln gerissen.

Die Stengel kamen wieder hinaus aufs Feld, wo sie im Verlauf einiger Wochen von Pilzen und Bakterien mürbe gemacht wurden. Jetzt wurden sie gedarrt, also getrocknet, aufgebrochen, gehechelt, wobei kurze und beschädigte Fasern, die Werg genannt wurden, ausgekämmt wurden, und die übrig gebliebenen Langfasern wurden zu feinem Garn gesponnen.

Kein Wunder, dass der Flachsanbau schnell ins Hintertreffen geraten war, als es gelang, billig importierte Baumwolle maschinell zu verspinnen.

Das war es, was mich an diesem Freilandmuseum so faszinierte. Es zeigte nicht bloß eine vergangene, untergegangene Welt, die von der Zeit überholt worden war. Es berührte auch existentielle Fragen. Woher kommen wir, was hat diese eingefrorene Vergangenheit mit uns gemacht? Es konfrontierte uns mit einer Geschichte, die auch unsere war. Selbst wenn das alles vor unserer Zeit war, es bestimmte uns doch.

Ich stand eine Weile vor den beiden kleinen Häuschen und sann über den Lauf der Zeit nach. Neue Entwicklungen, vor allem neue technische Entwicklungen, ließen alte Kulturtechniken verschwinden. Und heute malochten in Asien oder sonst wo auf der Welt Arbeiterinnen und Kinder unter erbärmlichen Bedingungen, damit der satte Europäer zu einem Fünf-Euro-T-Shirt kam, das nach ein paar Wochen weggeworfen wurde.

Der Regen strömte in stoischem Gleichmut, mein garantiert wasserdichter Regenmantel tat noch, was er tun sollte. Wo und wie der wohl fabriziert worden war?

Ich hätte noch lange da stehenbleiben und mich in eine heilige Wut hineinsteigern können, aber ich hatte eine Mission. Ich suchte eine Leiche.

Ich machte mich an den Aufstieg zu dem, was die Museumsleute »Waldberge« nannten.

Ich war auch schon besser zu Fuß gewesen. Ich hätte jetzt über die Verbindung zwischen Hals und Beinen nachdenken können, doch stattdessen ächzte und stöhnte ich ein wenig und suhlte mich in meinen Schmerzen. Hörte ja keiner außer mir. Und mich störte es nicht.

Bergauf, bergauf. Normalerweise ein Klacks. Nicht mal ein richtiger Berg, nur eine kleine Anhöhe. So schleppst du dich also mit achtzig dahin. Ach was, mit achtzig war ich garantiert fitter als jetzt.

Bis dahin musste nur noch diese Sache mit der Leiche geklärt werden. Irgendwann mussten sie ja kapieren, die Bösewichter, dass sie vor mir keinen Reißaus nehmen mussten, ich kam sowieso hinter alles.

Okay, diesmal war es ein wenig anders. Diesmal hatte ich nur, sagen wir mal so: die Illusion einer Leiche. Nein, ich hatte mir das nicht alles nur eingebildet, es war geschehen. Vielleicht nicht hier, dann aber in einem Paralleluniversum. Man hört ja die eigenartigsten Dinge.

Noch immer war ich nicht oben. Ich legte eine kurze Pause ein, vielleicht pausierte mein pochender Hals dann auch. Der Arzt meines Vertrauens hatte Ruhe empfohlen. Der hatte leicht reden! Wie sollte ich Ruhe halten, wenn ich einer Leiche hinterherrennen musste?

Die Leiche. Es könnte die Frau in Weiß gewesen sein, sofern man die Birkin Bag als Indiz nahm. Oder auch nicht, denn die Frau in Schwarz, die nach einer verloren gegangenen Handtasche gefragt hatte, könnte auch die Frau in Weiß gewesen sein. Verkleidet sozusagen.

Weiter.

Ich sah das Ziel vor mir.

Warum musste ich mich ausgerechnet in das am weitesten entfernte Gebäude vergucken? Das hatte ich mich, soweit ich mich erinnerte, heute Nacht auch schon gefragt, als ich niedergeschlagen im Wortsinne hier heruntergewankt und irgendwie, ich weiß nicht mehr, wie, nach Hause gekommen war.

Etwas hatte mich an diesem Haus fasziniert. Weil es das größte war auf dem Freigelände? Seiner spannenden Geschichte wegen?

Ich betrat den Käshof über die Außentreppe, die ich heute Nacht hinuntergekullert war.

Im Haus war niemand, und ich rechnete auch nicht damit, dass jemand kam. Bei diesem Wetter stieg niemand freiwillig hier hoch, außer einem Versicherungsvertreter mit zu viel Fantasie.

Trotzdem brüllte ich: »Ist da jemand?«

Natürlich antwortete niemand. Gestern hatte ja auch niemand geantwortet.

Links ging es in die Wohnstube. Dort auf dem Tisch hatte die Handtasche gelegen, die ich mir gegriffen haben musste, als ich wieder zu mir gekommen war; ich erinnerte mich nicht mehr daran, ich musste sie unbewusst geschnappt haben.

Inwieweit konnte ich meiner Erinnerung überhaupt noch trauen?

Es stimmt, eine Kopfverletzung konnte eine Teilamnesie bewirken. War das alles nicht so geschehen, wie ich zu wissen glaubte? War das alles nur eine Ausgeburt einer überhitzten Fantasie gewesen, ein böser Traum, eine Sinnesverwirrung? Erinnerungsfetzen, die mit etwas anderem verknüpft wurden, das in einem anderen Teil meines Gedächtnisses versteckt war? Wie sich im Traum alles Mögliche absurd verknäult?

Dann wäre nur noch die Kleinigkeit zu klären, was es mit meinem lädierten Schädel auf sich hatte. Und mit meinem pochenden Hals. Ich verstand jetzt, wenn jemand sagte, er habe soooo einen Hals.

Diese Ungewissheit über mich selbst machte mich schier rasend. Es ging jetzt gar nicht mehr darum, eine verschwundene Leiche zu finden, sondern mir selbst zu beweisen, dass das alles tatsächlich geschehen war, was ich erlebt zu haben glaubte.

Und da waren diese Zweifel schon wieder.

Nein, es war geschehen, genauso, wie ich es erinnerte, und damit basta!

Als Arbeitshypothese war das doch ganz brauchbar.

Im Wohnzimmer, dem Handtaschenfundort, war nichts Auffälliges. Nicht mal ein schrilles Halstuch, das achtlos auf die Eckbank geworfen war. Wäre so schön gewesen.

Nebenan war die Küche. Auf dem großen Herd standen Töpfe und Pfannen, als ob gleich jemand mit Kochen loslegen würde. Der Tisch in der Ecke war schon mit einfachen Tellern und Besteck eingedeckt. Das war alles mit viel Liebe arrangiert und vermittelte mit wenigen, raffiniert platzierten Accessoires, wie es in früheren Zeiten gewesen war.

Allerdings bestimmt nicht so sauber wie jetzt. Ich kroch mühevoll unter den Esstisch. Irgendwas musste doch zu finden sein, ein abgetrennter Knopf zum Beispiel.

Ich fand ein abgebranntes Streichholz aus einem Heftchen.

Womit hatte sich die Frau in Weiß ihre Zigarette angezündet? Mit einem goldenen Feuerzeug. Hatte sich dieses goldene Feuerzeug in der Handtasche gefunden?

Ich erinnerte mich nicht.

Falsch. Ich hatte nicht darauf geachtet, und das war ein Unterschied.

Ich zog ein altmodisches analoges Notizbuch aus meiner Jacke und machte mir eine Notiz: nachprüfen! Auf mein Gedächtnis wollte ich mich derzeit lieber nicht verlassen.

Ich stieg die Treppe hinauf zum Dachboden.

Einige wenige Fenster ließen Licht in den Raum. Etwas Licht Soviel eben da war an einem verregneten Märztag.

In alten Zeiten hatte man in diesem Fall einen Kienspan oder eine Kerze in der Hand und musste aufpassen, dass das Lagergut hier oben nicht aus Versehen Feuer fing.

Ich war besser ausgerüstet.

Ich suchte die Stelle, wo ich ungefähr gestanden haben musste, als ETWAS auf mich fiel. Das ETWAS musste von oben gekommen sein, das geboten die Gesetze der Physik.

Ich schaltete meine starke Maglite ein und richtete den Strahl nach oben ins alte Gebälk.

Solche Fachwerkkonstruktionen sind faszinierend. Wie die Balken ineinandergreifen und sich nicht nur gegenseitig stützen, sondern auch ein Gebilde von ästhetischem Reiz ergeben. Was waren dagegen schnell hochgezogene Betonmauern!

Natürlich war von hier unten aus nichts zu sehen. Aber auf den Balken musste etwas zu finden sein. So ein Dachboden ist kein Reinheitsraum. Staub setzt sich nieder, Spinnen tummeln sich, Mäuse hinterlassen ihre Spuren. Und dort oben wurde bestimmt nicht jeden Montag sauber gemacht. Wenn hier jemand gewesen war, musste er Spuren hinterlassen haben.

Also gehen wir ganz systematisch vor, Sherlock, und wenden uns dem Naheliegenden zu.

Ich leuchtete den Boden zu meinen Füßen systematisch ab, Quadratzentimeter um Quadratzentimeter.

Da! War das da nicht ein dunkler Fleck? Ich ging auf die Knie und betrachtete ihn durch meine Lupe. Es blieb ein dunkler Fleck. Blut? Mit meinem Taschenmesser kratzte ich etwas davon ab in eine kleine Plastiktüte mit praktischem Zipp-Verschluss. Irgendwer konnte das bestimmt untersuchen.

»Was machen Sie denn da?«, fragte plötzlich eine Stimme hinter mir.

Ich war so vertieft gewesen in meine Spurensuche, dass ich keine Schritte gehört hatte.

Ächzend erhob ich mich. »Mir ist ein Centstück heruntergefallen. In einer dieser Ritzen muss es sein.«

»Ein Centstück? Und deshalb machen Sie sich die Hosen dreckig?«

»Es ist ein besonderes Centstück. Gering an Wert, aber reich an Erinnerungen.«

»Welche Erinnerungen?« Manchmal können die Hohenloher schon erbarmungslos neugierig sein.

»Erinnerungen an eine vergangene Liebe.«

»Vorbei ist vorbei.« Manchmal sind sie auch widerwärtig pragmatisch.

»Sie wissen doch, wie das mit Erinnerungen ist. Sie lassen einen manchmal nicht los.«

Vor mir stand ein bulliger, jedoch nicht korpulenter Mann, den ich auf Ende sechzig oder Anfang siebzig schätzte. Längeres Haar, grauer Vollbart: Georg, der Schwerenöter.

»Mit Taschenlampe.« Er deutete auf die Maglite in meiner Hand.

»Hier oben ist ja nicht gerade Festbeleuchtung.«

»Und Sie laufen immer mit so einem Monstrum herum?«

»Nur, wenn ich meinen Cent suche.«

»Einen Cent. Nun ja, jeder hat das Recht auf seine Marotten.«

»Ist gestern schon passiert. Ich bin nur heute wiedergekommen. Mit der Taschenlampe. Waren Sie gestern auch im Dienst?«

»Ich bin immer hier.«

»Um die Häuser abends abzuschließen?«

»Auch.«

»Und Sie haben gestern nicht zufällig meinen Cent gesehen?«

»Ich war gar nicht hier oben.«

»Müssen Sie nicht die Besucher aus dem Haus treiben, wenn Sie abschließen?«

»Man hört ja, ob jemand da ist. Gestern habe ich nichts gehört. Ich rufe. Wenn sich keiner meldet, drehe ich das Licht ab. Wenn doch noch jemand da ist, gibt es ein großes Geschrei.«

Es sei denn, dieser Jemand kann nicht schreien, weil er auf dem Dachboden im Koma liegt.

»Und dann schließen Sie ab.«

»Dann schließe ich ab. Wäre ja sonst wie eine Einladung. Wenn es hier auch nichts gibt, was man für teures Geld verscherbeln könnte.«

»Mehr so ideelle Werte, nicht wahr? Wie mein Cent.«

»Ich will ja Ihre Gefühle nicht verletzen, aber das ist doch etwas anderes. Dieses Gebäude ist eine lange, gelebte Geschichte. Schauen Sie, der Käshof wurde 1585 erbaut.«

»Sicher?«

»Sicher. Unsere Experten können das mit Holzuntersuchungen feststellen. Jedenfalls, das Haus ist bis in die 1960er Jahre bewohnt worden. Fast vierhundert Jahre lang haben hier Menschen gelebt. Sie haben sich geliebt, sie haben sich gestritten, sie haben Kinder gezeugt, sie sind hier gestorben. Ist das nicht eine faszinierende Vorstellung?«

Mir war die Geschichte des Käshofes vertraut, zumindest in groben Umrissen, was ich aber jetzt aus ermittlungstaktischen Gründen nicht zugeben wollte. Ja, es war eine faszinierende Vorstellung. Deshalb mochte ich dieses Haus so. Es hatte keinen musealen Charakter, mit heutigen Mitteln künstlich in einer alten Vergangenheit konserviert, es zeigte unverstellt seine Geschichte, die bis in eine Zeit reichte, die ich selbst noch mitbekommen hatte.

Ich sagte: »Was dieses Haus schon alles erlebt hat! Wenn die Mauern reden könnten …«

Georg, der Schwerenöter, lachte auf. Es war ein verlegenes Lachen, und als er dann sprach, nahm er seinen Blick von meinem Gesicht und schaute auf die Seite. »Sie können mich für verrückt halten, aber ich glaube, manchmal tun sie das tatsächlich.«

»Nein, ich halte Sie nicht für verrückt. Den Eindruck hatte ich auch schon.«

Jetzt schaute er mich aufmerksam an. »Tatsächlich?«

Ich nickte. »Tatsächlich.«

»Es ist ja nicht so, dass man wirklich Stimmen hören würde. Es ist mehr so ein Gefühl. Etwas, das in mir etwas zum Schwingen bringt. Emotionen auslöst. Gedanken.«

»Geht mir genauso.«

»Laut kannst du das ja nicht sagen, die halten dich für plemplem.«

»Ist halt nicht jeder empfänglich dafür«, bestätigte ich.

»Im Volksglauben spielen Hausgeister eine große Rolle«, sagte er nachdenklich. »Sie wachen über Haus und Hof und beschützen die Bewohner. Heute würde man vielleicht sagen, sie sorgen für eine angenehme Atmosphäre.«

»Heute nennt man das Feng-shui oder Karma.«

»Und wenn die Menschen nicht rechtschaffen gelebt haben, wurden aus den Hausgeistern Plagegeister oder Poltergeister und haben den Bewohnern das Leben zur Hölle gemacht. Für meine Großmutter war das eine Tatsache, an der es nichts zu rütteln gab.«

»Wir aufgeklärten Menschen von heute sind da weiter.«

Er wiegte bedächtig sein Haupt mit dem mächtigen Schnauzer. »Ich weiß nicht. Manchmal passieren schon merkwürdige Dinge, die man sich nicht erklären kann.«

»Zum Beispiel?«

»Wenn ich morgens durch meine Häuser gehe, habe ich bisweilen den Eindruck, dass irgendwas anders ist als am Abend zuvor. Eine Pfanne auf dem Herd ist verrutscht. Das Besteck auf dem Teller liegt anders. Solche Dinge. Das sind nur Kleinigkeiten, unscheinbare Kleinigkeiten, manchmal kann ich es auch gar nicht fassen, es ist mehr so ein Gefühl, aber irgendwas ist anders.«

»Vielleicht eine Schwarze Messe? Wäre ein guter Ort dafür. Etwas gruselig.«

Ich hatte das als Scherz gemeint. Er nicht.

»Dafür haben sie andere Orte. Der Ku-Klux-Klan beispielsweise hat sich vor den Toren von Schwäbisch Hall auf der Ruine Oberlimpurg getroffen.«

»Ich weiß. Wir haben dort in meiner Jugend wilde Partys gefeiert. Das waren feuchtfröhliche Veranstaltungen.«

Er wiegte den Kopf. »Die Zeiten ändern sich. Das Übersinnliche ist wieder schwer aktuell. Verbindungen mit der Engelwelt und Elementarwesen. Mit Verstorbenen sprechen. Pendeln, Rutengehen, Geomantie. Doppelgänger. Bei so einem alten Haus mit seinen eingemauerten Geschichten ist alles vorstellbar.«

»Das meinen Sie jetzt aber nicht ernst?«

»Ich finde manches nur merkwürdig. Wie das Besteck, das um eine Idee verrückt ist.«

»Die Hausgeister?«

»Kann sein. Oder auch nicht. Genauso merkwürdig ist, dass heute Morgen das Fenster neben der Eingangstür offen war.«

Und ich weiß auch genau, wer das war, aber das werde ich dir nicht auf die Nase binden, dachte ich. Laut sagte ich: »Dafür kann es eine einfache Erklärung geben. Sie haben das Fenster zum Lüften geöffnet und vergessen, es wieder zu schließen.«

»Ausgeschlossen! Die Haustür steht den ganzen Tag offen, da muss man nicht lüften. Außerdem ist das ein altes Haus, das hat eine natürliche Fugenlüftung.«

»Dann war da unter dem Fenster heute Morgen ein See? Hat ja heftig geregnet gestern.«

»Merkwürdigerweise nicht. Das Fenster stand auch nicht sperrangelweit offen, es war angelehnt, aber nicht verriegelt.«

Angelehnt? Zu solcher Umsicht sollte ich heute Nacht fähig gewesen sein? Merkwürdig, in der Tat.

»Außerdem waren heute Morgen die Stühle um den Esstisch verrutscht. Als ob jemand dagegen gestoßen wäre. Und ich stelle sie jeden Abend ordentlich hin.«

»Was schließen Sie daraus? Doch ein Poltergeist?«, fragte ich.

»Ich schließe gar nichts, ich stelle es nur fest und mache mir Gedanken.«

»Heute mach ich mir kein Abendbrot, heute mach ich mir Gedanken«, murmelte ich.

»Was?«

»Nur so ein dummer Spruch. Tja, meinen Cent mit den vielen Erinnerungen muss ich wohl abschreiben. Ihnen ist heute Morgen hier oben nichts aufgefallen?«

»Nichts. Alles wie immer. Auf einen Cent in den Ritzen habe ich allerdings nicht geachtet.«

Merkwürdig. Da passiert so Dramatisches und hinterließ keine Spuren? Das konnte nicht sein! Es sei denn … Nein, etwas musste geschehen sein, das sagte mir mein schmerzender Körper. Ich sollte mal meinen Spezl Keller von der Mordkommission anstupsen, damit der seine Spezialisten von der Kriminaltechnik hier herumkriechen ließ. Und wenn sich dann herausstellen sollte, dass ich mir doch bloß nach einem Fehltritt den Kopf angeschlagen hatte? Wie oberpeinlich wäre das denn?

»Was ist los mit Ihnen?«, fragte Georg. »Sie wirken so abwesend.«

»Ich habe darüber nachgedacht, wie man wohl in früheren Zeiten im Käshof und anderswo gelebt hat.« Diese Ausrede zog in einem Freilandmuseum immer.

»Um dem nachzuspüren, ist Wackershofen da«, meinte Georg. »Romantisch war es auf alle Fälle nicht. Die Zeit war hart. Die haben sich krumm und buckelig geschuftet. Und ich denke mal, denen war es die ganze Zeit so kalt wie uns jetzt. Die haben sich den Hintern abgefroren, im Winter auf dem Häuschen ganz wörtlich. Freiwillig blieb da keiner lange hocken.«

»Gutes Stichwort«, sagte ich. »Gehen wir nach unten, mir wird kalt.«

Ich ging voran die Treppe hinunter. Hinter mit fragte Georg: »Was ist denn mit Ihrem Hals passiert?«

Dass dieses dämliche Halstuch auch dauernd verrutschen musste!

»Kleiner häuslicher Unfall«, sagte ich. Georg wollte ich nichts erzählen von der Leiche, die mir auf den Kopf gefallen war. Womöglich hätte er's geglaubt.

»Im Suff gegen die Tür gerannt, was? Kenn ich! Aber sagen Sie's nicht weiter, sonst komme ich in einen schlechten Ruf. So, jetzt muss ich mich um meine anderen Häuser kümmern. Wenn ich Ihren verschwundenen Cent finde, er ist bei mir sicher wie in Abrahams Schoß. Schauen Sie halt bei Gelegenheit wieder mal vorbei.«

Worauf du dich verlassen kannst, Georg! Es war offensichtlich, dass er mir meine Geschichte nicht abnahm. Einerlei, mir war mein schlechter Ruf egal.

Im Hausflur lehnte ein Stock mit schönem Silbergriff an der Wand, den er an sich nahm. Ich war erstaunt, ich hatte nicht bemerkt, dass er beim Gehen beeinträchtigt war.

»Haben Sie Schwierigkeiten mit den Beinen?«, fragte ich.

»Alte Kriegsverletzung.«

In meinem Kopf ratterte es. Im Kopfrechnen war ich nicht so gut, aber selbst ich konnte ausrechnen …

»70/71«, schob er nach.

Ich schaute ihn verständnislos an.

»War ein Witz.« Er lachte. »Nein, mit meinen Beinen ist alles in Ordnung. Ich habe diesen Stock vor vielen Jahren mal in Venedig gesehen, und er hat mir gefallen. Gibt mir einen würdigen Anstrich, finden sie nicht? Ist noch gar nicht so lange her, da ist kein Mann ohne Hut und Spazierstock aus dem Haus gegangen. Und im Vertrauen gesagt, manchmal kann man damit auch bösen Jungs eins auf die Finger geben.«

Er ging die Außentreppe hinab, die ich mit einem giftigen Blick bedachte. Den geschwollenen Hals hatte ich mir auf dem Dachboden geholt, die Treppe war für den restlichen Teil meines malträtierten Körpers verantwortlich.

Ich sah ihm nach, wie er an der Dorfkapelle vorbei zum Forsthaus aus Joachimstal marschierte, munter sein Stöckchen schwingend, und betrat dann wieder den Käshof.

Die Wohnstube. Der Tisch. Die Handtasche, die eine Birkin Bag war. Würde zu der Frau in Weiß passen, die sich so offensichtlich teuer kleidete. Sonst passte nichts.

Ich schaute mich beschwörend um.

»So, ihr Wände, dann erzählt mal, was ihr gestern Abend gesehen habt.«

Aber die Wände blieben stumm.

***

Mein Kopf dröhnte, mein Nacken pochte heiß, und ich spürte am ganzen Körper Muskeln schmerzen, von denen ich nicht gewusst hatte, dass es sie gab.

Und dann tat ich etwas bis dato Undenkbares: Auf der Rückfahrt machte ich bei einem Supermarkt Halt und kaufte eine Packung Maultaschen. Ich war zu erledigt, um noch etwas Anständiges zu kochen oder irgendwo essen zu gehen.

Wenigstens war die Brühe selbstgemacht, in der ich die Maultaschen dann erhitzte. Und die Herrgottsbscheißerle kamen aus regionaler Produktion.

Und jetzt?

Ich war jung, allein stehend und besaß einen Schrank voll guter Kleidung.

So beschrieb sich die Hauptfigur in dem Roman, den ich gerade las. Ich erkannte mich wieder, mit einem allerdings signifikanten Unterschied: Ich war allein sitzend. Sitzend in einem bequemen Sessel, auf dem Tischchen neben mir ein Glas Rotwein.

Das Buch musste aus jener Zeit stammen, als man die neuen Regeln der Rechtschreibung noch mit brutaler Konsequenz anwandte. Wie prägnant da die Unterschiede herausgearbeitet wurden! Was sagte der Seebär im hohen Norden regelkonform? Hier zu Lande fahren viele Schiffe. Hier zu Lande?

So ist halt der Mensch: Wenn er keine Probleme hat, macht er sich welche. Meine Probleme begannen, mir über den Kopf zu wachsen. Deshalb dröhnte er so.

Sollte ich es wie der Romanheld machen und mich daran erinnern, dass da draußen zahllose attraktive Frauen herumliefen, die »für ein bisschen Vergnügen immer zu haben waren«? Aber an irgendeiner attraktiven Frau war ich nicht interessiert, nur an einer ganz bestimmten. An einer quicklebendigen Leiche, die gleichwohl verschwunden war.

Ich überließ den Romanhelden seinem Schicksal und stürzte mich in das Haller Nachtleben.

Es war falsch, ganz falsch, und ich wusste das. Ruhe hatte mir der Doktor verschrieben, und ausnahmsweise war ich geneigt, ihm Recht zu geben. Ein paar Kneipen und ein paar Cocktails später hatte ich immer noch keine Erleuchtung, die mir weiterhelfen konnte. Dafür sah ich einmal in der Entfernung Sonja, im einen Arm die Birkin Bag, im anderen ihre Lebensgefährtin. Wenigstens sie schien sich zu amüsieren.

Noch ein letzter Absacker in einer der Kneipen am Sparkassenplatz, die ständig den Namen wechselte, wie sie aktuell gerade hieß, war mir entgangen.

Und dann sah ich sie.

Die Frau in Weiß, nur in Schwarz.

Schwarz von den Schuhen bis zum Hals.

Aber das gleiche Gesicht.

Die gleichen blonden Haare.

Unverkennbar.

War meine Leiche quicklebendig wieder aufgetaucht?

Ich versuchte, meinen Blick zu fokussieren, und sah – nichts. Stimmt nicht. Andere Menschen. Aber keine Frau in Schwarz.

Eine Erscheinung? So, wie mir in Schwäbisch Hall ab und zu die Frau in Weiß erschienen und schnell wieder verschwunden war?

War wohl doch Zeit, endlich ins Bett zu gehen.

***

Ausnahmsweise war ich am nächsten Morgen vor Sonja im Büro. Ich war wie gerädert, hatte miserabel geschlafen, erinnerte mich jedoch nicht mehr an meine verqueren Träume. War vielleicht gut so.

Ich saß da und starrte die Wand an. Sie starrte zurück. Wir hatten uns nichts zu sagen.

Die Tür wurde lautstark aufgerissen, eine Elefantenherde im Anmarsch. Herein stürmte Keller, in seinem Gefolge Fietje Nissen. Der Kommissar aus Schwäbisch Hall und sein schlaksiger Assistent aus Deutschlands hohem Norden. Das versprach Abwechslung.

»Oh!«, sagte ich. »Wenn ihr euren Besuch angekündigt hättet, dann hätte ich ein Bier kaltgestellt und Labskaus gemacht.«

»Bloß nicht!«, sagte Nissen.

»Wenn man meine Kochkünste in Zweifel zieht, trifft mich das einer empfindlichen Stelle«, erwiderte ich empört.

»Kochkünste? Bei Labskaus?« Nissen schüttelte sich.

»Wir kommen dienstlich«, knurrte Keller.

»Auch recht«, sagte ich. »Lebensversicherung habt ihr sicher schon, aber ich habe noch mehr feine Sachen im Angebot. Da können wir schon was drehen.«

»Dienstlich bezog sich auf unseren Beruf«, sagte Keller.

»Auch recht. Bei was soll ich euch diesmal aus der Patsche helfen? Redet frei heraus, keine falsche Scham! Ich sag's auch nicht weiter.«

Ich wies auf die beiden Sessel meiner Sitzgruppe. Keller ließ sich mit einem Ächzen hineinplumpsen, Nissen faltete seine lange Gestalt irgendwie zusammen.

»Quatsch nicht!«, sagte Keller. »Du bist für uns ein Verdächtiger in einem Mordfall.«

»Hoppala! Mal was Neues. Nicht schlecht. Immer nur Mörder jagen wird langweilig auf die Dauer. Man muss auch mal die Seiten wechseln. Das Leben aus einer anderen Perspektive betrachtet. Das hält die Ganglien frisch.«

»Wenn du mal in die Grube fährst, muss man dir auch das Maul extra totschlagen«, giftete Keller. »Wo warst du heute Nacht zwischen elf und drei Uhr?«

»Jetzt wird mir klar, weshalb du nie Polizeipräsident wirst. Das ist eine reichlich unpräzise Frage. Zwischen elf und zwölf war gestern Nacht, gestern, wohlgemerkt, wohingegen der Zeitraum zwischen null und drei Uhr …«

»Wo warst du?«

»Mal überlegen. Wo war ich bloß? Ach ja, zwischen dreiundzwanzig und vierundzwanzig Uhr gestern Nacht habe ich mich durchs Haller Nachtleben treiben lassen, und zwischen null und zwei Uhr heute Nacht auch.«

»Zeugen?«

»Schon. Aber auch das ist wieder sehr unpräzise. Meinst du die Zeit von elf bis zwei Uhr oder danach, als ich mich aus dem Trubel zurückgezogen habe? Meinst du Zeuge, männlich, oder Zeugin, weiblich? Heutzutage nimmt man das sehr genau. Du kannst gern auch ein Sternchen mitsprechen, dann ist alles abgedeckt.«

»Wer?«

»Namen kenne ich nicht, aber ich kann sie beschreiben.«

»Dann tu das.«

»In allen Details?«

»Ich bitte darum.«

»Bis hin zum Schamhaarstyling?«

Keller stöhnte. Nissens Gesichtsausdruck konnte man durchaus als amüsiert bezeichnen.

»Jetzt mal im Ernst«, sagte ich. »Was soll das? Um die Häuser zu ziehen ist in meinem Alter vielleicht etwas peinlich, das habe ich selbst gemerkt, aber warum muss deshalb die Mordkommission bei mir auftauchen? Ein Kapitalverbrechen ist das höchstens im übertragenen Sinn.«

Nissen schnippte ein Foto zu mir hinüber. »Kennst du die?«

Es war keine sehr vorteilhafte Aufnahme, aber das sind Tatortfotos nie. Sie sah aus wie die Leiche, die sie offenbar war.

»Wer ist das?«, fragte ich.

»Das wollen wir von dir wissen«, sagte Keller.

»Ich bewundere ja euren Scharfsinn ungemein und immerdar, wenn er natürlich auch nicht an den meinen heranreicht – aber weshalb fragt ihr das ausgerechnet mich?«

»Einer der Kollegen hat sich daran erinnert, dass er dich mit ihr gesehen hat. Weintrinkenderweise beim Harry. Deiner Lieblingsbeschäftigung.«

»Dann hat es wohl keinen Sinn, das zu leugnen.«

»Du kennst sie also doch! Bei der ersten Lüge ertappt! Das ist nicht gut in einem Mordfall, das solltest du eigentlich wissen. Also, wer ist sie?«

»Ich weiß es nicht.«

Keller schnaubte. »Du turtelst mit einer Frau, die zu Lebzeiten offenbar sehr attraktiv gewesen ist, und behauptest, nicht zu wissen, wer sie ist?«

»Ist aber so.«

»Pah! Das kannst du deiner Großmutter erzählen!«

»Die hätte mir geglaubt, als sie noch unter den Lebenden weilte. Die war nämlich ein feinfühliger Mensch. Wir kannten uns vom Sehen. Wir tranken einen Wein zusammen, stimmt. Wir hatten uns für gestern zum Mittagessen verabredet. Bei der Gelegenheit hätte ich sicher mehr über sie erfahren. Vielleicht sogar ihren Namen. Aber sie ist nicht gekommen.«

»Sitzen gelassen!« Kellers Stimme troff vor Häme. »Muss ein Schock für dich gewesen sein.«

»Ich habe es überlebt. Sie offenbar nicht. Wo wurde sie gefunden?«

»In Wackershofen. Im Freilandmuseum.«

»Wo genau?«

Keller schaute hilfesuchend zu Nissen. Der blätterte in seinem Notizbuch. »Der Schuppen nennt sich Käshof. Einer der Aufseher hat sie heute Morgen hinter einem Gebüsch entdeckt.«

»Was wollte der Aufseher hinter dem Gebüsch?«

»Pinkeln«, sagte Nissen lapidar.

»Kleines Geschäft mit großen Folgen«, sagte ich nachdenklich. »Ohne die schwache Blase des Herrn wäre die Leiche vielleicht tagelang nicht entdeckt worden. Bei dem Wetter kommt dort selten jemand hoch. Ihr könnt froh sein, dass es keine Aufseher*in* war. Die wäre nicht in die Büsche gegangen. Nicht bei Regen.«

Keller sah mich misstrauisch an. »Woher weißt du, dass die Leiche nicht tatsächlich schon länger dort gelegen hat? Das macht dich verdächtig!«

»Du hast mich nach einem Alibi gefragt. Woraus ich messerscharf auf die mögliche Tatzeit geschlossen habe.«

Keller brummelte etwas vor sich, was ich nicht verstand und auch nicht verstehen wollte. Er wirkte verärgert.

Ich wandte mich an Nissen. »Keine Papiere?«

»Keine.«

»Handtasche?«

Nissen schüttelte den Kopf.

»Wieso kommst du auf die Handtasche?«, fragte Keller.

»Jede Frau hat eine Handtasche. Wenn sie fehlt, könnte es sich um einen Raubmord handeln.«

»Wegen einer Handtasche?«

»Oh, es gibt Handtaschen, die richtig was wert sind, habe ich gelernt. Es sind schon Leute wegen weniger umgebracht worden.«

»Keine Handtasche, keine Papiere, gar nichts. Nur eine Leiche, die vom Dauerregen etwas mitgenommen war. Macht die Arbeit für die Spurensicherung und die Gerichtsmedizin nicht einfacher.«

»Wie?«

»Genickbruch.«

»Wie, bitteschön, soll man in einem Gebüsch so stolpern, dass man sich dabei das Genick bricht?«

»Nett, dass du uns darauf hinweist«, ätzte Keller. »Darauf sind wir noch nicht gekommen.«

»Man hilft doch immer wieder gerne. Wo dann?«

»Geht dich nichts an.«

»Also wisst ihr es noch nicht. Vielleicht vom Himmel gefallen?«

»Idiot!«

»Na, na! War ja nur ein kleiner Hoffnungsschimmer.«

»Hoffnung für wen oder was?«

»Dass der Kelch an euch vorübergeht und ihr wieder Däumchen drehen könnt. Oder was ihr sonst so den ganzen Tag macht. Solange ich tätig bin, könnt ihr euch in aller Ruhe eurem wohlverdienten Beamtenschlaf hingeben. Man muss die Zeit ja rumbringen bis zur Pension.«

Nissen verzog gequält das Gesicht. Klar, bei diesem Thema waren sie empfindlich.

Es war kitzlig. Natürlich hatte ich Erkenntnisse, die man durchaus als ermittlungsrelevant einstufen könnte. Ich hätte alles erzählen müssen. Aber ich wollte nicht. Noch nicht. Wer mir eins über die Rübe gibt, bekommt von mir höchstpersönlich eins in die Fresse, nicht von der Staatsgewalt. Bildlich gemeint, ich prügle mich nicht, wenn es sich vermeiden lässt.

Die Kunst war, ihnen möglichst viel aus der Nase zu ziehen und gleichzeitig von mir abzulenken. Ich hatte im Moment keine Lust, ihnen irgendeinen Hinweis zu geben, was mich mit ihrer Leiche verband. Die jetzt auch meine Leiche war.

Die Frau in Weiß war tot.

Wenigstens das war jetzt klar, wenn auch sonst nichts.

Ich durfte mich nicht verplappern. Es war am besten, Keller weiter zu provozieren. Das war nicht schwer, wenn man ihn ein wenig kannte.

Ich rieb mir in einer unbedachten Geste den Nacken, und mein Halstuch kam wieder mal ins Rutschen.

»Was ist denn das da an deinem Hals?«, fragte Keller. »Sieht aus, als seist du niedergeschlagen worden.«

Ich machte eine wegwerfende Geste. »Privates Missgeschick. Unwichtig.«

»Private Missgeschicke interessieren mich. Vor allem, wenn sie dir widerfahren.«

»Kellertreppe. Hätte auch böse enden können, wie man hier sieht. Wie war deine Leiche eigentlich angezogen? Auf dem Foto ist das nicht genau zu erkennen.«

»Ganz in Weiß. Ehemals Weiß.«

Ich nickte. »Das passt zu der Frau, die ich nicht getroffen habe. Trug sie eine Perücke?«

Keller und Nissen sahen sich erst gegenseitig verblüfft an, dann mich.

»Hat das irgendeine Relevanz?«, fragte Keller.

Ich zuckte mit den Schultern. »Interessiert mich halt. Sie selbst kann ich ja nicht mehr fragen. Und du weißt doch, in einem Mordfall kann alles wichtig sein.«

Nissen stand auf. »Ich will sowieso telefonieren.« Er ging aus dem Büro.

Keller sah mich streng an. »Da wir jetzt unter uns sind, ist das die beste Gelegenheit, mir das zu sagen, was du bisher verschwiegen hast.«

Ich tat empört. »Wie kommst du nur auf eine solche abstruse Unterstellung?«

»Weil ich dich kenne«, sagte er gelassen. »Und deshalb weiß ich, dass du mehr weißt, als du sagst.«

»Schlechter Stil«, sagte ich. »Zweimal ›wissen‹, wenn auch in verschiedenen grammatikalischen Formen, im selben Satz.«

»Und wenn du so daherquasselst, weiß ich, dass ich recht habe. Ich warne dich, Dillinger, strapaziere meine Geduld nicht!«

»Sagst du mir etwa alles?«

»Nein. Aber ich bin auch die Kripo.«

Nissen kam wieder herein. »Keine Perücke. Echtes Haar. Unter den Fingernägeln Faserspuren.«

»Das war ja zu erwarten«, warf ich ein. »Niemand lässt sich ohne Gegenwehr das Genick brechen.«

»Hört, hört!«, ätzte Keller. »Hier spricht der erfahrene Ermittler.«

»Ein bisschen was habe ich im Laufe meiner langen Laufbahn als Privatermittler schon gelernt.«

»Privatermittler, pah! Du hast ein paar Mal unwichtige Kleinigkeiten aufgeschnappt, die ins Gesamtbild passen. Aber was machst du sonst? Rumkutschieren, rumquasseln, rumhuren!«

»So siehst du mich also!«, sagte ich. »Ich bin erschüttert.«

Ich wandte mich Nissen zu. »Kann es sein, dass dein Chef heute eine Saulaune hat?«

Nissen nickte bekümmert. »Er ist unerträglich. Mach's bitte nicht noch schlimmer, ich muss das sonst ausbaden.«

»Woran liegt's? An der Leiche?«

»Ach wo! Man hat ihn sehr eindringlich gefragt, ob er nicht in den vorzeitigen Ruhestand gehen will. Wobei ›gefragt‹ eigentlich nicht das richtige Wort dafür ist.«

»Das ist hart, wohl wahr! Was soll er dann den ganzen Tag machen? Er hat ja nicht einmal eine Frau, die er ärgern kann.

Weißt du was? Ich stelle ihn ein, als meine linke Hand. Dann kann er, wie hat er das gesagt? Rumkutschieren und so weiter. Eine andere Idee. In Wackershofen suchen sie immer Aufseher. Und schwupp! Schon stolpert er über eine Leiche im Gebüsch. Ich würde das Privileg auch großzügig an ihn abtreten.«

Keller wuchtete sich aus dem Sessel. »Ihr könnt mich mal! Alle können mich mal! Glaubt ihr denn alle, ich bin zu vertrottelt, um einen Mordfall zu lösen? Euch werd ich's zeigen! Und du, Dillinger, hältst dich diesmal 'raus, verstanden? Dafür kommst du jetzt mit aufs Amt, Fingerabdrücke, DNA-Probe, Protokoll unterschreiben, das ganze Programm.«

»Machst du Witze?«

»Hast du jemals erlebt, dass ich Witze mache?«

Ich überlegte. »Ja, einmal, ich erinnere mich, das war …«

Er fiel mir ins Wort. »Was immer du auch sagen willst, es stimmt nicht. Dein Gedächtnis lässt dich im Stich. Du solltest das mal untersuchen lassen. Ein Schlag auf den Schädel kann üble Spätfolgen haben. Also, auf geht's!«

Ich protestierte. »Meine Fingerabdrücke sind polizeibekannt. Oder glaubst du, die müssen ab und an mal aktualisiert werden.«

Dann wandte ich mich an Nissen. »Darf der das?«

Nissen nickte. »Der darf das. Aber nicht alles, was man darf, muss man auch wollen. Komm bei Gelegenheit mal vorbei. Reine Routine. Er will sich nur nicht vorwerfen lassen, dass er irgendwas versäumt. Gerade in der jetzigen Situation nicht. Sonst heißt es vielleicht noch, er hat nicht mehr alles im Griff.«

Keller stapfte los. An der Tür drehte er sich noch einmal um. Das musste ja kommen.

»Eins noch. Wie ist das nun mit deinem Zeugen für die Zeit nach zwei Uhr? Zeuge mit Sternchen, hast du das gehört?«

»Du lernst es! Eine Formulierung, die gendermäßig alles offen hält, bravo! Eine *Zeugin*, in der Tat.«

»Wer?«

»Meine Bettdecke.«

»Sag bloß! Wirst du solide?«

»Das ist sehr zartfühlend ausgedrückt. Die brutale Wahrheit ist: Es mangelt an Gelegenheiten. Die meisten alten Weiber, also so von fünfunddreißig an aufwärts, stehen auf junge Kerle. Da habe ich alter Sack keine Chance. Ab vierzig kannst du nur noch mit Hugh Grant resigniert sagen: *Fuck, I'm old!* Und ich bin schon weit über vierzig.«

»Du rührst mich zu Tränen«, sagte Keller mitleidslos und knallte die Tür hinter sich zu.

***

Sonja war irgendwann aufgetaucht und hatte alles mitgehört, ich hatte die Tür zwischen unseren Büros absichtlich offen gelassen.

»Keller ist ja wirklich durch den Wind. So grantelig und unwirsch habe ich ihn noch nicht erlebt«, sagte sie.

»Die Erkenntnis, dass man irgendwann mal nicht mehr gebraucht wird, ist nicht einfach zu verkraften.«

»Glaubst du, er verdächtigt dich tatsächlich?«

»Ach was, der musste nur seinen Frust ablassen. Ich bin für ihn nur die erste Spur. Immerhin hat mich jemand mit ihr gesehen. Er hat gedacht, ich könnte sie identifizieren.«

»Ist das nun deine Leiche?«

»Das weiß ich nicht. Ich weiß nur, diese Leiche ist die Frau, die mich versetzt hat. Das ist sicher. Und der Rest? Es deutet einiges darauf hin, dass sie auch diejenige Person ist, die mir im Käshof auf den Kopf gefallen ist. Aber das ist nicht sicher.«

»Vielleicht solltest du Keller doch alles erzählen. Dann kann sich wenigstens die Spurensicherung mit dem Dachboden des Käshofs beschäftigen. Die finden garantiert was.«

»Und was sie finden werden! So viel, dass sie für den Rest ihres Lebens mit der Auswertung beschäftigt sind. Was glaubst du, wie viel Leute da hochgehen? Und selbst wenn sie etwas ausgraben, das sie in Verbindung mit der Frau in Weiß bringen können, Faserspuren oder DNA oder so – das sagt noch gar nichts. Vielleicht war sie als Besucherin dort, an einem ganz anderen Tag, könnte ja sein.«

Ich brütete vor mich hin.

Sonja sah mich besorgt an. »Nimm's mir nicht übel, wenn ich das frage, aber geht's dir wirklich gut?«

»Nein, überhaupt nicht. Mir brummt der Schädel, ich kann meinen Kopf nicht bewegen, und ich weiß nicht, ob ich mir selbst noch trauen kann. Ist das alles wirklich passiert? Bilde ich mir das nur ein?«

»Du warst dir doch so sicher.«

»Bin ich mittlerweile nicht mehr. Weißt du, was mir gestern Abend passiert ist bei meinem Kneipenbummel? Ich habe die Frau in Weiß gesehen. Haargenau gleich. Nur in Schwarz. Ist das nicht irre? Das kann doch gar nicht sein! Was spielt sich da in meinem Kopf ab?«

»Das wird schon wieder. Das ist so, wenn man eins auf den Schädel kriegt, da kommt einiges durcheinander. Irgendwann siehst du wieder klar. Du solltest dich hinlegen und ausruhen.«

»Von wegen! Jetzt erst recht nicht! Wäre doch gelacht! Dich habe ich übrigens auch gesehen. Mit Birnur und der Handtasche.«

»Ich bin auftragsgemäß um die Häuser gezogen.«

»Was hast du herausgefunden?«

»Nach meiner Statistik haben fünfundachtzig Prozent der Frauen sofort erkannt, dass es eine Birkin Bag ist, und null Prozent der Männer gar nicht. Ich habe nichts anderes erwartet. Einigen von den Frauen ist die Birkin Bag schon einmal aufgefallen. An einer eleganten Frau, die ganz in Weiß gekleidet war. Wir Frauen haben eben einen Blick dafür.«

»Ich würde das mal als Indizienbeweis werten, dass die Birkin Bag der Frau in Weiß gehört hat. Was wiederum bedeutet …«

»... dass sie in Wackershofen gewesen ist«, ergänzte Sonja.

»Und daraus kann man schließen …«

»... dass es doch möglicherweise sie war, die dir auf den Kopf gefallen ist.«

»Wir sind ein gutes Team, Sonja. Was hast du noch über sie erfahren?«

»Sie ist mehrmals gesehen worden, ist auch kein Wunder, sie war ja auffallend genug.«

»Auch mit Männern?«

»Mit zwei Männern. Der eine warst du. Wein trinkend. Der andere, und das mehrmals, ist Kellberg.«

»Das ist keine Überraschung. Der läuft jedem Rock hinterher, unter dem zwei hübsche Beine hervorschauen.«

»Wie du.«

»Ich begnüge mich meistens mit bewundernden Blicken. Bei dir zum Beispiel. Ich bin abgeklärt mittlerweile und weiß meine Chancen einzuschätzen. Bei einem alternden Versicherungsvertreter sind die nicht mehr sehr hoch.«

»Kellberg ist bedeutend älter als du.«

»Du meinst, meine Zeit kommt noch, wenn die Schläfen erst mal grau werden und die Haut hügelig wird?«

»Manche Frauen schätzen die Erfahrungen älterer Männer mehr als eine faltenlose Haut.«

»Gut abgehangener und wohlsituierter Mann sucht junge Gespielin zwecks späterer Krankenpflege.«

»Was wollte eigentlich Kellberg gestern von dir so dringend?«

»Das frage ich mich auch. Pipifax und überhaupt nicht dringend.«

»Wahrscheinlich wollte er nur sehen, ob du noch lebst.«

»Sehr witzig!«

»Ich glaube, er und der Doktor kennen sich, die verkehren in denselben Kreisen. Vielleicht hat er ihm was erzählt.«

»Und was ist mit der ärztlichen Schweigepflicht?«

»Na ja ...«

Ich stöhnte. »Dann weiß es mittlerweile ganz Hall. Kein Wunder, dass ich dauernd darauf angesprochen werde.«

»Das liegt daran, dass dir dauernd das Halstuch verrutscht, du bist das nicht gewöhnt. Da sieht doch jeder, dass dir ein … äh … Missgeschick passiert ist.«

Ich starrte sie an. »Sagtest du Halstuch?«

»Ja. Und?«

»Ganz ruhig jetzt! In den Tiefen meines Gedächtnisses arbeitet sich etwas nach vorne, das mit einem Halstuch zu tun hat.«

Sonja schaute mich erwartungsvoll an, ich schaute ins Leere. Ganz langsam nahm etwas Gestalt an und sprang auf mich zu.

»Ha! Jetzt fällt es mir wieder ein!«, sagte ich begeistert.

»Ich bin gespannt.«

»Ich weiß nicht, ob du Monsignore Baffini kennst.«

»Den katholischen Priester? Natürlich kenne ich den. Gut sogar.«

Misstrauisch schaute ich sie an. »Du bist aber nicht so eine Betschwester geworden?«

Sonja schüttelte den Kopf. »Bin ich nicht. Aber der Padre ist ein liebenswürdiger und mutiger Mensch. Weißt du noch, wie er sich engagiert hat, als der große Flüchtlingsstrom kam? Und er hat einem befreundeten lesbischen Paar den Segen erteilt. Das hat ziemlichen Ärger gegeben, nicht nur in seiner Gemeinde, das kannst du dir denken. Von daher kenne ich ihn etwas näher. Was ist mit ihm?«

»Er hat doch dieses Muttermal am Hals.«

»Nicht zu übersehen. Er trägt es mit Würde.«

»Na ja, als Priester muss er ja keinen Eindruck schinden bei den Frauen. Und so ein Muttermal hatte meine Frau in Weiß auch, an der gleichen Stelle, daran habe ich mich eben wieder erinnert. Ihr ist mal der Schal verrutscht, als wir beieinander saßen.«

»Und?«

»Wird so ein Muttermal nicht vererbt?«

»Jetzt mach mal halblang, Dillinger! Der Mann ist Priester!«

»Na und?«

»Also wirklich, Dillinger!«

Ich seufzte so abgrundtief, dass man es bis nach Sydney hören musste. Wenigstens bis Gaildorf. »Du hast recht, Sonja, es ist absurd. Ich klammere mich an alles, was halbwegs im Zusammenhang stehen könnte mit meinem Missgeschick, wie du es nennst.«

»Der Padre hat bestimmt nichts damit zu tun. Was machen wir jetzt?«

»Ich habe so eine Ahnung, wer die Leiche im Gebüsch gefunden hat. Den knöpfe ich mir jetzt mal vor.«

***

Ich hatte keine Lust, das gesamte Gelände nach Georg, dem Schwerenöter, abzusuchen. Lieber wartete ich auf der Bank vor dem Käshof, irgendwann musste er ja kommen, und bemitleidete mich selbst. Von den Cocktails gestern Abend waren die letzten zwei zuviel gewesen. Sonst gab es ja keinen Grund, weshalb mir der Kopf dröhnte, überhaupt keinen.

Unten im Tal erahnte man den Bogen, den der Kocher bei Untermünkheim machte. Man sah den Fluss selbst nicht, nur den tiefen Einschnitt, wo er sich durch die Hügel gefressen hatte. Gegenüber auf der Höhe lagen kleine Ortschaften, und ich rätselte herum, wie ich sie zuordnen sollte. Wenn das da Eltershofen war, musste das rechts davon Veinau sein. Oder?

Eine andere Perspektive, und die Welt sieht anders aus. Philosophischer Merksatz. Nur gut, dass vor mir noch niemand auf eine solche Idee gekommen war. Vielleicht sollte ich diesen grandiosen Einfall mal auf meine derzeitigen Problemchen anwenden.

Aber welche Perspektive ich auch einnahm, mein Hals pochte immer noch, die Antworten auf all meine Fragen materialisierten sich nicht zu meinen Füßen, und außerdem begann ich zu frösteln. Obschon die Sonne ab und an durch ein kleines Loch in den dunklen Wolken einen Spot warf und ätzte: Hallöchen, mich gibt es noch!

Der Schwerenöter konnte von mir aus ausgiebig flirten, und sei's nur mit einem historischen Kleiderschrank in einem der Häuser, ich hatte genügend Stoff zum Nachdenken.

Kellers Auftritt heute Morgen war seltsam gewesen. Ich hatte eine Spannung gespürt, die bisher nicht da gewesen war, und das ärgerte, nein: belastete mich. Zugegeben, ich hatte ihm nicht alles gesagt, was ich wusste, was er wiederum ahnte. Aber so war das immer gewesen zwischen uns, das gehörte zum Spiel und hatte bisher nie gestört.

Was war jetzt plötzlich anders?

Noch ein Punkt, dem ich nachgehen musste. Als gäbe es nicht so schon viel zu viele offene Fragen.

Also, Sherlock, halten wir uns zunächst an die Fakten. Hier war eine Leiche gefunden worden, und es war davon auszugehen, dass es sich dabei um meine Frau in Weiß handelte.

Das war's dann auch schon mit den Fakten, danach fingen die Fragen an.

War es tatsächlich die Frau in Weiß gewesen, die mir am Dienstag auf den Kopf gefallen war? Davon war ich ausgegangen, ohne dass ich mich auf mehr stützen konnte als auf ein diffuses Bauchgefühl und Erinnerungen, denen ich nicht mehr voll vertrauen konnte. Einige Indizien stützten diese Vermutung, aber es waren nicht mehr als vage Anhaltspunkte, die man auch anders interpretieren konnte.

Wenn ja, war sie dann in diesem Moment schon eine Leiche gewesen oder erst später dazu geworden?

Wer war dann die Frau, die am nächsten Morgen an der Kasse in Wackershofen nach einer Handtasche gefragt hatte – nach der Handtasche wahrscheinlich, die ich am Abend zuvor eher in einem Reflex als absichtlich mitgenommen hatte? Den Beschreibungen der Damen an der Kasse nach hätte es durchaus die Frau in Weiß gewesen sein können, nur in etwas anderer Aufmachung.

Aber die Beschreibungen waren etwas diffus, vielleicht hatten meine Fragen sie auch in eine bestimmte Richtung gedrängt.

Ganz und gar nicht diffus, sondern überdeutlich in mein Gedächtnis eingebrannt war hingegen die Frau, die ich gestern Abend bei meinem Kneipenbummel gesehen hatte. Sie war der Frau in Weiß täuschend gleich. Tatsächlich? Sicher, das Outfit war ziemlich anders, das Aussehen kam hin. Doch die Kosmetikindustrie stellte genügend Mittel bereit für eine grundlegende Verwandlung, wie ich im Lauf meiner diversen Beziehungen allmorgendlich feststellen konnte.

Allerdings nicht, wenn man zu diesem Zeitpunkt schon tot war.

Endlich kam Georg den Berg hochgeschnauft und erlöste mich von meinen Grübeleien.

Schwer atmend stand er neben mir. »Man ist halt doch nicht mehr der Jüngste. Bald werde ich meinen Stock wirklich brauchen.«

Er machte eine weltumfassende Handbewegung. »Hier sitze ich auch gerne. Es ist so friedlich hier oben. Man kann sich gar nicht vorstellen, welche Tragödien überall geschehen. Hier kann man das alles ausblenden. Waren Sie mal in Käsbach, von wo unser Käshof stammt?«

Ich schüttelte den Kopf.

»Crailsheim, Weipertshofen, diese Ecke. Ganz abgeschiedene Gegend, da sagen sich wirklich Fuchs und Hase Gute Nacht. Wenn man über Generationen hinweg einen so abgeschiedenen Hof betreibt, muss man zwangsläufig zu einem Eigenbrötler werden, wenn man nicht vorher schon einer war.«

»Sie haben die Leiche gefunden, nicht wahr?«

Er sah mich mit großen Augen an. »Woher wissen Sie das? In der Zeitung stand nichts von mir, darauf habe ich bestanden.«

»Fünf Minuten Ruhm am Tag sind für jeden drin.«

»Danke! Auf diesen Ruhm kann ich verzichten. Also, woher wissen Sie das? Haben die an der Kasse geplappert?«

»In der Zeitung wird erst morgen was stehen. Meine Intuition hat mir das gesagt.«

Er guckte säuerlich. »Wenn sich Ihre Intuition das nächste Mal meldet, dann geben Sie mir Bescheid. Dann wäre ich hier nicht pinkeln gegangen.«

»Waren Sie allein hier oben?«

»Mutterseelenallein, ich hatte gerade erst aufgeschlossen. Um diese Zeit stehen sie nicht Schlange wie beim Schlussverkauf.«

»Muss ein schrecklicher Anblick gewesen sein.«

»Ach, halb so schlimm. Wissen Sie, ich war früher bei der Freiwilligen Feuerwehr, als ich noch jünger war. Was glauben Sie, was ich da gesehen habe, wenn wir die Leute aus ihren Unfallwagen geschnitten haben. Oder das, was von ihnen noch übrig war. Dagegen sieht eine Leiche, die seit Dienstag dort liegt, noch manierlich aus, selbst bei Dauerregen. Nein, mich bewegt etwas anderes.«

Er schwieg und richtete seinen Blick in weite Ferne. Ich schwieg mit ihm.

Endlich fragte er: »Kennen Sie die Geschichte des Käshofes? Besonders die jüngere Geschichte?«

»Nur in groben Zügen«, sagte ich, »nicht im Detail.«

»Dabei haben wir eine so schöne Audiopräsentation!«

»Ich mag lieber die Stille und horche auf das, was mir die Wände sagen wollen.«

Er nickte. »Stille hält heutzutage niemand mehr aus.«

Natürlich hatte ich mir das alles auch schon angehört, und das war sicherlich einer der Gründe, weshalb mich der Käshof so faszinierte. Aber warum sollte ich das zugeben? Georg hörte sich gern reden, und vielleicht erfuhr ich noch etwas Neues.

»Also«, sagte Georg, »es war so, in Kurzfassung und mal ganz von vorne angefangen. 1585 wird der Käshof gebaut, vom wem, ist nicht bekannt, aber es muss jemand gewesen sein, der einigermaßen begütert war, ein Kleinbauer hätte sich einen so großen Hof gar nicht leisten können. Und er hätte ihn auch gar nicht bewirtschaften können. Nun, wie auch immer, die Besitzer wechseln im Lauf der Jahrhunderte, und jetzt ein Sprung in die jüngste Vergangenheit, da wird's nämlich interessant. Der damalige Besitzer des Käshofes, Gottlieb Kaiser, hat im Dezember 1944 auf dem Bahnhof Crailsheim, wohl durch Zufall, eine Halbjüdin, Ilse Rosenfelder, und einen Wehrmachtsdeserteur getroffen, beide auf der Flucht, und hat sie auf dem Käshof versteckt. Dabei war Kaiser selbst NSDAP-Mitglied gewesen, wenn auch nur kurz, von Mai 1933 bis Juli 1934.«

»Es gab auch in der damaligen Zeit Menschen, die ihren Irrtum sehr schnell eingesehen haben. Leider zu wenige.«

»Und andere zu spät oder nie. Ich habe diese Zeit ja nicht miterlebt, die Gnade der späten Geburt, ich bin Jahrgang 1944, aber die Zeit danach, dieses einvernehmliche Schweigen, als hätte es die Nazizeit nicht gegeben.«

»Ich kann mir das schon erklären. Diese Generation muss Schreckliches durchgemacht haben. Ich kann verstehen, dass man daran nicht andauernd erinnert werden will.«

Er schaute mich an. »Nicht nur durchgemacht, auch mitgemacht, im Wortsinne. Mitgemacht auch durch Nichtstun. Ich kann mir vorstellen, das solche Geschichten wie die vom Käshof auf die Generation meiner Eltern ziemlich verstörend wirken muss. Denn das zeigt, man konnte etwas tun, man konnte den Verfolgten helfen und so auch eine Art Widerstand leisten, und sei's nur im kleinen, bescheidenen Rahmen. Und das führt logischerweise zu der Frage, warum habe ich selbst nichts getan, warum habe ich das alles gesehen, aber nichts dagegen unternommen.«

»Aus Angst«, sagte ich.

»Natürlich aus Angst. Wissen Sie, ich habe mich selbst oft gefragt, wie ich mich wohl in der Nazizeit verhalten hätte. Hätte ich begeistert mitgemacht, wäre ich ein Mitläufer gewesen, hätte ich alles schweigend über mich ergehen lassen und die Augen verschlossen, hätte ich Widerstand geleistet? Und ehrlich gesagt, ich weiß es nicht. Ich würde für mich nicht die Hand ins Feuer legen. Und deswegen hat es mich auch berührt, dass ich die Leiche gerade hier beim Käshof gefunden habe. Hätte Gottlieb Kaiser damals nicht geholfen oder wäre er verraten worden, dann hätte man die junge Ilse Rosenfelder so hinterm Gebüsch gefunden und ihn selbst am nächsten Baum aufgeknüpft. Wissen Sie, was ich meine?«

Ich wusste es nicht, nickte aber trotzdem. »Ich nehme an, für Ilse Rosenfelder ging alles gut aus?«

»Ja, aber es war äußerst knapp. Man muss sich das mal vorstellen: April 1945, kurz vor Schluss, die Amerikaner stehen schon in Crailsheim, auf dem Käshof sind amerikanische Truppen einquartiert, da sieht eine Rot-Kreuz-Schwester Ilse Rosenfelder und hätte sie verraten, wenn Gottlieb Kaiser sie nicht sofort weggeschickt hätte. Ja, der Käshof hat schon eine bewegte Geschichte, und sie wird fortgeschrieben bis in die aktuelle Gegenwart.«

»Sie wollen die Leiche hinterm Gebüsch aber nicht in Bezug setzen zu diesen Ereignissen in der Nazizeit?«

Er wiegte den Kopf. »Wer weiß, wer weiß.«

»Als späte Rache der Nazis oder so? Kommen Sie, das ist doch Quatsch!«

»Natürlich ist das Quatsch. So meine ich das auch nicht.«

Aus heiterem Himmel setzte plötzlich ein Regenguss ein. Natürlich war auch das Quatsch. Er kam aus den schwarzen Wolken, die schon die ganze Zeit über uns hingen.

Wir sprangen auf, hasteten die Eingangstreppe hoch und setzten uns, etwas durchnässt, an den Tisch im Wohnzimmer des Käshofes. An jenen Tisch, auf dem am Dienstag eine ziemlich wertvolle Handtasche gelegen hatte.

»Jetzt erzählen Sie von Ihrer Theorie«, sagte ich und wischte mir den Regen aus den Haaren.

Er machte eine ausgreifende Handbewegung. »Hier, der Käshof. Wir wissen so ungefähr, wem er im Lauf der Zeit gehört hat, wenn auch nur mit Lücken. Aber was wissen wir vom dem tatsächlichen Leben, das sich hier abgespielt hat? Dieses Gebäude hat über 430 Jahre auf dem Buckel, das muss man sich mal vorstellen!«

Er zog einen Flachmann aus der Jackentasche und bot ihn mir an. »Sie sind nass geworden. Ein guter Tropfen beugt einer Erkältung vor.«

Das war nicht gerade meine bevorzugte Tageszeit für harte Getränke, aber aus Höflichkeit nahm ich einen Schluck und musste husten.

Er grinste. »Der zieht, was? Selbstgebrannt, natürlich schwarz.«

Er trank selber, und er musste nicht husten. Alles eine Sache der Gewohnheit.

»Also«, sagte er, und dem Tonfall, in dem er das sagte, entnahm ich, dass jetzt eine lange Geschichte folgte.

»430 Jahre! Und in dieser langen Zeit wurde in diesen Gemäuern gelebt, geliebt, gestorben. Wer weiß, wie viel Leichen hier im Keller liegen, und ich meine das nicht metaphorisch, sondern ganz wörtlich.«

Er hob beschwichtigend die Hände. »Man weiß es nicht, aber es wäre doch vorstellbar, nicht? Da gab es rabiate Zeiten, in denen ein Menschenleben nicht viel galt, vor allem nicht, wenn mal wieder irgend ein Krieg durch die Lande zog, und das war eigentlich dauernd der Fall. Und der Käshof war abgeschieden genug, da fiel es nicht auf, wenn jemand plötzlich verschwand und nie mehr wiederkam.«

Er bot mir wieder seinen Flachmann an, doch diesmal lehnte ich ab. Teufelszeug!

»Reine Spekulation, ich weiß«, fuhr er fort. »Aber bestimmt nicht ganz abwegig und auf alle Fälle ein interessantes Gedankenspiel. Und diese Mauern haben nicht nur viel gesehen, die haben auch viel gehört. Auch Unhörbares. Stellen Sie sich mal vor, wie viel Gedanken durch diese Räume geschwirrt sind. Gedanken, die sich irgendwo niedergeschlagen haben. Und Gedanken ziehen sich an. Ilse Rosenfelder ist seinerzeit knapp dem Tod entkommen, jetzt hat es jemand anderen erwischt.«

Konnte es sein, dass Georg, der Schwerenöter, zum Okkultismus neigte? Da wäre er nicht der Erste und nicht der Letzte. Sogar Sir Arthur Conan Doyle, der seinen Sherlock Holmes so akribisch wissenschaftlich deduzieren ließ, war von der Existenz übersinnlicher Phänomene überzeugt und ließ sich mit gefälschten Fotos von Elfen hereinlegen, was er sein Leben lang nicht einsehen wollte.

Das war doch etwas abstrus, und ich beschloss, ihn ein wenig zu provozieren. »Und Sie hören diese Gedanken?«

»Nein. Aber ich spüre sie. Nichts Konkretes natürlich. Ich spüre, dass da etwas ist, und das erzeugt in mir eine Unruhe.«

Vielleicht war der übermäßige Gebrauch des Flachmanns die Ursache? Ich wechselte lieber das Thema.

»Haben Sie die Tote schon mal gesehen?«

»Warum fragen Sie?«

Damit hatte er mich kalt erwischt. Wer eine Leiche gefunden hat, ist normalerweise begierig darauf, alles loszuwerden, was er weiß oder zu wissen glaubt, da muss man nicht lange nach einer Ausrede suchen.

Aber Georg war offenbar aus anderem Holz geschnitzt. Er lächelte. »Sie brauchen sich keine fadenscheinige Erklärung einfallen lassen. Ich weiß, wer Sie sind. Die Damen von der Kasse haben es mir gesagt.«

»Tratschweiber«, murmelte ich.

»Lassen Sie die Damen das bloß nicht hören, auch wenn es wahr ist! Ja, ich habe sie schon gesehen. Einige Male.«

»Wo? Hier auf dem Gelände?«

»Ja.«

»Auch hier oben beim Käshof?«

»Ja.«

»Mann, jetzt lassen Sie sich doch nicht jedes Wort aus der Nase ziehen!«

Und er begann zu erzählen.

Wann ihm die Frau in Weiß zum ersten Mal aufgefallen war, wusste Georg nicht mehr genau. Er sah sie aus der Ferne nur bei jenem Ensemble unten, das als »Hohenloher Dorf« firmiert, die Keimzelle des Freilandmuseums. Sie schien kein besonderes Ziel zu haben, schlenderte umher, wie es die meisten Besucher taten, und besah sich die alten Gebäude.

Er bewunderte, wie es jeder Mann tat, ihre auffallende Erscheinung und ihre provozierende Eleganz, die freilich nicht ganz in ein Freilandmuseum passte. Vielleicht an einem heißen Sommertag, aber nicht, wenn ständig Regenstürme drohten. Georg machte sich weiter keine Gedanken darüber, er sah ständig seltsame Leute, und es war ja nicht sein weißer Hosenanzug, der hinterher in die Reinigung musste. Überdies zwangen in seine Pflichten weiter.

Im Nachhinein freilich mochte es durchaus so scheinen, als hätte die Frau nicht gewusst, was sie in einem Freilandmuseum erwartete. Georg erlaubte sich eine Spekulation: Vielleicht eine Verabredung auf ihr unbekanntem Terrain?

Georg konnte seine Vermutung durchaus mit Indizien untermauern. Denn zum zweiten Mal sah er sie, wiederum von Weitem, am vergangenen Freitag, und das wusste er genau, denn an diesem Tag … aber das war jetzt unwichtig. Jedenfalls war sie diesmal adäquat gekleidet, mit Jeans und Gummistiefeln. Aber nicht mit solchen Gummistiefeln, wie man sie im Stall oder im Garten trug, schon irgendwie besonders, so Designerware.

Kleine Zwischenfrage an mich selbst: Wieso hatte sie am Dienstag, als sie mutmaßlich auf mich herab fiel, also ermordet wurde, wieder ihr auffallendes, aber unpraktisches weißes Outfit an? Es war ein Schmuddeltag von vorn bis hinten, Regengüsse jederzeit nicht überraschend, sondern absehbar.

Tja, das war ein Rätsel. Ein Rätsel unter vielen.

Er sah sie beim Steigenhaus. Von dort führte der Rundweg, wenn man der Beschilderung folgte, zum Weinbauerndorf und weiter zu den Waldbergen, hierher also, wo der Käshof stand. Eine Abkürzung war auch möglich, wenn man sich nicht strikt an den ausgewiesenen Weg hielt, also sich auskannte auf dem Gelände. Aber das war jetzt auch unwichtig, es war ja nicht klar, ob sie überhaupt zu den Waldbergen wollte, er verlor sie beim Steigenhaus aus den Augen. Er dachte nur, weil er sie beim Käshof gefunden hatte …

Aber, und das könnte seiner bescheidenen Meinung nach relevant sein: Sie war in Begleitung. In Begleitung eines Mannes. Sie unterhielten sich angeregt, vielleicht auch erregt, aus der Ferne war das nicht zu entscheiden, gehört hatte er ja nichts. Er sah, wie die Frau den Mann am Arm fasste, was sich auf unterschiedliche Weise interpretieren ließ. Eine Geste der Vertrautheit? Der Abwehr? Wollte sie ihm Einhalt gebieten? Oder nur ihre eigenen Worte unterstreichen? Ach, wäre er ihnen nur gefolgt!

Mit der Beschreibung ihres Begleiters tat er sich schwer. Die Frau in Weiß, jetzt in Jeans, überstrahlte alles in ihrem Umfeld. Nun ja, die eingeschränkte Wahrnehmung eines Mannes, eines alten Mannes zudem, geblendet vom Anblick einer schönen, zumindest auffallenden Frau, einer jungen Frau zudem, jung gemessen an ihm, Georg, im Alter verschoben sich halt die Verhältnisse – ja, alles zugegeben. Hätte er gewusst … er wäre sicher aufmerksamer gewesen, aber wer denkt denn schon an so was!

Also: ungefähr meine Größe, bekleidet mit Hose und Jacke, was sonst, ach ja, und aus der Ferne sah es so aus, als hätte er seine grauen Haare zu einem Schwänzchen zusammengebunden, sah etwas affig aus, nicht, ein kleines Schwänzchen nur, nicht bis auf den Hintern, deshalb war es nicht so deutlich zu erkennen, aber ja, doch, so war es, wenn er darüber nachdachte.

Alter: unbestimmbar, kein Jungspund jedenfalls, eher so seine Richtung, vielleicht ein paar Jährchen jünger, vielleicht auch nicht. Hautfarbe: hell, keinesfalls südländisch, Flüchtlinge verirrten sich ja nicht hierher, obwohl es sicherlich hilfreich wäre, wenn sie etwas erführen über die bäuerliche Tradition des

Landes, in dem sie gestrandet waren. Sonstige Auffälligkeiten? Keine. Ich bin nicht sehr hilfreich, sagte er kläglich.

Danach hatte er sie nicht mehr gesehen, lebend jedenfalls nicht. Aber das hatte nichts zu sagen, das Gelände war weitläufig, da hätte ein Löwe durchs Dorf getrieben werden können, und er hätte nichts davon mitbekommen.

Das war's, sagte er, mehr wusste er nicht. Seine Erzählung, gelegentlich unterbrochen durch einen Schluck aus dem Flachmann, war weitschweifig und verlor sich immer wieder in Umwegen.

Wir saßen weiterhin in der Wohnstube des Käshofs. Gemütlich war es nicht. Draußen platterte der Regen, und die feuchte Kälte zog unangenehm durch das Haus.

Ich wickelte mich enger in meinen Mantel. »Die früheren Bewohner hatten's gut. Die konnten wenigstens den Kachelofen anmachen.«

Er schüttelte den Kopf. »Ich glaube nicht, dass sie das getan hätten. Nicht bei diesen Frühlingstemperaturen. Brennholz war knapp, wie alles, und Holzmachen war harte Arbeit, ohne die Maschinen, die wir heute haben. Heute kann man gut ein Wochenende Mittelalter spielen oder Indianer und die Nächte in Regen und Matsch verbringen, weil man weiß, danach kommt man wieder zurück in seine kuschelige Wohnung, und wenn's kalt wird, dann dreht man eben die Heizung höher. Damals musste die Wärme reichen, die vom Herd nebenan in der Küche kam. Der Herd war immer an, kochen musste man ja.«

»Die guten alten Zeiten.«

»Die ziemlich ungemütlich waren. Vielleicht ist das auch ein Sinn eines Freilandmuseums. Man lernt etwas Demut. Man weiß zu schätzen, wie bequem wir es heute haben.«

Wir schwiegen beide und dachten an früher. Ich stellte mir vor, wie ich vor vielleicht hundert Jahren von draußen hereinkam, nass und verdreckt und durchfroren, wie ich noch ein paar Scheite in den Herd warf und mir die eisigen Hände rieb.

Auf dem Herd köchelte eine Suppe vor sich hin, eine dünne Brühe aus dem, was im letzten Sommer eingelagert und eingemacht worden war. Kartoffeln, die schon austrieben, runzelige Karotten, die in Erde eingelegt waren.

Kein Supermarkt nebenan, in dem ich zu jeder Jahreszeit alles bekomme, von weit hertransportiert zwar und genormt und geschmacklos, aber immerhin, Sommergemüse im Winter ist kein Problem, und wir hegen die Illusion, dass es frisch sei.

Fleisch gab es keines, von den Schlachtungen im Herbst war nicht mehr viel übrig, und das wurde für besondere Gelegenheiten zurückgehalten. Kein Griff in die Tiefkühltruhe und schnell mal ein Steak in die Pfanne gehauen.

Wie empfand man den Mangel? Vielleicht gar nicht, weil er normal war. Und wir kriegen die Krise, weil unser bevorzugter Joghurt, fettarm wegen der Kalorien, mit zugefügtem Vitamin D und Vital-Fermenten wegen der Gesundheit, im Supermarkt gerade nicht vorrätig ist.

»Woran denken Sie?«, fragte Georg.

»Daran, wie gut es uns eigentlich geht und wie schön Luxusjammern ist. Wir haben ein Dach über dem Kopf, wir haben es warm, immer etwas zu essen und etwas anzuziehen – warum beklagen wir uns eigentlich?«

»Beklagen Sie sich nie?«

»Ständig. Über alles.«

»Vielleicht ist das menschlich.«

»Vielleicht auch nur ein Ausfluss unserer westlichen Überflussgesellschaft.«

»O je! Jetzt wird's aber hochpolitisch. Und philosophisch. Nehmen Sie's mir nicht übel, wenn ich das jetzt nicht weiter diskutieren will, aber mir wird kalt, wenn ich so rumhocke, da hilft auch kein Selbstgebrannter, und den Herd anmachen darf ich nicht, das ist ja ein Museumsstück.«

Ich stand auf. »Sie haben recht«, sagte ich. »Haben Sie das, was Sie mir gesagt haben, auch der Kripo erzählt?«

»Die haben nicht danach gefragt. Genauer gesagt, haben sie nicht präzise gefragt. Die wollten wissen, ob ich die Frau kenne, und wahrheitsgemäß habe ich diese Frage verneint. Ich habe sie gesehen, aber ich kenne sie nicht.«

»Ziemlich spitzfindig.«

»Wissen Sie, dieser ältere Mann, ich weiß den Namen nicht mehr, der war mir zu brummelig und zu rüpelhaft, und der jüngere, der kommt ja nicht von hier, und die Leute aus dem Norden kann ich nun mal nicht ab, so sagt man doch dort oben, nicht wahr? Und ich habe gewusst, dass Sie nochmals kommen, ich habe nämlich auch ab und zu eine Intuition, und da hab ich mir gedacht, das ist so ein netter junger Mann, der kann zuhören, auch wenn ihm seltsam vorkommt, was der Alte so brabbelt, das merke ich schon, und – na ja! Jetzt können wir doch gemeinsam Krimi spielen.«

Ich hatte einen Fan, aber ich wusste nicht, ob ich glücklich darüber sein sollte.

Er streckte mir die Hand entgegen. »Ich bin der Georg, und du bist der Dillinger und lässt dich nicht gern mit Vornamen anreden, das weiß ich.«

»Ich mag meinen Vornamen nicht.«

»Man gewöhnt sich an alles. Ans Wetter, an den Selbstgebrannten, sogar an seinen Vornamen. Also sind wir jetzt ein Team?«

Was sollte es schon schaden?

Ich schlug ein. »Ein Team.«

Ich zögerte. Sollte ich? Sollte ich nicht? Aber wir waren ja schließlich ein Team jetzt.

»Ich muss dir was gestehen«, sagte ich. »Das mit dem offenen Fenster neben der Eingangstür, das du am Mittwoch Morgen entdeckt hast, du weißt schon – das war ich.«

Welche Reaktion hatte ich erwartet? Bestimmt nicht, dass er nickte und mich prüfend ansah. »Erzähl!«

»Ich war am Dienstag hier, kurz vor Schluss. War auf dem Dachboden oben. Bin die Treppe hoch ganz nach oben. Tja, und da muss ich wohl ausgerutscht sein und mir den Kopf angeschlagen haben. Ich habe mir sozusagen das Licht ausgeblasen. Als ich wieder zu mir kam, war es dunkel, das Haus war abgeschlossen, und dann bin ich eben durchs Fenster. So war's.«

Georg schüttelte den Kopf.

»Mann, Mann, was für eine Geschichte! Und ich bin schuld. Ich habe ja gerufen, bevor ich abgeschlossen habe, aber niemand hat geantwortet.«

»Kannst du schlecht, wenn du da oben bewusstlos liegst.«

»Ich hätte hinaufschauen sollen. Wenn mein Chef das erfährt, wirft er mich raus. Was da hätte passieren können!«

»Von mir erfährt er nichts. Wir sind ja jetzt ein Team.«

Georg strahlte. »Genau! Und was machen wir jetzt, Sherlock?«

»Nun, mein lieber Watson, wir müssen mehr über diese mysteriöse Frau herausfinden, und du fängst hier im Freilandmuseum an. Frag die Kollegen, ob sie sie irgendwo und mit irgendwem gesehen haben.«

»Habe ich schon getan. Ergebnis negativ. Aber ich habe natürlich noch nicht alle Kollegen gesprochen, wir haben ja unterschiedliche Dienstzeiten. Ich werde meine Präsenz hier verstärken, bis ich alle erwische.«

»Pass auf, dass du keinen Ärger mit deiner Frau bekommst, wenn du gar nicht mehr zu Hause bist.«

»Ach was! Ermittlungen in einem Mordfall haben Vorrang, das sieht sie ein.«

»Wirklich?«

»Nein. Sie würde mich fragen, wie viel Schnaps ich intus habe. Apropos, auf unsere Zusammenarbeit müssen wir anstoßen.«

Er reichte mir seinen Seelentröster, und diesmal konnte ich nicht Nein sagen.

Ich gab ihm den Flachmann zurück.

»Leer«, sagte ich.

»Macht nichts. Ich habe auf dem Gelände ein geheimes Depot. Ich habe wenigstens gedacht, dass es geheim ist. Aber irgendwer hat es entdeckt und sich bedient. Aber nur einen Schluck. Hat diesem Banausen wohl nicht geschmeckt.«

»Wann war das? Auch am Dienstag?«

»Kann ich nicht sagen. Ich habe schon lange nicht mehr aufgefüllt, ich bin doch kein Säufer. Das Depot ist nur für Notfälle. Wie heute. Du hast einen guten Zug.«

»Wo ist dein Depot?«

Er sah mich misstrauisch an. »Damit du mir alles wegsäufst?«

»Ganz bestimmt nicht. Im Zweifelsfall ist mir ein knackiger Riesling lieber. Es könnte ja was mit unserem Fall zu tun haben.«

»Du meinst, der Mörder hat nach vollbrachter Tat einen gezwitschert? Von meinem Schnaps?«

»Wir stehen ganz am Anfang. Wir haben praktisch nichts in der Hand. Da klammert man sich an jeden Strohhalm. Erst später stellt sich heraus, ob er bedeutsam ist.«

»Na, Strohhalme haben wir im Freilandmuseum genügend«, brummte er.

Er beugte sich verschwörerisch zu mir. »Unten im Ausgedinghaus. Im Herd. Da traut sich keiner rein. In dem Haus spukt es nämlich. Aber nicht weitersagen!«

»Woher denn! Wir sind ja ein Team. An die Arbeit also!«

»An die Arbeit!«

Ein weiteres Mal schüttelten wir uns feierlich die Hände, und ich ging von dannen.

Wer war dieser Georg? Ein schrulliger Kauz? Dann aber einer, der es faustdick hinter den Ohren hatte.

Ich hatte viel nachzudenken auf meinem Weg bergab.

***

Früher war alles einfacher gewesen. Da gab es diese eine Kneipe, in der man abends Keller finden konnte, wenn man wollte. Die Kneipe war abhanden gekommen, Keller heimatlos geworden, und jetzt musste man ihn suchen.

Das war nicht allzu schwer, so viele Kneipen gab es nicht, die ihm entsprachen, und schon im dritten Anlauf war ich erfolgreich.

Ich schwang mich auf den Hocker neben ihn. Er schaute nicht auf, sondern schien damit ausgelastet zu sein, sein fast leeres Glas Bier zu fixieren, als könnte er es durch bloße Willenskraft wieder füllen.

Das war wie damals, als wir uns zum ersten Mal etwas nähergekommen waren, im »Büschlerkeller« hatten wir uns seinerzeit getroffen, uns angebafft und ausgesprochen. Das war lange her, und ich war mir nicht sicher, ob noch Bestand hatte, was einmal war.

Ich bestellte ebenfalls ein Bier. Was die Karte an vergorenem Traubensaft anzubieten hatte, klang für einen eingefleischten Weintrinker nicht sehr verlockend.

Ich nahm einen Schluck, wischte mir den Schaum vom Mund und sagte: »Das nagt an dir, was?«

»Jeder ungelöste Fall«, brummt er.

Keller hatte verschiedene Arten des Knurrens und Brummens entwickelt. Ich kannte sie alle. Dieses Brummen klang nicht gut.

»Ich meinte deine nahende Pensionierung, die man durchaus auch als ungelösten Fall bezeichnen könnte.«

Er schnaubte. »Sesselfurzer!«

»Bist du jemandem in der Chefetage auf die Füße getreten?«

Er grunzte. »Arschgeigen!«

»Bei deiner Ausdrucksweise erröten ja die Pfarrerstöchter.«

»Bist du eine Pfarrerstochter?«

»Ich bin ein sensibler Mensch.«

»Ich bin heute nicht zu Scherzen aufgelegt.« Er winkte nach einem neuen Bier.

Ich unterdrückte einen Rülpser. Die Kohlensäure im Bier hat bei mir immer diesen Effekt. Bei Wein passiert mir das nie.

»Du musst der unerbittlichen Tatsache ins Auge sehen, dass auch für dich der Zeitpunkt kommt, da du des Tages Müh und

Last abwerfen und dich in den verdienten Ruhestand zurückziehen kannst. Ein Abschied in allen Ehren und große Verdienste und blablabla.«

»Die denken, ich bring's nicht mehr.«

»Aber woher denn!«

»Muss mir von einem Versicherungsvertreter helfen lassen, weil ich das selbst nicht mehr auf die Reihe kriege.«

»Hat doch bisher gut funktioniert.«

»Hast du mir noch mehr solchen Mist zu sagen? Warum kann ich nicht in aller Ruhe und unbelästigt mein Feierabendbier trinken?«

»Weil du, wenn du das wolltest, dies zu Hause tun tätest. Der einsame Wolf, ganz allein und weit entfernt von jeder angenehmen menschlichen Gesellschaft, wie ich sie darstelle. Na ja, das war jetzt etwas verquollen ausgedrückt, aber du weißt schon, was ich meine.«

»Dillinger, du nervst!«

»Ich glaube, bei irgendeiner Gelegenheit hast du das schon mal erwähnt. Aber keine Sorge, ich nehme es dir nicht übel.«

Jetzt endlich drehte er sich auf die Seite und sah mir in die Augen. »Was willst du eigentlich, Dillinger?«

»Einem Freund in schweren Zeiten beistehen.«

»Wer einen solchen Freund hat, braucht keine Feinde mehr.«

»Keller, der Spruch hat so einen Bart. Das ist das schlagende Element, das für eine Pensionierung spricht: Du bist nicht mehr auf der Höhe der Zeit.«

»Aber du schon.«

»Aber hallo! Ich weiß, was läuft, Alter! Jetzt mal ernsthaft. Was ist mit dieser Pensionierung?«

»Man hat sie mir angeboten.«

»Angeboten oder nahegelegt?«

Er brummte.

»Und du denkst ernsthaft darüber nach?«

Er nickte.

»Das kannst du nicht machen, Keller! Was soll ich ohne dich tun? Da macht ja das ganze Kriminalisieren keinen Spaß mehr. Was haben wir nicht alles schon gemeinsam durchgemacht! Erinnerst du dich an den Bauer Huber, der tot in seiner Scheune lag? Oder an die Siederin, die mit ihrem Halstuch erwürgt wurde? Oder an … ach, lassen wir das! Wenn man nur noch über alte Zeiten redet, ist man wirklich reif für die Rente. Komm, trink noch eines, du bist eingeladen, um der alten Zeiten willen. Zum Wohl, Herr Hauptkommissar!«

Wir prosteten uns zu, Keller mit griesgrämiger Miene.

»Wie gesagt, nichts mehr von früher, versprochen«, fuhr ich fort. Jetzt musste ich doch rülpsen. Ich wusste doch, weshalb ich normalerweise großen Abstand zu Bier hielt. »Die Gegenwart ist ja spannend genug. Wenn man sich vorstellt, nur mal als Beispiel, da liegt so eine Leiche hinterm Gebüsch, und das bei unserem Wetter momentan, das ja eigentlich gar kein Wetter ist, sondern ein Dauerregen mit kurzen Unterbrechungen – also, die weicht da so vor sich hin, da kann man auf Anhieb doch gar nicht sagen, wie lange die schon modert, die Körpertemperatur sagt da gar nichts, da muss man anderes untersuchen, Mageninhalt oder Zersetzungsgrad des Körpers, was weiß ich, was die Gerichtsmediziner im Zauberkästchen haben, vielleicht können sie ja auch …«

Keller unterbrach mich. »Das willst du also. Wie lange die Leiche schon dort gelegen hat. Das willst du wissen, ja?«

»Ist doch eine interessante Frage.«

»Warum hast du mich nicht direkt gefragt? Dann hättest du dir das ganze Gesülze sparen können.«

»Du hast eine besonders feine Art, mich zu desillusionieren.«

»Gell!« Keller nahm einen tiefen Schluck. »Die Leiche liegt seit Dienstag Nacht dort. Zufrieden?«

Seit Dienstag? In meinem Kopf begannen sich ganz langsam einige Rädchen in Bewegung zu setzen. Sie nahmen immer mehr an Fahrt auf und setzten Gedanken frei, die ziellos umherirrten, sich kreuzten und gegeneinanderprallten. Seit Dienstag? Das würde ja bedeuten …

Ich versuchte, unseren frotzelnden Schlagabtausch beizubehalten und sagte: »Mannomann, da lagen sie mit der ersten Einschätzung aber total daneben.«

»Wieso?«

»Hast du nicht was gesagt von einer Tatzeit zwischen elf und drei Uhr?«

»Habe ich nicht. Ich habe dich nur gefragt, wo du in dieser Zeit warst. Das ist ein Unterschied. Du hast daraus geschlossen, dass das die Tatzeit ist. Reingefallen!«

Ich war sprachlos. Und leicht wütend.

»Du hast mich auf die Schippe genommen! Du hast das die ganze Zeit gewusst!«

»Nicht die genaue Tatzeit, soweit man von genau unter diesem Umständen überhaupt reden kann. Aber dass sie schon längere Zeit dort lag – das ja.«

»Du bist ein widerlicher Spanner! Da breite ich mein Privatleben bis in die intimsten Details vor dir aus, und dann sagst du mir schamlos, dass das überhaupt nicht nötig war. Warum hast du dann überhaupt gefragt?«

»Hat mich halt interessiert. Du bist bei deinem Kneipenbummel gesehen worden. Da war eine verdeckte Ermittlung im Gange.«

»Und der Kollege hat dir alles brühwarm erzählt, was ich so gemacht habe? Was ich getrunken habe, mit wem ich geredet habe, mit wem ich geflirtet habe?«

»Das ergebnislos, wie ich gehört habe. Übrigens war es eine Kollegin. Die hat gesagt, du seist so orientierungslos herumgestanden, das kennt sie gar nicht von dir, und sie wollte von mir wissen, ob ich weiß, was mit dir los ist.«

Ich stöhnte laut auf. »Verdeckte Ermittlung! Und ich mitten drin! Bleibt denn gar nichts mehr geheim heutzutage?«

»Wenn man so stadtbekannt ist wie du … Du musst aber auch die Vorteile sehen. Die Kollegen haben mit ihrer Razzia gewartet, bis du draußen warst, sonst wäre das eine lange Nacht für dich geworden. Du hast so deprimiert ausgesehen, hat die Kollegin gesagt, das wollte sie dir ersparen.«

Ich konnte gar nicht aufhören, den Kopf zu schütteln.

»So behandelst du mich! Als Entschädigung musst du mir die Telefonnummer der Kollegin geben, damit sie mich wieder aufrichtet. So ein mitfühlendes Wesen! Bestimmt habe ich Chancen.«

»Sinnlos. Streng verheiratet.«

»Das Pech klebt an meinem Hintern. Kaum triffst du mal eine Frau mit Empathie, schon ist sie vergeben.«

»Du hast sie ja gar nicht getroffen.«

»Ich bin ihr begegnet, ohne dass ich davon wusste. Du willst mir wohl nicht sagen, worum es bei dieser Ermittlung ging?«

»Nein.«

»Weißt du, ich komme nicht darüber hinweg, dass du mich von vorn bis hinten eingeseift hast.«

»Nur von vorn. Dass dich ein Kollege mit der Leiche, als sie noch gelebt hat, gesehen hat, das stimmt. Deshalb waren wir bei dir, in der Hoffnung, dass du uns was über sie etwas sagen kannst. Aber du warst ein Totalausfall. Bist du eigentlich immer, wenn man sich's genau überlegt.«

Klar, er wollte mich provozieren und hatte mich deswegen mit reichlich Bier abgefüllt, weil er wusste, dass ich bei Bier nicht so trinkfest war wie er. Aber noch konnte ich klare Gedanken fassen und musste blitzschnell entscheiden, was ich ihm sagen wollte und was nicht.

Ich schob mein Halstuch auf die Seite. »Du wolltest doch wissen, wie das passiert ist.«

Keller brummte. »Wenn's dich erleichtert.«

»Ist aber eine lange Geschichte.«

»Mach sie kurz. Du musst hier keine Seiten schinden.«

Also erzählte ich kurz, wie mir eine Leiche auf den Kopf gefallen war. Eine mutmaßliche Leiche. Und wie ich niedergeschlagen wurde. Sonst sagte ich nichts.

Keller explodierte. »Warum, zum Teufel, hast du mich nicht gleich verständigt?«

»Hättest du mir geglaubt?«

»Nein.«

»Ich weiß ja selber nicht, was ich mir glauben soll. Da war ein weißer Schatten, und das ist ja schon mal ein Widerspruch in sich. Du hättest das als Übermaß an Fantasie abgetan.«

»Wo ist das passiert? Und wann?«

»Am Dienstag, später Nachmittag. In Wackershofen im Käshof. Dort, wo hinter einem Gebüsch die Leiche lag.«

Kellers Kiefer malmten, und er sah sehr, sehr böse aus.

»Jetzt glaube ich dir«, sagte er.

»Ich mir allmählich auch.«

»Sonst noch was, das du mir nicht erzählt hast?«

Ich schüttelte den Kopf. »Nein.«

Er rutschte von seinem Barhocker und baute sich vor mir auf. Er sah so aus, als würde er sich nur mühsam beherrschen.

»Ich könnte jetzt wie üblich sagen, dass du dich da raushalten sollst. Mit strenger, dienstlicher Stimme. Aber diesmal gebe ich dir einen ganz freundschaftlichen Rat, und der lautet: Halt dich da raus! Das ist eine Nummer zu groß für dich, du könntest dich dran verheben. Und aus diesem Grund wärst du gut beraten, mir alles zu sagen, was du weißt oder ahnst, aber wirklich alles. Also, ich höre.«

»Du sagst mir auch nicht alles.«

»Das ist mein Privileg als noch nicht pensionierter Hauptkommissar, der für solche Geschichten zuständig ist.«

Er blieb vor mir stehen und sah mich mit einem seltsamen Gesichtsausdruck an, und als ich schwieg, drehte er sich um und stapfte hinaus. Natürlich, ohne vorher zu zahlen.

Ich atmete tief durch.

Keller und ich hatten im Lauf der Jahre ein eigenartiges Verhältnis zueinander entwickelt. Freundschaft wäre vielleicht ein zu großes Wort dafür. Wohlwollen – das war es. Er ließ mich mehr oder weniger gewähren und sagte mir manchmal mehr, als er sagen durfte. In einem Anfall von Unbedachtheit hatte er mir einmal gestanden, ich erinnerte ihn an seinen Sohn, eine tragische Geschichte.

Doch jetzt hatte ich das Gefühl, als wäre etwas zerbrochen. Als wendete sich der Vater ab von seinem missratenen Sohn.

Was hatte ich getan?

Ich bestellte mir noch ein Bier. Jetzt kam es auch nicht mehr darauf an.

***

Als ich ins Büro kam, war Sonja nicht da. Das war seltsam. Sonja war immer da. Dabei hatte ich gerade einen großen Mitteilungsdrang und keinen Zuhörer.

Ich ging hinüber in mein Zimmer, ließ mich in den Schreibtischstuhl fallen und drehte ihn so, dass ich einen ungehinderten Blick auf das Haus gegenüber hatte, wo die hübsche neue Nachbarin noch immer keine Zeit für Vorhänge gefunden hatte. Ich hatte keine Ahnung, wie sie hieß und was sie arbeitete, und ihren genauen Tagesablauf hatte ich auch noch nicht herausgefunden. Das machte die Sache ja so spannend.

Sie war nicht zu sehen. Auf nichts in der Welt war mehr Verlass.

Ich griff zum Telefon, drückte eine Kurzwahltaste, und kurz darauf meldete sich Fietje Nissen. Wenigstens einer, der dort war, wo er sein sollte.

»Moin, moin, Fischkopp. Na, wie fühlt es sich an, wieder in der alten Heimat Schwäbisch Hall tätig zu sein? Nicht mehr diese öden Fahrten zweimal am Tag nach Aalen ins Exil, wohin dich diese seltsame Polizeireform verschlagen hat. Das ist doch was, mehr Zeit für Frau und Kinder, und wir beiden können auch mal wieder ein Bierchen zischen. Sind das nicht schöne Aussichten? Und das alles hast du einer Leiche hinterm Busch zu verdanken.«

»Dillinger, es ist immer wieder nett, mit dir zu plaudern, aber was willst du genau?«

»Dir ein paar Informationen aus deinem imposanten Riechkolben ziehen.«

»Der große Meister hat gesagt, ich darf kein Wort sagen, sonst schickt er mich in die Wüste.«

»Dort bist du schon. Ich sage nur Aalen.«

»Noch wüstiger.«

»Waiblingen etwa?«

»Wohl.«

»Das ist hart, das gebe ich zu. Aber komm, du kennst Keller, der meint das nicht so.«

»Diesmal schon. Du hast ihn richtig verärgert.«

»Umgekehrt wird ein Schuh draus. Aber egal jetzt. Also, was sind die neuesten Entwicklungen?«

»Meine Lippen sind versiegelt. Steht nicht geschrieben, deine Rede sei ja, ja; nein, nein. Meine Rede ist ›nein‹ oder ›kein Kommentar‹ oder gar nichts.«

»Das verstehe ich, du hast schließlich Familie. Übrigens habe ich neulich deiner Frau auf dem Wochenmarkt den Korb getragen.«

»Darüber wurde ich unterrichtet, ja. Und du hast mit ihr geflirtet.«

»Bei einer schönen Frau kann ich nicht anders. Bist du eifersüchtig?«

»Sollte ich?«

»Kein Kommentar. Sag mal, haben sich die bisherigen Erkenntnisse zum Todeszeitpunkt geändert? Dienstag am Abend oder in der Nacht?«

»Nein.«

»Habt ihr die Spusi in den Käshof gejagt?«

»Kein Kommentar.«

»Schon irgendwelche Erkenntnisse?«

»Kein Kommentar.«

»Also weißt du, für diese Art Kommunikation bin ich nicht geschaffen. Da muss ich zuviel überlegen, und das fällt mir besonders heute schwer, nachdem ich gestern mit Keller einen saufen war. Ich weiß ja, dass ihr Nordlichter nicht von der redseligen Sorte seid, aber kannst du nicht eine Ausnahme machen und dieses Vorurteil widerlegen?«

»Nein.«

»Deiner Frau trage ich nie mehr den Korb!«

»Kein Kommentar.«

Ich hörte, wie Sonja das Büro betrat. Sie schaute zu mir herein und winkte mir zu. Überm Arm hing die Birkin Bag.

»Wisst ihr schon, wer die Tote ist?«

»Nein.«

»Irgendwelche besonderen Kennzeichen?«

»Kein Kommentar.«

»Gar nichts, an dem man sich festhalten kann?«

»Kein Kommentar.«

Ich hörte, wie Sonja das Büro verließ, wahrscheinlich ging sie aufs Klo. Und dann hörte ich noch etwas.

»Fietje, draußen poltert's, ich glaube, da kommt der Weihnachtsmann.«

Keller stürmte herein.

»Wo ist sie?«, blaffte er.

»Dir auch einen schönen Tag. Wo ist wer? Deine gute Laune?«

»Du weißt genau, was ich meine. Die Tasche.«

»Welche Tasche?«

»Die Handtasche. Die Handtasche meiner Leiche.«

»Ich bin empört. Du bezichtigst mich des Handtaschendiebstahls? Und auch noch von einer Leiche? Leichenfledderei sozusagen? Starker Tobak! Überhaupt, ich bin erstaunt, dass du weißt, was eine Handtasche ist.«

»Quatsch nicht! Wo ist sie?«

»Kannst du dich etwas genauer ausdrücken? Vielleicht verstehe ich dann, was du willst.«

Keller atmete tief durch. Er war am Platzen.

»Unser Opfer wurde mehrmals gesehen, und immer hatte sie eine Handtasche dabei, die als besonders beschrieben wurde. Und mit genau derselben Handtasche spaziert deine Sonja durch die Gegend.«

»Frauen schleppen immer eine Handtasche mit sich herum, ist dir das schon mal aufgefallen? Ich versteh's zwar auch nicht, aber so ist es nun mal. Liegt an den Genen. Oder den Hormonen. Ein bisschen Östrogen im Blut, und schwupps!, schon definierst du dich über deine Handtasche.«

»Du kannst dir deine dämlichen Witze sonstwo hinstecken.«

»Bevor ich jetzt darauf eingehe, dass du eigentlich Sonja fragen müsstest, erstmal eine kleine Lehrstunde in Grammatik. Wenn du von demselben sprichst, dann ist damit eine einzige Sache gemeint, wohingegen das gleiche in mehrfacher Ausfertigung vorkommt. Um dir mal ein Beispiel zu geben: Wir beide können nicht gleichzeitig dieselbe Krawatte tragen, wohl aber die gleiche. Okay, das Beispiel hinkt, ich trage keine Krawatte, und wenn ich so anschaue, mit was du dir den Hals zuschnürst, käme nicht einmal die gleiche in Betracht, denn so einen abscheulichen Strick würde ich nicht mal im Vollsuff in Erwägung ziehen, woraus folgt, dass wir nicht denselben Geschmack haben, nicht einmal den gleichen.«

Keller lief rot an. Jetzt platzte er wirklich gleich. Und wenn es soweit war, wurde seine Stimme ganz weich, sehr verbindlich, und das war gefährlich.

»Dillinger, ich habe dir sehr eindringlich geraten, und das ist noch gar nicht so lange her, mir alles zu sagen, was du weißt. Was du offensichtlich nicht getan hast. Und darüber bin ich gar nicht erfreut, überhaupt nicht, es sieht sogar so aus, als würde ich so langsam richtig wütend werden, und du weißt noch nicht, wie es ist, wenn ich *richtig* wütend bin.«

Und plötzlich brüllte er los, dass die Wände wackelten. »Wer glaubst du eigentlich, wer du bist? Glaubst du, du kannst tun und lassen, was du willst?«

Wir standen uns gegenüber wie zwei Pitbulls, die nur darauf warteten, übereinander herzufallen und kräftig zuzubeißen.

In dem Moment kam Sonja wieder herein und machte große Augen.

»Sonja«, rief ich hinüber, »kannst du diesem netten Onkel mal deine Handtasche zeigen?«

Sie streckte Keller die Birkin Bag hin. Aber als der danach greifen wollte, zog sie die Hand schnell wieder zurück.

»Wo haben Sie die her?«, bullerte Keller.

Ich schüttelte den Kopf, was Keller nicht bemerkte, weil er auf Sonja und die Handtasche fixiert war.

»Ein Geschenk«, sagte Sonja.

»Von wem?«

Sollte ich ihr helfen? Aber nein, mit einem wütenden Keller wurde Sonja spielend fertig.

»Das kann ich nicht sagen«, sagte sie. »Und ich glaube auch nicht, dass Sie das etwas angeht.«

»Natürlich geht mich das etwas an«, bellte Keller. »Bei einem Mordfall geht mich alles etwas an. Also?«

Sonja druckste etwas herum, ich wusste nicht, wie sie es anstellte, aber tatsächlich zog sich eine leichte Röte über ihre Wangen. Sie sagte: »Von einem Mann. Aber Sie erzählen das nicht weiter, gell? Sonst bekomme ich Ärger mit meiner Lebensgefährtin.«

Keller war so in Rage, dass er gar nicht merkte, wie er auf den Arm genommen wurde. Vielleicht merkte er es auch und war deshalb einen Moment still.

Ich schaltete mich ein. »Ist das nun die Handtasche des Opfers oder nicht?«

Keller guckte, als wollte er die Birkin Bag gleich auffressen. Es war offensichtlich, dass er von Handtaschen so viel verstand wie ich. Er befand sich in einem Dilemma, und er löste es mit einer dreisten Lüge.

»Das ist sie«, sagte er.

Vielleicht war das keine Lüge, doch das wusste er ja nicht.

»Dieselbe oder die gleiche?«, provozierte ich ihn.

Keller konterte souverän: »Dieselbe.«

Er konnte gar nicht anders, er musste bei seiner Linie bleiben. Wie schon unser schwäbischer Nationaldichter Fritze Schiller gedichtet hatte: Wär's möglich, könnt' ich nicht mehr, wie ich wollte, nicht mehr zurück, wie mir's beliebt?

Hach, was war ich wieder gebildet heute! Ich hätte Keller auch noch mit ein paar anderen Schiller-Zitaten niederschmettern können, aber ich hatte so den Eindruck, dass er im Moment nicht sehr empfänglich dafür war. Warum sollte ich Perlen vor die Hühner werfen? Deshalb griff ich zu der einzigen Sprache, die er verstand, und fragte schlicht: »Beweise?«

Damit hatte ich ihn. Ich glaubte nicht, dass er irgendwelche Beweise hatte, und wenn doch, dann wären wir in dieser Sache wenigstens einen Schritt weiter. Ich hatte ja selber nur die, allerdings begründete, Vermutung, dass dies die Handtasche der Frau in Weiß war.

Unter normalen Umständen hätte ich ihm die Handtasche mitsamt meinen Vermutungen in die Hand gedrückt. Doch die Umstände waren nicht normal. Unsere Zusammenarbeit hatte bisher auf einem unausgesprochenen Deal basiert: Er ließ mich gewähren, solange ich ihm nicht allzu sehr in die Quere kam, ich teilte ihm meine Erkenntnisse mit, dafür versorgte er mich ab und zu mit Informationen, die nicht im Polizeibericht publik gemacht wurden.

Das hatte sich geändert, grundlegend, und ich wusste nicht, warum. Aber weshalb sollte ausgerechnet ich es sein, der den

Schwanz als Erster einzog? Manchmal erlaubte ich mir eine gewisse irrationale Sturheit.

Keller kam mit ausdrucksloser Miene auf mich zu. So nah, dass unsere Nasen sich fast berührten.

Dann sagte der cholerische Kommissar mit beherrschter und so leiser Stimme, dass mir mulmig wurde: »Dillinger, ich weiß, dass du mich verarschst, aber treib es nicht zu weit. Diesmal könntest du dir gewaltig die Finger verbrennen.«

»Was willst du machen? Du kannst mir nicht einmal die Lizenz als Privatdetektiv entziehen wie in den Staaten, weil es das bei uns nicht gibt.«

»Aber ich kann dich vor den Kadi zerren. Behinderung von polizeilichen Ermittlungen, Falschaussage, Unterschlagung von Beweismaterial undsofort. Es gibt auch so was wie Erzwingungshaft. Na, wie schmeckt dir das?«

»Mir gar nicht, aber meinem Anwalt sehr. Der kann dann so richtig fette Rechnungen schreiben, die der Staat zahlt, denn diesen Prozess verlierst du mit Pauken und Violinen.«

Was Keller jetzt unternahm, nannte man einen taktischen Rückzug. Aber kein Rückzug ohne Störfeuer.

»Ich kann dieses Ding auch beschlagnahmen«, sagte er.

»Zeig mir den richterlichen Beschluss.«

»Brauche ich nicht. Gefahr im Verzug.«

»Gefahr? Von einer Handtasche? Allmählich verstehe ich, weshalb sie dich in Pension schicken wollen. Du tickst ja nicht mehr sauber!«

Er wusste, dass diese ganzen Androhungen nur hohles Geschwätz waren. Und er wusste, dass ich das auch wusste.

Wortlos drehte er sich um und stapfte hinaus. Als er die Tür hinter sich zuknallte, erwartete ich jeden Moment, dass mir das Dach auf den Kopf fiel. Mein Haus erzitterte, ich schwöre es.

»Puh!«, sagte Sonja. »Ein Tsunami ist nichts dagegen! Was läuft da eigentlich zwischen euch? Ist das so ein Männerding? Ein Wettkampf im Weitpinkeln?«

»So was in der Art. Aber ich liege vorn.«

Sonja schüttelte den Kopf. »Männer! Und da heißt es immer, wir Frauen seien zickig. Kannst du das mit ihm nicht wieder in Ordnung bringen? Selbst auf die Gefahr hin, dass du einmal in deinem Leben deinen Stolz hinunterschlucken musst?«

»Können könnt ich schon, aber wollen will ich nicht. Noch nicht.«

Ich nahm ihr die Birkin Bag aus der Hand und betrachtete sie von allen Seiten.

»Was die alle nur mit diesem Ding haben! Ist doch nur eine Handtasche. Irgendein Geheimnis muss sie doch haben. Vielleicht ist es nur von außen nicht sichtbar.«

Ich kramte in einer Schreibtischschublade und fand auch, was ich suchte. Das gute, alte Schweizer Taschenmesser mit ungefähr fünfhundertdreiundzwanzig nützlichen Funktionen.

Sonja ahnte, was ich vorhatte, und in ihrer Stimme war Panik. »Was hast du vor?«

»Die Tasche aufschneiden. Vielleicht hat sie ja einen doppelten Boden.«

»Eine Birkin Bag aufschneiden? Bist du wahnsinnig? Hast du das überhaupt schon mal gemacht, Nähte auftrennen?«

»Irgendwann ist immer das erste Mal. Warum machst du das eigentlich nicht? Ihr Frauen saugt das doch mit der Muttermilch ein.«

»Nicht bei einer Birkin Bag! Warum gehst du damit nicht zum Schuster?«

»Und was soll ich dem sagen? Normalerweise geht man zum Schuster, damit er Löcher zunäht und nicht, dass er welche macht.«

»Dir wird schon was einfallen.«

»Zu Handtaschen fällt mir nichts ein. Handtaschen sind Frauensache, also streng den hübsches Köpfchen an.«

»Nicht, wenn du in diesem gönnerhaften Chauvi-Ton mit mir redest.«

»Frauen! Gut, ich entschuldige mich, das mit dem hübsch nehme ich zurück. Aber du weißt, dass ich deinen scharfen Verstand schon immer bewundert habe.«

»Du bist manchmal unerträglich!«

»Ich fürchte, zu diesem Schluss sind schon mehrere Frauen in meinem Leben gekommen. Also, auf zum Schuster!«

***

Von meinem Haus war es nur ein kurzer Schlenderer zum Schuster am Anfang der Gelbinger Gasse. Vierte Generation, alter Haller Siedersadel. Der Senior war gerade selber im Laden. Wir plauschten ein wenig über dies und das, er hatte Zeit, seit das Geschäft vom Sohn übernommen worden war.

Ich stellte die Birkin Bag auf den Ladentisch. »Schau dir dieses Teil mal an.«

Er untersuchte die Tasche mit dem prüfenden Blick des Fachmanns.

»Ein schönes Stück. Sieht nach Handarbeit aus. Nach guter Arbeit, Respekt, so etwas sieht man heutzutage selten. Was soll ich damit? Kaputt ist sie ja offensichtlich nicht.«

»Ich könnte dir jetzt eine wunderliche Geschichte erzählen, damit du tust, was du tun sollst, aber mir ist keine eingefallen. Frag nicht nach den Gründen, schneide die Tasche auf. Mach sie platt.«

»Warum?«, fragte er trotzdem.

»Das werden wir dann sehen.«

Er drehte die Birkin in den Händen. »Was soll ich da aufschneiden? Die Tasche hat doch kein Stofffutter.«

»Aber vielleicht einen doppelten Boden. Doppelte Wände.«

Der Blick, mit dem er mich anschaute, verriet nur allzu deutlich, dass er ernsthaft an meinem Geisteszustand zweifelte. Vielleicht hatte er ja recht.

Er zuckte mit den Schultern. »Ich mache, was die Kunden wollen.«

Die Frau neben mir wurde zusehends unruhig. »Aber Sie kriegen Sie doch wieder so hin wie im Original?«

Sonja bibberte. Eigentlich war das ja nur die unfreiwillige Leihgabe einer bislang unbekannten Person, aber sie hatte sich die Tasche offenbar längst zu eigen gemacht. Das Handtaschen-Virus hatte sie voll im Griff, es gab keine Heilung, höchstens einen qualvollen Entzug mit anschließender lebenslanger Verlust-Depression.

Der Schuster bedachte sie mit einem bösen Blick. Das ging jetzt an seine Berufsehre. »Was ist mit der Lederjacke, die Sie mir kürzlich vorbeigebracht hatten? Die mit der offenen Naht? Sieht man da was?«

»Nein«, sagte Sonja kleinlaut.

»Na also.«

Dann machte er sich ans Werk. Er arbeitete schnell und geschickt. Zwischendurch sagte er: »Ich bin ja Schuster, kein Sattler oder Täschner, aber Naht ist Naht, also keine Sorge, Frau Sonja.«

Sonja wandte sich ab. »Ich kann da nicht zusehen«, murmelte sie. »Eine Birkin Bag so misshandeln!«

»Ach komm, ist doch nur eine Handtasche«, sagte ich.

Ihr eisiger Blick hätte einen ganzen Ozean auf einen Schlag erstarren lassen können.

Und es ist nicht mal deine, hatte ich hinzufügen wollen, unterließ das aber besser.

Inzwischen lagen diverse Lederteile herum, denen nicht anzusehen war, dass sie mal eine Handtasche waren. Und wieder werden sollten. Der Schuster war beim Boden angelangt, als er plötzlich sagte: »Moment, da ist was!«

»Ha! Ich hab's doch gewusst!«, schrie ich triumphierend.

Der Schuster zog ein sehr dünnes Stückchen Leder heraus und reichte es mir.

Ich studierte es lange und sorgfältig, während zwei Augenpaare auf mir ruhten.

»Und?«, fragte Sonja aufgeregt.

Ich räusperte mich bedeutungsschwanger. »Mein Französisch ist auf Schulniveau, aber ich glaube, wir wissen jetzt ganz genau, wer diese Birkin zusammengenäht hat, nämlich ein gewisser Raymond Poncet. Und das war 1997.«

»Und sonst nichts?«

»Sonst nichts«, bestätigte ich.

»Und deswegen dieser ganze Aufwand?« Sonja war sauer. »Deswegen muss eine kostbare Birkin Bag in ihre Einzelteile zerlegt werden?«

»Ach, das ist eine Birkin Bag?«, wunderte sich der Schuster. »Davon habe ich schon gehört. Ziemlich teuer, was? Gute Handwerksarbeit, wie gesagt, aber sonst …«

»Und jetzt ist dieses schöne Stück entehrt. Entweiht. Massakriert.« Sonja echauffiert sich. »Und was ist das Ergebnis? Null. Nichts. Nada.«

Ich zuckte mit den Schultern. »Hätte ja sein können. Wer nicht wagt, hat's verschissen.«

»So jungfraulich ist die Tasche auch wieder nicht«, meldete sich der Schuster. »Da wurde schon mal eine Naht repariert. Und wie geht's jetzt weiter?«

»Du kannst den Patienten wieder zumachen. Operation beendet. Wir warten.«

»Gerne. Wenn du einen Schlafsack dabei hast.«

»So lange kann das doch nicht dauern. Zerlegt hast du das Ding ja im Nu.«

»Zerlegen ist einfacher als wieder zusammennähen.«

»Das verstehe ich nicht. Die Löcher für die Nähte sind da. Du musst nur einen Faden oder was auch immer nehmen, durch die Löcher pfrimeln, und ruckzuck steht die Tasche wieder da, als sei nichts geschehen.«

Er guckte böse. »Erklär du mir nicht, wie ich meine Arbeit machen soll! Nächste Woche, Dienstag.«

Er bemerkte Sonjas Gesichtsausdruck. Man konnte ihn als flehentlich bezeichnen, ich interpretierte ihn als leicht panisch.

»Na gut, in einer Stunde. Der Stift bringt sie dann rüber«, sagte er. »Dillinger, bei Expresslieferung müssen wir uns aber über den Preis unterhalten. Du hast doch Beziehungen zu einem Jäger. Ein schöner Feldhase wär mal wieder was.«

Ich schüttelte den Kopf. »Zur Zeit gibt es überhaupt kein Wild. Schonzeit. Selbst für Wildschweine. Und die Hasen sind erst im Oktober wieder dran. Ich kann dir stattdessen ein Limpurger Rind anbieten. Freilandhaltung, handgestreichelt. Ich weiß aber nicht, wann die wieder schlachten.«

Er nickte. »Einverstanden. Ich vertraue dir.«

Ich hätte ihn umarmen können. Der einzige Mensch derzeit, der mir vertraute, mich selbst eingeschlossen. Und die nächste Attacke auf mein Selbstbewusstsein, ich ahnte es, kam, sobald wir die Tür zur Schusterei hinter uns geschlossen hatten.

»Ich habe doch gleich gesagt, dass das eine Schnapsidee ist«, fauchte Sonja.

»Gegen einen Schnaps ab und an ist nichts einzuwenden. Ich kenne da eine geheime Quelle in Wackershofen. Allerdings kratzt er ein bisschen. Der Schnaps und sein Hersteller.«

»Was hat uns die ganze Aktion gebracht?«

»Immerhin wissen wir wegen dieser Aktion, dass es sich um eine echte Birkin handelt, nicht um eine gefakte. Oder könntest du die unterscheiden?«

»Pah! Und jetzt?«

»Weiß ich im Moment auch nicht. Und was hilft in solchen Fällen? Ein gutes Essen. Du bist eingeladen.«

»Hast du nicht neulich erst gesagt, dass es dir in keinem Lokal mehr schmeckt?«

»Nur in einem noch. Im Restaurant Dillinger. Ein absoluter Geheimtipp. Und nur für handverlesene Gäste. So ist das heutzutage. Man kann sich auf nichts mehr verlassen, man muss alles selber machen.«

***

Ich hatte gestern noch einen Pulpo erstanden, auch Oktopus oder Krake genannt, dieses Ding mit den acht Armen, hatte ihn am Abend vor meiner Bierschlacht mit Keller gekocht und über Nacht in seinem Sud aus Weißwein, Fenchel, Zwiebeln und diversen Gewürzen abkühlen lassen.

Während ich den Pulpo putzte, weil ich die schlonzigen Teile nicht mochte, und in Scheiben schnitt, reduzierte ich einen Teil des abgegossenen Suds. Ich musste immer wieder probieren, damit die Reduktion nicht zu streng wurde. Derweil schnitt Sonja Stangensellerie in dünne Streifen.

Dann mischte ich Pulpo und Stangensellerie, gab einige Oliven dazu, den eingekochten Sud, Olivenöl, Salz und Pfeffer, und probierte. Nicht schlecht. Ein Spritzer Balsamico konnte nicht schaden. Normalerweise schnitt ich auch Cocktailtomaten hinein, aber wer will im Winter schon geschmacksneutrale Tomaten? Dazu gab es die überirdischen Seelen (auch Briegel genannt) vom Wochenmarkt.

Während gekocht wurde, waren geschäftliche Gespräche tabu, das wusste Sonja, schließlich ist Kochen auch eine meditative Tätigkeit. Allenfalls kulinarische Fachsimpeleien waren erlaubt.

Während des Essens hingegen war ich nicht so streng wie mein geschätzter Kollege Nero Wolfe, der keinerlei Erwähnung seines aktuellen Falles duldete. Nachdem der Chefkoch huldvoll die Begeisterungsstürme aller Anwesenden entgegengenommen hatte, durfte deshalb auch die Frau in Weiß am Tisch mit Platz nehmen. Sie bekam auch ein Glas Blanc de noir von Keil aus Alt-Renzen hingestellt, gerade das Richtige für einen leichten Lunch. Wenn sie ihn verschmähte, würde ich mich wohl später erbarmen müssen.

»Fassen wir mal zusammen, was wir an Fakten haben«, begann ich. »Ich bin am Mittwoch zum Mittagessen verabredet mit einer Frau, deren Namen ich nicht kenne und die ich deshalb die Frau in Weiß nenne, eine Frau, die ich einige Male in Schwäbisch

Hall gesehen habe und mit der ich einmal zusammen einen Wein getrunken habe und von der ich ansonsten nichts weiß. Und zwar auch deshalb nichts, weil sie nichts Persönliches von sich preisgegeben hat.«

»Hat die Kripo sie inzwischen identifiziert?«, fragte Sonja.

»Vermutlich nicht, wenn ich die Andeutungen von Nissen richtig interpretiere. Ich bin dort zur Zeit Persona non grata und vom Informationsfluss abgeschnitten.«

»Warum eigentlich?«

»Das ist ein komplexes Thema und genauso mysteriös wie unser Fall, deshalb verschieben wir das erstmal.«

Ich häufte ihr noch etwas Pulpo auf den Teller. »Schmeckt es?«

»Das habe ich dir schon ein paar Mal gesagt.«

»Ich kann's nicht oft genug hören. Weiter. Die Frau in Weiß wird in der Nacht von Dienstag auf Mittwoch im Freilandmuseum Wackershofen ermordet und hinter einem Busch abgelegt, weshalb auch klar ist, weshalb ich am Mittwoch vergeblich auf sie gewartet habe. Und das war es auch schon mit den harten Fakten, der Rest sind Mutmaßungen. Beispielsweise vermute ich nur, dass die Handtasche die Handtasche der Frau in Weiß ist, weil ich so eine ähnliche bei ihr gesehen habe, was du durch deine Recherchen auch bestätigt hast. Es könnte dieselbe gewesen sein – oder auch nicht. Wer unter den Frauen hierzulande kann schon die eine Birkin Bag von der andern unterscheiden?«

»Hast du schon vergessen, als weiterer Fakt, dass du in Wackershofen niedergeschlagen worden bist?«

»Wie kann ich das vergessen? Ich kann meinen Kopf immer noch nicht drehen! Aber bin ich wirklich niedergeschlagen worden? Ist wirklich eine Leiche auf mich gefallen? Ich habe das alles nicht erfunden, um mich wichtig zu machen oder so. Etwas ist dort mir passiert. Etwas ist dort *mit mir* passiert. Aber was? Je mehr ich darüber nachdenke, umso weniger sicher bin ich mir, was ich tatsächlich erlebt habe, was ich hineininterpretiert habe, was ich assoziiert habe.«

Sonja hatte einen guten Appetit, und es war mir ein Rätsel, wie sie trotzdem so schlank bleiben konnte, und das führte mich zu einem ganz anderen Problem. Ich strich mir über meinen Bauch, und was sich dort, vorerst noch in einer zarten Andeutung, zu entwickeln begann, beunruhigte mich. Dagegen musste ich etwas unternehmen. Ich verzichtete auf das nächste Stück Brot und hielt mich nur an den Pulpo.

Sonja schluckte hinunter und sagte: »Nehmen wir einmal an, dass es so war. Nehmen wir weiter an, dass es tatsächlich ihre Handtasche ist. Was könnte dort im Käshof geschehen sein?«

»Wann lässt eine Frau ihre Handtasche einfach auf dem Tisch liegen?«

»Nur in der höchsten Not. Oder wenn sie überrascht wird. Angenommen, sie war irgendwo in diesem Haus, sie hört dich kommen, will von dir nicht gesehen werden und versteckt sich, bis du wieder gehst.«

»Warum versteckt sie sich vor mir?«

»Vielleicht gar nicht vor dir persönlich, sondern generell.«

»Dann muss sie aber schon auf dem Dachboden gewesen sein, als ich kam. Sonst hätte sie sich an dem Zimmer vorbeischleichen müssen, in dem ich war, und das hätte ich bemerkt.«

Sonja überlegte. »Nehmen wir das mal als eine Möglichkeit. Sie versteckt sich auf dem Dachboden, du kommst hoch, sie stolpert, fällt auf dich und bricht sich dabei das Genick.«

»Dagegen spricht zweierlei. Egal, ob ich mich noch richtig an alles erinnere oder nicht, meine Verletzungen lassen sich damit nicht alle erklären und auch nicht mit meiner Kulleraktion die Außentreppe hinunter. Da hat jemand zugeschlagen. Und zum zweiten: Ist die Frau in Weiß danach wieder auferstanden und hat sich als Leiche ins Gebüsch gelegt?«

»Jemand hat gewartet, bis der Käshof abgeschlossen wurde. Du warst ja keine Gefahr mehr für ihn, du hast selig geschlafen.«

»Und wenn der Aufseher, bevor er abgeschlossen hat, nach oben gekommen wäre, um nachzusehen, ob noch jemand da ist?«

»Tja, ich würde sagen, da hat dein Georg Glück gehabt, sonst hätte es ihn vielleicht auch getroffen.«

»Warum die Leiche überhaupt ins Gebüsch schleppen?«

»In der Hoffnung, dass sie nicht gleich am nächsten Morgen entdeckt wird. Hat ja auch geklappt.«

»Warum hat er die Handtasche nicht auch verschwinden lassen?«

»Weil der Mörder unter Garantie ein Mann war. Ein Mann denkt nicht daran, dass Frauen immer eine Handtasche dabeihaben. Er hat sie wohl übersehen. Aber Georg auch?«

»Das glaube ich nicht«, sagte ich und führte einen inneren Kampf mit der Weinflasche. Es stand unentschieden. »In die Wohnstube hat er bestimmt geschaut.«

»Dann hat der Mörder die Handtasche weggenommen und später wieder hingestellt.«

»Warum?«

»Damit du deiner Partnerin eine zumindest zeitweilige Freude machen kannst. Dillinger, das ist eine saublöde Frage, weil ich darauf auch keine Antwort weiß.«

»Na ja, dann wäre ja alles geklärt. Bleiben nur noch ein paar Kleinigkeiten. Zum Beispiel: Wer ist die Frau? Wer ist ihr Mörder? Wer ist die Frau, die ich am Mittwoch Abend gesehen habe und die der Frau in Weiß zum Verwechseln ähnlich sah, die zu dem Zeitpunkt aber schon tot war?«

»Ach, Dillinger, das sind wirklich nur Kleinigkeiten. Solche Rätsel löst du im Schlaf.«

Ich schenkte mir noch etwas Wein ein. Das war unvernünftig, so mitten am Tag, aber mir schwirrte ohnehin der Kopf. Vielleicht verschaffte mir der Riesling etwas Klarheit. Ich ließ die goldgelbe Flüssigkeit im Glas kreisen, betrachtete die kleinen Luftblasen, die sich bildeten. Und so, wie die Luftblasen nach oben trieben, reifte in mir eine Erkenntnis.

Ich nahm einen Schluck, schlürfte und gurgelte, schmeckte den leichten Pfirsichnoten nach und sprach also: »Sonja, ich denke, ich steige aus. Das ist mir alles zu verworren. Soll Keller alleine seinen Spaß haben.«

Sonja starrte mich ungläubig an. »Du willst aufgeben?«

Ich nickte. »So sieht's aus.«

»Aufgeben? Passt das zu deinem Selbstbild?«

»Mein Selbstbild ist gerade in Auflösung begriffen. Ich überlege sogar, alles aufzugeben. Meinen Beruf an den Haken zu hängen. Etwas anderes zu machen. Etwas, das ich besser kann.«

»Hm. Klingt aufregend. Etwas ganz Neues. Gehen wir das mal ganz logisch an. Was kannst du denn am besten?«

»Weiß nicht. Leute bequatschen?«

»Wie wär's mit Versicherungsvertreter?«

»Das findest du wohl lustig, oder?«

»Pfarrer?«

»Hör mir auf mit diesen Kuttenbronzern!«

»Hab dich nicht so! Es gibt auch nette, denk an Padre Baffini.«

»Ich glaube, ich ziehe aufs Land«, sagte ich. »Idyllische Ruhe. Weg von dieser großstädtischen Hetze.«

»Hm. Schwäbisch Hall als Großstadt. Interessante Vorstellung. Und was willst du auf dem Land machen? Schafe züchten?«

»Keine schlechte Idee. Hätte ich wenigstens immer was zum essen.«

»Und dann quatschst du mit deinen Schafen.«

»Die sagen wenigstens nur mäh.«

»Das reicht für eine Unterhaltung.«

»Sonja, ich meine das ernst.«

»Weg aus Hall? Das kannst du nicht machen! Was wäre die Stadt ohne dich? Nein, das geht gar nicht. Wenn man dich nicht mehr auf dem Markt sieht. Wenn du nicht mehr irgendwo sitzt und deinen Wein trinkst. Wenn du nicht mehr in Begleitung schöner Frauen bist. Zum Beispiel mit einer Frau in Weiß.«

»Ich kann keine Toten mehr sehen.«

»Dann lass sie liegen, wo sie sind. Es gibt Leute, die sich um so was kümmern und dafür auch noch bezahlt werden. Einer heißt Keller.«

»Wenn ich an den Käshof denke. Wie viel Tote es da im Lauf der Jahrhunderte gegeben haben muss. Die reden mit mir im Schlaf. Darunter ist auch eine Frau in Weiß.«

Sonja schaute mich streng an. Und auch ein bisschen besorgt, wie ich mir einbildete. »Ist das jetzt der Beginn einer ausgewachsenen Depression?«

Ich nickte.

»Gemeinhin auch bekannt als Midlife Crisis?«

Ich nickte.

Und dann tat Sonja etwas Merkwürdiges. Sie goss sich das Glas voll, sah mir tief in die Augen und goss es mir über den Kopf.

Der gute Wein!

Sonja hieb mit der Faust auf den Tisch und brüllte mich an.

»Jetzt ist Schluss mit diesem Selbstmitleid, Dillinger, ich kann's nicht mehr hören! Okay, du hast eins auf die Rübe bekommen, du hast Schmerzen, du fühlst dich nicht gut, du bist dir nicht sicher, was genau passiert ist. Alles verständlich. Kann einen schon durcheinanderbringen. Aber hör auf mit diesem Gejammer! Das ist eine Weile ganz interessant, aber mittlerweile langweilt es. Du suhlst dich in deinem ach so schlimmen Schicksal, als ob es kein Morgen gäbe. Das bist nicht mehr du! Ich möchte aber, das du wieder so wirst, wie du bist. Besinne dich auf das, was du kannst. Geh meinetwegen Schafe züchten. Aber vorher wird noch dieser Fall gelöst, verstanden? Und jetzt an die Arbeit!«

***

Die Tür zu Sonjas Zimmer schloss ich im Allgemeinen nur, wenn ich in Ruhe nachdenken wollte. Oder wenn meine Partnerin nicht merken sollte, dass ich mich mitnichten mit dem verhassten Papierkram beschäftigte, sondern Löcher in die Luft starrte. Was auch so aussah, als würde ich nachdenken. Wenn da nicht der verräterisch hohe Papierstapel auf meinem Schreibtisch wäre.

Doch jetzt war ich ausnahmsweise mal brav. Ich öffnete den Brief, der zuoberst lag.

Es war ein streng aussehendes Schreiben, das mich über einen amtlichen Eintrag in einem Gewerbeverzeichnis informierte, weshalb ich bis zum Soundsovielten einen nicht unerheblichen Betrag zu überweisen hätte. Wenn nicht, stellte man mir vorsorglich einen Inkassoauftrag in Aussicht.

Das war so offensichtlich Abzocke, dass schon selten dämlich sein musste, wer darauf hereinfiel. Aber solche Zeitgenossen gab es zuhauf. Ich wartete ja auch noch auf die Millionen, die laut diversen E-Mails für mich in Afghanistan oder Nigeria bereitlagen.

Schon wieder war es mir mühelos gelungen, meine Gedanken abschweifen zu lassen, was sich den Papierstapel nicht schwinden ließ.

Ich legte die Füße auf den Schreibtisch, wie man das von amerikanischen Privatdetektiven kennt. Vielleicht half das beim Denken.

Als wir vorhin diese vermaledeite Geschichte aufgedröselt hatten, da hatte alles so logisch geklungen. Doch mit den Schmerzen in meinem Körper breiteten sich auch die Zweifel wieder aus.

Alles kreiste immer und immer wieder um dieselben Fragen: Was war real? Was waren Kopfgeburten?

Aus diesem Kreislauf kam ich nicht heraus.

Gab es vielleicht Rätsel, die nicht gelöst werden konnten? Nicht gelöst werden *wollten*?

Sonja riss die Tür auf. Ertappt! Schnell nahm ich die Füße vom Tisch.

»Wir haben Besuch«, sagte sie, machte große Augen und die Tür vollends auf.

Jetzt verstand ich gar nichts mehr.

Jetzt wurde ich wirklich irre an mir.

Herein kam die Frau in Weiß. Nur in Schwarz. Schwarz vom Hals bis zum Fuß. Aber genauso blond. Der ausgefranste Pony, das Resthaar, das in leichten Locken bis auf die Schultern fiel.

Nun ja, man kann schon mal das Outfit wechseln. Aber nicht, wenn man eigentlich tot ist.

Glücklicherweise hatte ich keinen Spiegel vor mir, meinen Gesichtsausdruck wollte ich mir nicht einmal vorstellen. Blöde war wahrscheinlich noch geschmeichelt.

Sie lächelte. Es war das Lächeln der Frau, mit der zusammen ich einen Wein getrunken und die mich hatte sitzen lassen, jede Wette.

Die tot im Gebüsch gefunden wurde.

Sie griff sich ins Blondhaar, wie Frauen das so tun, wenn sie den Sitz ihrer Frisur prüfen wollen. Mit einer langsamen, aufreizend langsamen Handbewegung nahm sie die Perücke vom Kopf. Darunter kamen kurze schwarze Haare zum Vorschein.

Die Frau in Weiß hatte sich in die Frau in Schwarz verwandelt. Die ich am Mittwoch Abend zu sehen glaubte, was ich allerdings als Einbildung abgetan hatte.

Was war das? Eine Halluzination? Ein Gespenst? Die Reinkarnation der Frau in Weiß?

Ich schaute Sonja an. Ihr ging es nicht anders.

Die Frau sah mich ernst an. »Sie können den Mund wieder zumachen. Ich bin keine Erscheinung. Ich bin die Zwillingsschwester.«

Ich brachte keinen Ton heraus und wies nur stumm auf meine Sitzgruppe, wo wir uns alle drei niederließen. Die Frau schlug die Beine übereinander und machte einen entspannten Eindruck. Schade, dass sie eine Hose trug. Wenn sie tatsächlich die Zwillingsschwester war, entging mir der Anblick von zwei hübschen Beinen.

»Mein Name ist Lea Mancini. Ich möchte, dass Sie den Mord an meiner Schwester Lotta aufklären«, sagte sie so gelassen, als wäre es das Selbstverständlichste der Welt.

Endlich fand ich meine Sprache wieder. »Wie kommen Sie hierher? Warum kommen Sie zu mir? Wie haben Sie mich gefunden? Sollten Sie nicht besser zur Polizei gehen?«

»Viele Fragen auf einmal. Bevor ich sie beantworte, sollte ich Ihnen meine Familiengeschichte erzählen. Sie ist vielleicht der Schlüssel zu allem.«

Sie streckte die Arme nach oben und begann, ihre Haare hochzunehmen, soweit das bei ihren kurzen Haaren überhaupt möglich war.

Ich war gewarnt. Eine einschlägig bewanderte Wissenschaftlerin hatte mir mal erklärt, was das zu bedeuten hatte. Das legte die Duftareale hinter den Ohren frei und ebenso jene aus den Achseln. Erotisches Duftmarketing. Sie wollte mich unbewusst bedampfen.

Dann erzählte sie.

***

Meine Urgroßmutter Danka stammt aus Polen, sie wurde während des Krieges von den Nazis als Zwangsarbeiterin verschleppt und landete in Käsbach auf dem Käshof, der Ihnen ja bekannt sein dürfte.

Danka war jung und wohl sehr hübsch, und als der Krieg zu Ende war, war sie schwanger, noch keine achtzehn Jahre alt. War es eine Vergewaltigung, eine kurze Affäre, eine Liebschaft? Wir wissen es nicht. Überhaupt wissen wir kaum etwas. In der Familie wurde anscheinend nie über diese Zeit geredet. Sie wurde ausgeblendet, als hätte es sie nie gegeben. Und von denen, die etwas hätten wissen können, lebt niemand mehr. Auch meine Großmutter ist schon lange tot.

Nach der Befreiung traf Urgroßmutter Danka auf einen Italiener, Alessandro, der in Nazi-Deutschland als Militärinternierter ebenfalls Zwangsarbeit leisten musste. Er nahm sich der jungen Polin an. Ob sie ihm ihre Schwangerschaft verschwiegen hatte, sie musste damals ungefähr im dritten Monat gewesen sein, oder ob es ihm egal war – wir wissen es nicht. Es gibt in unserer Familie viele Geheimnisse, über die nicht geredet wurde. Zum Beispiel, wie sich die Familie im Faschismus verhalten hat.

Jedenfalls, Danka ging mit Alessandro in dessen italienische Heimat zurück, wo sie ihr Kind gebar, meine Großmutter Virginia, und noch im Wochenbett starb.

Das war der einfachere Teil der Familiengeschichte, ab jetzt wird es verwickelt. Meine Großmutter wuchs bei Alessandros Familie auf und heiratete jung meinen Großvater Carlo, weil sie mit meiner Mutter Gina schwanger war. Jung schwanger, das war anscheinend so üblich in meiner Familie. Später kamen noch zwei Kinder dazu.

Eines Tages macht meine Mutter am Strand von Rimini eine Urlaubsbekanntschaft und geht mit dem Kerl Hals über Kopf nach Deutschland. Aber die große Liebe verpufft schnell, nach kurzer Zeit geht die Beziehung auseinander, sie geht wieder zurück nach Italien. Und nein, sie war nicht schwanger, das kam erst später.

Sie muss sehr lebenslustig gewesen sein, hatte viele Liebhaber, zum Kummer der Familie war nie etwas Ernstes dabei. Es kommt, wie es kommen musste, man muss ja der Familientradition treu bleiben: ledig schwanger mit zwanzig, mit uns Zwillingen, und kein Vater bekannt, den man heiraten könnte.

Das ist Anfang der achtziger Jahre zwar kein Grund mehr, mit Schimpf und Schande vom Hof gejagt zu werden, aber trotzdem nicht ganz einfach, schwinden damit die Chancen doch rapide, die Tochter unter die Haube zu bekommen.

Es hat dann doch noch geklappt. Wir waren vier Jahre alt, als sie, Ironie des Schicksals, wieder einen Deutschen kennenlernt, ihn heiratet und mit ihm nach Deutschland zieht. Wir sind in Deutschland aufgewachsen.

Um das noch schnell abzuschließen: Auch diese Verbindung hält nicht lange, danach kommen viele Papas, einen Teil davon hat sie geheiratet, die meisten nicht, und irgendwann hat sie das mit dem Heiraten ganz aufgegeben.

Von außen betrachtet, könnte man vielleicht sagen, sie hatte keine glückliche Hand mit ihren Männern. Sie sah das anders. Natürlich gab es schon auch mal ein paar Tränen, wenn sie wieder einen vor die Tür gesetzt hatte. Ich kann mich jedoch nicht erinnern, unsere Mutter jemals selbstzweifelnd oder deprimiert erlebt zu haben. Stattdessen hatte sie Sinnsprüche parat: Das Leben ist ein Abenteuer und will gelebt sein, so in der Art. Jemand hat mal über sie gesagt, sie sei eine seltsame Frau, sie sei so unerträglich optimistisch und verbreite immer gute Laune.

Sie starb vor knapp einem Jahr auf dramatische Weise. Sie aß mit ihrem aktuellen Lebensgefährten in einem Sternerestaurant, bekam etwas in den falschen Hals und erstickte. Es war übrigens keine Fischgräte, sondern ein Rinderfilet.

Und jetzt sind wir fast schon in der Gegenwart.

Wir haben nie erfahren, wer unser Erzeuger war. Die offizielle Lesart war, dass es dafür mehrere Kandidaten gab. Unsere Mutter weigerte sich, Namen zu nennen, zumal sie gar nicht alle wisse.

Irgendwann war uns klar, dass das nicht stimmte. Sie wusste es ganz genau, und es war nur einer. Aber sie hat sich beharrlich dagegen gestemmt, etwas über unseren Erzeuger zu sagen, auch später nicht, als wir alt genug waren, bohrende Fragen zu stellen. War es eine Vergewaltigung? Nein, ganz im Gegenteil. Warum hat er dich sitzen lassen? Hatte er nicht, ich wollte es so. Wie war er? Lieb. Alle Fragen blockte sie ab.

Auch als wir nach ihrem Tod ihre Hinterlassenschaft durchgesehen haben, gab es nicht den geringsten Hinweis auf unseren Erzeuger. Es war, als hätte es ihn nie gegeben.

Ich hatte mich schon längst damit abgefunden, es interessierte mich nicht mehr. Ich betrachtete das eher als anonyme Samenspende, ist ja heutzutage nichts Ungewöhnliches mehr. Jeder darf seine Geheimnisse haben. Ich habe auch niemandem von meiner Abtreibung erzählt, nicht mal meiner Schwester. Es war meine

Entscheidung, das zu tun, genauso wie es allein meine Entscheidung gewesen wäre, wenn ich das Kind bekommen hätte. Und wenn dieser Typ nicht völlig daneben gewesen wäre, hätte ich es vielleicht sogar getan.

Vielleicht hat das unsere Mutter ähnlich gesehen: Spermalieferant ja, Ehemann und Vater nein. Na ja, mein Typ hat nicht mal als Spermalieferant getaugt, diese Gene wollte ich meinem Kind nicht zumuten.

Bei Lotta, meiner Schwester, war das anders. Das ist fast zu einer Obsession geworden. Hatte nicht jeder das Recht darauf zu erfahren, woher er stammt? Wer seine Gene in ihr verstreut hat? Als Kind hatte sie sich einen Vater herbeigeträumt. Mal war er ein König, der sie eines Tages in sein Märchenschloss holen würde, mal ein unermesslich reicher Unternehmer, dessen Limousine sie zu seinem Privatjet bringen würde. Und wenn er nun ein Schwerverbrecher war, der lebenslang im Knast sitzt, habe ich sie gefragt. Trotzdem.

Und dann hat sie irgendwie vom Käshof erfahren, wo Urgroßmutter Danka zwangsarbeiten musste. Das wollte sie sich anschauen, deshalb kam sie hierher. Die Vatersuche war für sie zur Familienforschung geworden.

Am Montag habe ich von ihr eine etwas wirre und aufgeregte SMS erhalten, ich müsse sofort kommen, sie habe höchstwahrscheinlich und durch Zufall unseren Vater gefunden, sie müsse aber nochmals einen Tag weg.

Auch wenn mich die Vaterfrage bisher nie interessiert hat, war ich doch neugierig geworden. Also bin ich am Dienstag gefahren. Ich habe immer wieder versucht, sie auf dem Handy zu erreichen, aber sie hat nie abgenommen. Seitdem habe ich nichts mehr von ihr gehört. Bis ich heute Morgen die Notiz in der Zeitung gelesen habe. Die Beschreibung war etwas vage, aber für mich war klar, wer diese Leiche ist.

***

Wir schwiegen alle. Zwischendurch hatte Sonja, auf mein Winken hin, schon zweimal Cappuccino serviert. Es ist ja nicht so, dass bei uns der Kaffee wie in unzeitgemäßen Büros Frauensache ist. Allerdings kam ich mit unserer hypermodernen Kaffeemaschine überhaupt nicht zurecht, im Gegensatz zu Sonja. Ihr Schaum hatte die richtige Textur, die richtige Temperatur. Perfekt.

Ich unterbrach das Schweigen. »Wie komme ich ins Spiel?«

»Ich bin am Mittwoch Abend durch ein paar Kneipen gezogen. Da habe ich Sie am Tresen sitzen sehen. Nehmen Sie's mir nicht übel, aber Sie sahen ziemlich erbärmlich aus. Ein paar Leute haben über Sie geredet, ich habe nachgefragt und dabei erfahren, dass Sie so eine Art Privatermittler sind. Deshalb bin ich hier«

»Obwohl ich an diesem Abend keine gute Figur gemacht habe?«

»Jeder ist mal schlecht drauf. Ich verlasse mich auf mein Gespür. Nehmen Sie meinen Auftrag an?«

Ein offizieller Auftrag? Na, das war doch was! Trotzdem zögerte ich.

»Warum überlassen Sie die Ermittlungen nicht der Polizei? Die ist dafür besser ausgerüstet.«

»Technisch gesehen vielleicht. Doch das ist nicht alles. Mein Vertrauen in die Staatsbehörden ist begrenzt.«

»Gut«, sagte ich. »Ich habe noch viele Fragen.«

Sie nickte.

»Ganz banal zunächst. Wo leben Sie und Ihre Schwester? Wovon leben Sie?«

»Ich lebe in Heidelberg als Übersetzerin. Italienisch natürlich. Es war eine der klügeren Entscheidungen unserer Mutter, uns zweisprachig aufwachsen zu lassen. Lotta hatte ihre Basis in München, und abgesehen von dem sehr kleinen Vermögen, das unsere Mutter hinterlassen hat, lebte sie – ja, wie soll man das ausdrücken? Sie lebte davon, eine Frau zu sein.«

»Das verstehe ich nicht«, sagte ich.

»Ich auch nicht«, sagte Sonja, die Frau.

»Lotta hat die Abenteuerlust und Heißblütigkeit unserer Mutter geerbt, im Gegensatz zu mir. Ich bin eher der solide und abwägende Typ. Vielleicht haben bei mir die Gene unseres Vaters durchgeschlagen, aber als Hinweis für die Vatersuche ist das zu wenig.« Sie lächelte verhalten. »Eineiige Zwillinge sehen sich zwar zum Verwechselns ähnlich, was wir übrigens auch oft ausgenutzt haben, sie können aber trotzdem im Charakter verschieden sein. Wir waren es.«

»Man sagt Zwillingen auch nach, dass sie es spüren, wenn dem anderen etwas passiert. Haben Sie etwas gespürt?«

»Nein.« Kurz angebunden. Und dann schwieg sie.

»Lotta«, erinnerte ich sie.

»Lotta hat eine Hotelfachausbildung gemacht, ohne große Lust allerdings. Sie hat auch immer wieder in Hotels oder Restaurants gearbeitet, und dabei hat sie ihre besondere Begabung entdeckt: ihre Anziehungskraft auf Männer. Vor allem auf ältere und begüterte Männer. Einsame Männer. Die sich immer sehr großzügig gezeigt haben.«

Sonja und ich schauten uns an. Da fiel uns doch in Schwäbisch Hall jemand ein, auf den diese Beschreibung zutreffen könnte.

»Sie war also sozusagen eine Heiratsschwindlerin«, sagte ich.

Lea schüttelte den Kopf. »Ich glaube nicht, dass sie jemals irgendwelche Versprechungen gemacht hat. So war sie nicht. Sicher, sie hat die Männer ausgenützt, man könnte, wenn man böse ist, auch sagen: ausgenommen. Aber die haben ja mitgemacht. Sagt sie.«

»Höre ich da im Unterton eine gewisse Skepsis gegenüber dem Lebenswandel Ihrer Schwester?«

Sie zuckte mit den Schultern. »Wer bin ich, ein moralisches Urteil zu fällen? Es war ihr Leben, sie musste damit fertigwerden. Für mich wäre das nichts. Wenn sie damit zufrieden war:

meinetwegen. Übrigens hat sie bei unseren gelegentlichen Telefongesprächen erwähnt, dass sie in Schwäbisch Hall jemanden kennengelernt hat. Ich habe nicht weiter nachgefragt. Lotta hat ständig jemanden kennengelernt. Da war sie wie unsere Mutter.«

»Sind Sie verheiratet?«

»Sie meinen, das würde zu mir passen? Als Kontrastprogramm zu Lotta? Nein. Single mit kurzen Unterbrechungen.«

»Sie und Lotta standen sich wohl nicht besonders nahe?«

»Schon. Aber wir haben unterschiedliche Umlaufbahnen. Sie hat ihr Leben gelebt und ich meines.«

»Wo war Lotta in Schwäbisch Hall untergekommen?«

»In einer Wohnung in der Mauerstraße. Über AirBnb gemietet. Die Besitzer sind ein älteres Ehepaar, verbringen wohl den Winter auf den Kanaren. Ich wohne auch dort. Lotta hatte den Schlüssel bei den Nachbarn deponiert.«

Ich stand auf. »Dann wollen wir uns die Wohnung doch mal anschauen. Vielleicht finden wir irgendwelche Hinweise.«

»Wonach suchen Sie?«

»Das weiß ich, wenn ich es gefunden habe.«

»Es ist aber nicht aufgeräumt.«

»Der Zustand ist mir vertraut. Ich bin im Moment Junggeselle.«

»Halt!«, sagte Sonja. »Da ist noch etwas.«

Sie ging hinüber in ihr Zimmer und kam mit der Birkin Bag zurück. Ich hob die Augenbrauen, aber es war schon zu spät.

»Ist das die Handtasche Ihrer Schwester?«, fragte Sonja.

»Sieht zumindest so aus. Schauen Sie mal nach. In der vorderen Innentasche muss ein kleiner Kratzer sein.«

Sonja durchsuchte die Tasche.

»Stimmt«, sagte sie. »Dann ist das Lottas Tasche. Und jetzt Ihre.«

Sie streckte ihr die Birkin Bag hin.

Lea schüttelte den Kopf. »Behalten Sie sie. Hat Lotta von einem ihrer Verehrer bekommen. Ein widerlicher Typ. Über ihn haben wir uns zum ersten und einzigen Mal wegen eines Mannes so richtig in die Haare gekriegt. Ich will sie nicht. Damit sind für mich unangenehme Erinnerungen verbunden. Wie kommen Sie eigentlich zu Lottas Tasche?«

Diese Frage war zu erwarten gewesen, und ich hatte sie befürchtet. Und Sonjas entsetztem Blick entnahm ich, dass ihr das nicht bewusst gewesen war, als die Tasche geholt hatte.

»Das erzähle ich Ihnen auf dem Weg zur Mauerstraße«, sagte ich.

Jetzt musste ich die Wahrheit sagen oder mir ganz schnell eine glaubwürdige Erklärung einfallen lassen. Beides hatte ich zu diesem Zeitpunkt vermeiden wollen. Ich wusste noch nicht, was ich von Lea halten sollte.

***

Es war die übliche gutbürgerliche Wohnung, deren eines Zimmer, vielleicht das frühere Kinderzimmer, den zahlenden Gästen vorbehalten war. Es war einfach, aber gemütlich eingerichtet. Ein gediegenes Doppelbett, ein Kleiderschrank, eine Art Schreibtisch mit Seitenfächern und einem Stuhl, zwei Sessel, die bieder, aber bequem aussahen. An einer Wand hing ein Flachbildschirm. Nichts, worin man sich dauerhaft hätte einrichten wollen, aber für ein paar Tage in einer Stadt war es okay.

Keine Spur von Unordnung, außer dem ungemachten Bett und einem BH über dem Stuhl, den Lea schnell verschwinden ließ, als wir das Zimmer betraten. Was mich zu der Bemerkung veranlasste, dass ich auch in etwas intimeren Sachen wühlen müsste, wenn ich etwas finden wollte. Das sei schon okay, sagte sie.

Ich öffnete den Kleiderschrank. Er war gut gefüllt. Viele Kleidungsstücke in Weiß hingen da, wenige in Schwarz, dazu die übliche Ausstattung einer modebewussten Frau. Jeans, Tops, Pullover. In verschiedenen Farben.

»Was davon gehört Ihnen, was Ihrer Schwester?«, fragte ich.

»Schwarz bin ich.«

»Als Kontrastprogramm zum bevorzugten Outfit Ihrer Schwester?«

Sie zuckte mit den Achseln. »Die weißen Sachen hat sie als ihre Arbeitskleidung bezeichnet. Wenn sie auffallen wollte.«

Das hatte seinen Zweck ja auch erfüllt, wie ich an mir selbst hatte feststellen können. Und ich hatte es auch auf unserem Gang zur Mauerstraße wieder bemerkt. Allein diese Kleidung an einer gutaussehenden Frau zog die Blicke auf sich. Anerkennende, interessierte, neidische.

Es war wohl nicht zu vermeiden, dass ich ihr wie versprochen erklärte, wie wir zu Lottas Handtasche gekommen waren. Ich hatte mich für eine Variante dessen entschieden, was ich Georg erzählt hatte. Ich war im Käshof gewesen, hatte auf dem Tisch die Handtasche gesehen, niemand war da, im ganzen Haus nicht, also hatte ich sie mitgenommen, wollte sie an der Kasse abgeben, noch nicht dazu gekommen undsoweiter. Ein ziemlicher Schmarrn also.

Von dem ganzen anderen Drama erzählte ich nichts.

Ich weiß nicht, ob sie mir die Geschichte abgenommen hatte, sie sagte jedenfalls nichts dazu. Das fand ich merkwürdig. Ich wusste nur noch nicht, warum.

»Bei Bedarf haben wir auch Kleider getauscht«, sagte Lea. »Gepasst haben sie ja.«

Ich schaute flüchtig in die Schubladen des Kleiderschranks. Weitere Kleidungsstücke, unauffällig, eine Sammlung Schals, nette Unterwäsche. Die Schubladen im Schreibtisch, auf dem ein Notebook stand, durchsuchte ich genauso rasch.

Vom Ergebnis her gesehen war das eine absolut überflüssige Aktion. Was hatte ich erwartet? Ein Bekennerschreiben auf dem Schreibtisch?

Ich hatte gar nichts erwartet. Ich wollte mir nur ein Bild von Lottas Lebensumständen hier in Schwäbisch Hall verschaffen, und die Gelegenheit dazu war gut.

»Nichts«, sagte ich. »Aber das hat nichts zu sagen. Manches bekommt erst im Laufe der Ermittlungen Bedeutung.«

Meistens war ich ganz gut darin, Blödsinn zu reden.

»Ich habe eine Bitte«, sagte Lea.

Ich schaute sie fragend an.

»Ich möchte gern sehen, wo Lottas Leiche gefunden wurde. Und auch, wo Urgroßmutter Danka untergebracht war. Das interessiert mich jetzt doch, wenn ich schon mal hier bin. Ich habe kein Auto. Lotta hatte einen Mietwagen, aber ich weiß nicht, wo der steht.«

»Kein Problem«, sagte ich und hielt Sonja die Hand hin. Sie verstand sofort und gab mir die Schlüssel ihres Autos. In meinem Porsche wäre es zu dritt etwas eng geworden.

***

Wir schlenderten zum Käshof, und ich spielte den Fremdenführer, so gut ich es vermochte. Lea hatte sich umgezogen und war freilandmuseumstauglich. Nichts mehr von der auffallenden Extravaganz der Frau in Schwarz, die genausogut eine Frau in Weiß hätte sein können, sondern eine ganz normale Frau.

Wir gingen hinauf, Georg kam herunter. Er war noch einige Schritte entfernt, als ich ihm zurief: »Hallo Georg, ich habe jetzt keine Zeit, wir reden ein anderes Mal.«

Er nickte, ging an uns vorbei. Und blieb stehen mit einem Gesicht, in dem die Überraschung geschrieben stand, wie ich bemerkte, als ich mich umdrehte.

Wenn man genau hinsah, erkannte man sie. Auch ohne weiße Kleider. Und bei gutaussehenden Frauen schaute Georg ja genau hin.

Auf Georgs Überraschung musste ich mir auch noch meinen Reim machen. Oder auch nicht. Er hatte die Leiche ja gefunden.

Ich zeigte Lea den Fundort und führte sie dann durch den Käshof zu dem Zimmer, in dem Urgroßmutter Danka gelebt hatte.

Sie war sichtlich mitgenommen. Anfangs hatte sie noch die eine oder andere Frage gestellt, dann war sie immer stiller geworden.

Lange stand sie stumm in Dankas Zimmer und sagte schließlich: »Können wir bitte gehen?«

Auf der Rückfahrt machten wir gequälte Konversation, die bald versiegte. Jeder hing seinen Gedanken nach.

Wir ließen sie in der Mauerstraße vor ihrem Haus heraus.

»Können wir noch etwas für Sie tun?«, fragte ich. »Vielleicht gemeinsam essen gehen?«

»Nein, danke. Ich möchte jetzt allein sein. Ich muss das alles erst mal verdauen.«

Auch gut. Ich war im Moment nicht erpicht darauf. Es gab viel, über das ich nachdenken musste.

»Du solltest Keller über die Identität der Toten informieren«, sagte Sonja.

»Nein. Ich halte mich strikt an seine Anweisung. Ich halte mich raus.«

Sonja schüttelte den Kopf.

»Was halten wir von der Zwillingsschwester?«, fragte ich.

»Da sind noch viele Fragen offen.«

»Du hast heute Abend frei, du musst nicht mehr die Birkin Bag durch Hall schlenkern. Denk darüber nach, warum Lea bei uns ein ungutes Gefühl hinterlässt.«

»Und du?«

»Ich gehe einer vagen Idee nach.«

***

Normalerweise öffnete die Haushälterin, wenn man am Pfarrhaus klingelte, doch diesmal war es der Padre selbst.

»Welche Ehre für mich, wenn der Hausherr persönlich an die Tür kommt«, sagte ich.

»Meine Haushälterin ist krank.«

Er machte auf mich den Eindruck – nun, so eine Mischung aus geistig abwesend, erschüttert, verstört.

»Haben Sie kurz Zeit für mich?«, fragte ich.

»Eigentlich …«, stotterte er.

Ich unterbrach ihn, bevor er zum Eigentlichen kam. »Es ist wichtig.«

»Kommen Sie herein«, seufzte er. »Was ist denn? Um ein seelsorgerisches Problem kann es sich bei Ihnen ja nicht handeln.«

»Ich habe gesündigt, Padre, in Gedanken und in Taten. Aber nur heimlich.«

»Gott weiß alles.«

»Google weiß mehr.«

»Aber Gott hat den besseren Algorithmus. Sie sollten die Bedienungsanleitung lesen. Nennt sich Bibel.«

Wir waren in seinem Arbeitszimmer angelangt, er wies mir einen Sessel zu.

»Also, Dillinger, was gibt's?«

»Ich will mit der Tür ins Haus fallen. Ihr Feuermal da.«

Er berührte es. »Es ist nicht schön, aber ich habe mich daran gewöhnt.«

»Ein Familienerbstück sozusagen?«

Er nickte. »Das wird väterlicherseits weitervererbt.«

»Haben das Ihre Kinder auch?«

»Dillinger, ich bin ein Mann der Kirche, und ich glaube, Sie wissen, was das heißt.«

»Auch ein Mann der Kirche ist zunächst mal – ein Mann. Das haben auch Ihre Vorgesetzten eingesehen, sind ja auch Männer. Die Kirche ziert sich nicht, wenn es um Unterhaltszahlungen geht, wie man hört.«

Das Freundliche in seinem Gesicht hatte etwas Maskenhaftes bekommen. »So, hört man das.«

»Die Spatzen trommeln es von den Dächern, hören Sie das nicht?«

»Was wollen Sie mir unterstellen, Dillinger?«

»Also meinen Segen hätten Sie, auch ein Pfarrer ist nur ein Mann. Unterstellen? Gar nichts. Höchstens fragen. Mir ist genau so ein Muttermal bei jemandem aufgefallen, und vielleicht nicht nur mir. Man kann daraus Schlüsse ziehen und diese Schlüsse verbreiten. Tuschel tuschel. Oder man kann sich vergewissern. Fragen. Deshalb bin ich hier. Ich wollte eine Vermutung bestätigt oder widerlegt haben. Sie können mich hinauswerfen, wenn ich falsch liege. Oder überhaupt. Ich werde dann kein Wort mehr darüber verlieren.«

Der Padre sah mich lange an, und ihm war anzumerken, dass er mit sich rang. Dann seufzte er.

»Dillinger, man wird nicht als Priester geboren. Das ist eine Entscheidung, die man eines Tages bewusst fällt, nach einer langen und schwierigen Gewissensprüfung und auch nach manchen Irrungen und Wirrungen.«

»Sie meinen, davor hat man auch ein Leben. Auch ein Leben als Mann.«

»Durchaus.«

»Ja, ja, die Versuchungen des Satans.«

Ein maliziöses Lächeln umspielte seine Lippen. »Mit dem Satan komme ich ganz gut zurecht. Es wären eher schöne Frauen.«

»Ich erwarte jetzt keine Details aus dem priesterlichen Liebesleben. Wenn es so etwas gibt.«

»Würden Sie auch nicht bekommen. Wenn es so etwas gäbe.«

»Padre, ich muss gestehen, ich habe schon wieder eine Sünde begangen. Ich habe gelogen. Ich wäre schon interessiert.«

Er lachte sein wummerndes Lachen. »You can't always get what you want.«

Ich klatschte Beifall. »Ich bin beeindruckt. Ein Priester, der die Rolling Stones zitiert.«

»Wir sind nicht so weltabgewandt, wie Sie vielleicht meinen. Ich bin mit den Stones aufgewachsen, und manche Jugendliebe vergisst man nie.«

»Their satanic majesties request. Der Satan ist ja schon ein raffiniertes Konzept. Der Versucher, der die Menschen vom rechten Weg abbringt. Die Frau ist vom Teufel besessen und verführt den Mann, der kann sich ja gar nicht dagegen wehren, der Arme.«

»Theologisch ist das etwas vereinfacht, aber ich weiß, was Sie meinen. Und ich gebe Ihnen recht. Die Kirchenväter aller Weltreligionen haben nicht viel von uns Männern gehalten. Wir drehen ja schon durch, wenn wir nur das Haar einer Frau sehen.«

»Was natürlich eine Anspielung auf das Kopftuch muslimischer Frauen ist.«

»Und auf die Perücke, mit der verheiratete Jüdinnen ihr Haar bedecken müssen, wenn sie außer Haus gehen. Und auf die Haube christlicher Ehefrauen bis in die frühe Neuzeit, unter der auch kein Haar hervorlugen durfte. Korinther 1, Kapitel 11. Wir Männer sind offenbar wilde Tiere ohne jegliche Selbstbeherrschung.«

»Da hatten sie gar nicht so unrecht, die alten Kirchenväter, wenn man an die vielen sexuellen Übergriffe zu allen Zeiten denkt. Das Ewig-Weibliche zieht uns hinan, hat schon Übervater Goethe gesagt. Und der musste es ja wissen.«

»Nicht nur der«, murmelte der Padre. Er schien ihn sich zusammenzufallen, schaute mich nicht an, sondern starrte auf seinen Schreibtisch, wo sein Zeigefinger rätselhafte Figuren zeichnete.

Ich schwieg. Manchmal wusste ich, wann die Zeit dafür war.

Endlich hob er den Kopf und blickte mich an. Über seine lächelnde Jovialität hatte sich ein Schatten gelegt.

Prüfend sah er mich an, und diesmal hielt ich seinem Blick stand.

Unvermittelt stand er auf, ging zu einem Schrank und entnahm ihm eine Flasche Rotwein und zwei Gläser. Während er den Wein entkorkte, erhaschte ich das Etikett. Ein Spätburgunder von der Nahe.

Er schenkte ein, kreiselte den Wein und sagte. »So redet sich's leichter. Sie sagen doch auch nicht nein?«

»Nie.«

Ich schnupperte, schlürfte, schluckte und sagte: »Wenn das Ihr Messwein ist, komme ich doch mal zu einer Ihrer sonntäglichen Partys.«

»Der stammt aus meinem privaten Weinkeller. Aber stellen Sie sich den Messwein nicht als einen – wie sagt man hierzulande? Irgendwas mit Semsa.«

»Semsagräbbsler. Simsenkletterer. Ein saurer Wein. Einer, der an einem schattigen Simsen hochgewachsen ist.«

»Ich werde das nie lernen. Jedenfalls, unser Messwein muss mindestens ein Qualitätswein sein, also nichts Schlechtes. Sie dürfen sich gerne bei einer unserer Partys davon überzeugen.«

»Ich werde es mir überlegen. Wahrscheinlich aber doch nicht. Was jetzt kein Auftakt zu einem unserer üblichen Dispute sein soll.«

Er antwortete nicht darauf, sondern schaute in das funkelnde Rot in seinem Glas.

»Ich erzähle Ihnen eine Geschichte, und ich wäre Ihnen dankbar, wenn nicht morgen die ganze Stadt davon weiß. Nicht, dass Sie mich falsch verstehen. Ich möchte nicht etwas unter den Teppich kehren, aber ich würde gern selber die Umstände bestimmen, wann diese Geschichte öffentlich wird.«

Ich prostete ihm zu. »Ich wollte schon immer mal den Don Camillo geben statt immer nur den Peppone. Betrachten Sie mich als Ihren Beichtvater.«

»Ich sehe Sie eher als Sparringspartner, bevor ich meinem richtigen Beichtvater gegenübertrete. Die Geschichte handelt von einem jungen Mann in Italien, der das unstillbare Verlangen hatte, Priester zu werden und deshalb in ein Priesterseminar ging. Und nein, ich gebe Ihnen nicht die Erlaubnis, mich zu unterbrechen und nach den Beweggründen zu fragen, diese Diskussion können wir ein andermal führen. Der junge Mann war sich über die Einschränkungen in seiner Lebensführung, sprich Zölibat, durchaus im Klaren, doch er fühlte sich stark genug im

Glauben, allen Versuchungen freudigen Herzens zu widerstehen. Natürlich kam es anders, sonst gäbe es diese Geschichte nicht. Der angehende Priester traf eine Frau, etwas älter als er, und ergab sich den fleischlichen Gelüsten, wie es so schön heißt.«

Er schwieg, und so, wie er dreinschaute, ging ich wohl nicht fehl in der Annahme, dass seine Gedanken weit in der Vergangenheit weilten. Ich konnte allerdings nicht entschlüsseln, ob es nur angenehme Gedanken waren.

»Ich will Sie jetzt nicht damit langweilen«, fuhr er schließlich fort, »was ein solches Erlebnis in einem angehenden Priester auslöst. Dabei ging es gar nicht um ein schlechtes Gewissen, weil ich etwas getan hatte, was ich nicht hätte tun sollen, sondern um die ganz grundsätzliche Frage: Willst du das wirklich, was du dir vorgenommen hast? Und ja, ich wollte es. Das Ganze war also nur eine kurze Affäre, und die junge Frau sah es wohl ebenso. Sie wusste, dass ich Seminarist war, und sie wusste, dass ich das auch bleiben wollte. Damit könnte diese Geschichte zu Ende sein, aber eigentlich fängt sie erst an.«

Wieder versank er in seinen Gedanken, und ich schenkte uns beiden nach, was er gar nicht zu bemerken schien.

»Wissen Sie, Dillinger, Binsenweisheiten haben manchmal einen tieferen Sinn. Der Vergangenheit kann man nicht davonlaufen. Irgendwann holt sie dich ein. Ich habe die Frau nie wieder gesehen, nie wieder etwas von ihr gehört, obwohl sie mich ohne Probleme hätte ausfindig machen können. Deshalb wusste ich nicht, dass sie schwanger war. Ich habe es jetzt erst erfahren.«

Er schwieg, und die naheliegenden Fragen, die mir auf der Zunge lagen, spülte ich mit einem großzügigen Schluck Rotwein hinunter. Er spielte mit seinem Glas und starrte die Wand an.

»Erinnern Sie sich noch an Ihr erstes Mal?«, fragte er plötzlich. »Verzeihen Sie, das ist eine zu persönliche Frage.«

»Und ob ich mich erinnere! Es war eher peinlich. Wenn man etwas macht, das man bisher nur aus Büchern oder nicht unbedingt glaubwürdigen Erzählungen kennt, stellt man sich ziemlich dackelhaft an. Und trotzdem …«

Er nickte versonnen. »Natürlich hat mich diese Geschichte, dieses erste Mal gründlich verwirrt. Ich wurde mit Gefühlen konfrontiert, die ich bisher nicht gekannt hatte. Und trotzdem war ich der festen Überzeugung, dass es meine Berufung sei, Gott und der Kirche mein Leben zu weihen.«

»Und dieser Überzeugung sind Sie jetzt nicht mehr?« Ich konnte nicht anders, als das zu fragen.

Er seufzte. »Wollen Sie die Wahrheit hören?«

»Nichts anderes.«

»Ich weiß es nicht. Ich bin verwirrt, mehr noch als damals. Warum hat sie es mir nicht gesagt?«

»Diese Frau war sehr klug, und sie muss Sie sehr geliebt haben.«

Er sah mich erstaunt an. »Wie kommen Sie darauf? Ich fürchte, das ist ein Thema, von dem ich nicht allzu viel verstehe. Nur aus Büchern, wie Sie vorhin gesagt haben, oder aus dem Beichtstuhl.«

»Sie wollte Ihren Lebenstraum nicht zerstören. Vielleicht hätten Sie sich verpflichtet gefühlt, sie zu heiraten, das war ja damals das moralische Gebot, aber sie wusste, dass Sie nicht glücklich geworden wären und vielleicht immer mit der Frau gehadert hätten, die Sie verführt und in diese Lage gebracht hat. Was wäre daraus geworden? Eine durch und durch unglückliche Familie.«

Er schenkte nach und sagte: »Vor ein paar Tagen kam eine junge Frau zu mir. Ich hatte sie schon einige Mal in der Stadt gesehen, eine auffallende Erscheinung, immer in Weiß gekleidet.«

Was ich geahnt hatte. Ich nickte. »Die Frau in Weiß.«

»Sie kennen sie?«

Klar, sie ist mir ja mutmaßlich auf den Kopf gefallen. »Flüchtig«, sagte ich.

»Sie meinte, ich könnte ihr Vater sein. Nach dem, was sie über ihre Mutter gesagt hat – ja, es könnte passen. Auch zeitlich kommt es hin. Und dann ist da dieses Feuermal. Sie hat ein ähnliches. Die Wissenschaft ist sich uneins, ob ein solches Feuermal tatsächlich erblich ist. In unserer Familie jedenfalls taucht es häufig auf, nicht unbedingt in jeder Generation, aber immer wieder. Auf der anderen Seite haben Menschen Feuermale, in deren Familie so etwas noch nie vorgekommen ist. Um sicher zu gehen, wollte sie einen DNA-Vergleich machen lassen, mit meinem Einverständnis. Ich will natürlich auch wissen, ob ihre Vermutung stimmt. Also haben wir von uns beiden einen Abstrich gemacht. Seitdem habe ich nichts mehr von ihr gehört. Nun ja, das wird eben eine Weile dauern.«

»Das muss ja eine rührende Szene gewesen sein. Die Tochter hat ihren Vater gefunden, und Tochter und Vater fallen sich tränenüberströmt in die Arme.«

Er lachte bitter. »Oh ja, wir hatten ein richtig schönes Vater-Tochter-Gespräch. Sie hat mir heftige Vorwürfe gemacht, dass ich ihre Mutter sitzen gelassen habe. Und ich konnte ihr da nicht widersprechen.«

»Aber Sie hatten doch nicht gewusst, dass sie schwanger war.«

»Das hat sie mir nicht geglaubt. Nein, das war alles andere als eine glückliche Familienzusammenführung. Es war eher beängstigend. Surreal fast. Es hat sie überhaupt nicht interessiert, wie es damals war. Meine Sicht. Das hat sie alles abgewürgt. Mir kam sie beinahe vor wie ein Racheengel.«

»Was wollte sie dann? Ihnen ein schlechtes Gewissen machen?«

»Das hat sie geschafft, in der Tat. Ich bin völlig verstört. Es ist eigenartig, dass ein einziger, kleiner Moment ein Leben völlig auf den Kopf stellen kann. Damals die ungewollte Empfängnis, jetzt die Vorwürfe meiner plötzlich aufgetauchten Tochter.«

»Was hätten Sie seinerzeit gemacht, wenn Sie von der Schwangerschaft gewusst hätten?«

»Darüber grüble ich seitdem. Ja, vielleicht hätten wir geheiratet, das hat man in den Achtzigern ja noch so gemacht, da haben Sie Recht, und ich wäre nicht Priester geworden. Oder man hätte das – nun ja, anders geregelt, und ich hätte lebenslang ein schlechtes Gewissen gehabt. Dafür habe ich es jetzt, mit aller Macht. Mein Gott, was habe ich der Frau damals angetan! Ich wollte es nicht, ich wusste es nicht, und trotzdem!«

»Vielleicht wollte Ihre Tochter Sie erpressen?«

Er wischte das mit einer Handbewegung beiseite.

»Ich denke, jeder weiß, dass ein Priester nicht mit irdischen Gütern gesegnet ist. Warum sollte sie mich erpressen? Womit?«

»Mit Ihrer Vergangenheit. Wie wird wohl Ihr Bischof auf Ihren Nachwuchs reagieren?«

»Mit Nachsicht, hoffe ich. Es ist so lange her! Und ich war noch jung.«

»Und Ihre Gemeinde?«

»Genauso, denke ich. Natürlich wird es Gerede geben, auch unangenehmes Gerede, aber das werde ich überstehen.«

»Man kann das unangenehme Gerede auch in eine bestimmte Richtung lenken. Nicht der unschuldige Seminarist wurde verführt, sondern der Seminarist hat ein armes, unschuldiges Mädchen vergewaltigt.«

»Aber das stimmt doch überhaupt nicht!«, rief er entrüstet.

»Können Sie das beweisen?«

Trotzig schaute er mich an. »Kann jemand das Gegenteil beweisen?«

Ich stand auf und begann, dozierend hin und her zu laufen.

»Das spielt doch keine Rolle. Eine Behauptung ist so gut wie ein Beweis, vor allem in einer solchen Sache. Fake News bleiben kleben, sie sind viel interessanter als die Wahrheit. Jeder will nur hören, was seine Vorurteile bestätigt. Und gerade von Priestern mit ihrer unterdrückten Sexualität kennt man solche Geschichten zur Genüge. Strafrechtlich wäre das irrelevant nach so langer Zeit, aber die Stimmung in Ihrer Gemeinde könnte das nachhaltig beeinflussen. Und Ihren Boss auch. Und war da nicht auch was mit kleinen Mädchen? Oder waren es Jungs? Oder beides? Und mit seiner Haushälterin soll er ja auch mehr als eng sein. Ich habe da so Gerüchte gehört, und ich glaube sie gern. Hier ist ja der Beweis, er hat eine Tochter«

Er legte den Kopf in beide Hände.

»Mein Gott, mein Gott«, murmelte er.

Er war ein Bild des Jammers, als er den Kopf wieder hob. »Warum sollte sie das tun? Meine Tochter?«

»Menschen machen manchmal rätselhafte und ziemlich dumme Dinge, das sollten Sie aus dem Beichtstuhl wissen. Um Sie zu bestrafen? Sie haben doch selbst gesagt, dass sie auf Sie wie ein Racheengel gewirkt hat.«

Er schüttelte den Kopf und schüttelte, und wenn das so weiterging, fiel er irgendwann ab. Er verstand die Welt nicht mehr. Und ich setzte jetzt gleich noch eins drauf.

»Auf jeden Fall«, sagte ich, »kommen da ganz schön viele Motive zusammen.«

Verständnislos schaute er mich an. »Motive für was?«

»Für einen Mord.«

Was war die Steigerung von verständnislos?

»Ich habe mir die ganze Zeit überlegt, wie ich es Ihnen schonend beibringen kann, aber ich fürchte, das geht nicht schonend. Ihre Tochter ist tot. Ermordet.«

Mit offenem Mund starrte er mich an.

»Sie haben doch sicherlich im Blättle von der Toten gelesen, die man in Wackershofen gefunden hat.«

Er schüttelte den Kopf. »Nein.«

»Egal. Das ist jedenfalls Ihre Tochter. Ihre mutmaßliche Tochter.«

Sein Gesichtsausdruck war schwer zu beschreiben. Er war auf alle Fälle vielfältig, er wechselte von ungläubig über zweifelnd bis hin zu – ja, wütend.

»Das ist schon eigenartig«, sagte er. »Da tauchen nach so langer Zeit Gespenster aus der Vergangenheit auf und bringen mir eine Tochter. Und ich habe mich noch nicht mal richtig mit dieser Tatsache abgefunden, das ist sie schon wieder weg. Gottes Wege sind wirklich unergründlich.«

»Schon mal auf die Idee gekommen, dass er mit Ihnen spielt?«

»In meinen Kreisen nennt sich das Prüfung, wie fest wir im Glauben sind.«

Für mich sah es in diesem Moment so aus, als sei er mit Pauken und Trompeten durch die Prüfung gerasselt. Aber wahrscheinlich bekam er noch eine zweite Chance.

Ich sagte: »Ich weiß nicht, ob Sie das jetzt tröstet oder noch mehr verstört: Sie haben noch eine Tochter.«

Jetzt sah er gequält aus. »Dillinger, mir steht jetzt absolut der Sinn nicht nach Scherzen.«

»Kein Scherz. Es waren Zwillinge. Lea und Lotta.«

»Davon hat sie nichts gesagt.«

»Das habe ich vermutet. Sonst hätten Sie von Ihrem so überraschend aufgetauchten Nachwuchs in der Mehrzahl gesprochen.«

»Aber warum hat sie das verschwiegen?«

»Ich weiß es nicht.«

»Was wissen Sie dann über meine Töchter?«

»Was Lea mir erzählt hat. In aller Kürze das Wesentlichste: Lotta kam nach Wackershofen, weil sie den Käshof sehen wollte, wohin ihre Urgroßmutter während des Krieges verschleppt worden war. Dann rief sie ihre Schwester Lea an, sagte, dass sie möglicherweise ihren Vater gefunden hätte, und seitdem hat sie nichts mehr von ihr gehört.«

»Dann weiß Lea also Bescheid über mich?«

»Sie weiß, dass ihre Schwester auf ihren mutmaßlichen Vater gestoßen ist, aber sie weiß nicht, wer es ist.«

War es tatsächlich so? Plötzlich war ich mir nicht mehr sicher, was ich von dem glauben konnte, was Lea – oder Lotta? – erzählt hatte.

Padre Baffini stand auf, ging zum Fenster und sah hinaus. Er seufzte tief. »Eine Tochter geht, eine Tochter kommt.«

Er schüttelte ausgiebig den Kopf. Dann drehte er sich wieder zu mir um und fragte mit einem bitteren Lächeln: »Sind Sie sicher, dass es nicht Drillinge waren?«

»Nach meinen Informationen nicht. Aber meine Informationen sind zugegebenermaßen nur Hörensagen.«

Er seufzte abermals. »Dann also Tochter Nummer zwei. Die Prüfungen werden nicht weniger.«

»Tochter Nummer zwei war offenbar am Vatersuchspiel nicht sonderlich interessiert. Das könnte sich allerdings geändert haben, nachdem der Vater tatsächlich aufgetaucht ist. Trotzdem können wir, denke ich, die Familienzusammenführung ohne schlechtes Gewissen noch etwas hinausschieben. Sie sehen etwas mitgenommen aus.«

Er nickte. »Dafür wäre ich dankbar. Verstehen Sie mich nicht falsch, ich möchte mich nicht drücken, aber ich muss das alles erst verarbeiten. Lotta … wie ist das passiert?«

»Offenbar hat sie sich das Genick gebrochen. Und da das in dem Gebüsch, in dem sie gefunden wurde, schlechterdings nicht möglich ist, muss das anderswo gewesen sein. Ich gehe von Mord aus.«

»Schrecklich! Weiß man schon, wer das getan hat? Das ist wohl die naheliegende Frage in einer solchen Situation.«

»Die Polizei weiß noch nicht einmal, wer die Tote ist. Und das soll vorerst auch so bleiben. Ebenso wie die Identität ihres Vaters.«

»Warum? Was haben Sie vor, Dillinger?«

»Einige Sachen überprüfen.«

Er zögerte. »Ich weiß ja, dass Sie solche Sachen gerne mal machen, aber warum gerade im Falle von Lotta? Sollten Sie das nicht besser der Polizei überlassen?«

»Sagen wir mal so: Es gibt persönliche Gründe, über die ich mich im Moment nicht auslassen wollte.«

Warum tat ich das? Außer dem sehr irrationalen Grund, dass Keller sauer auf mich war oder ich auf ihn oder beides? Nun, da war dieser Schlag auf meinen Schädel, die Leiche, die auf mich gefallen oder geworfen worden war. Ich wollte dem Mistkerl, der das getan hatte, höchstpersönlich die Eier zerquetschen, und wenn das die letzte Tat war, die ich auf dieser Welt vollbrachte. Und ich wollte das auf meine Art machen.

***

In unserem Büro erweckte Sonja den entschiedenen Eindruck, als würde sie arbeiten. Ich hatte die Türe schwungvoll aufgerissen, was diversen Körperteilen von mir nicht so gut bekam, und tat so, als würfe ich einen imaginären Hut auf den Kleiderständer. Ich traf. Das war insofern bemerkenswert, als im Büro gar kein Kleiderständer war.

»Ich habe den Vater«, verkündete ich, »aber ich lasse dich nicht einmal raten, denn darauf kommst du nie.«

Sie schaute mich erwartungsvoll an.

»Padre Baffini«, sagte ich. »Und er hätte ein Motiv.«

Dann erzählte ich.

»Der Padre«, sagte Sonja schließlich. »Wer hätte das gedacht. Die Erfahrung sei ihm gegönnt. Aber glaubst du wirklich, er ist deswegen erpressbar? Das geht doch als Jugendsünde durch.«

»Ich glaube gar nichts mehr. Ich glaube nicht mal, was ich gesehen habe. Oder zu sehen glaube. Ich glaube nicht, dass du wirklich du bist. Du bist aus einem Paralleluniversum. Oder ein Gespenst.«

»Gespenst haut hin. Ich sehe aus wie eines. Ich muss dringend zum Friseur.«

Ich vergaß, pflichtgemäß zu protestieren und darauf hinzuweisen, dass davon keine Rede sein könne, sondern dass sie vielmehr … Bei nächster Gelegenheit würde mir das um die Ohren fliegen. Ach ja, in mancher Hinsicht waren wir wie ein gemeinsam alt gewordenes Ehepaar, das die Marotten des anderen genauso gut kannte wie seine Defizite. Doch ich war zu sehr in meinen Gedanken verstrickt, als dass ich angemessen hätte reagieren können.

»Der Padre hat von den Gespenstern der Vergangenheit gesprochen«, sagte ich. »Ich weiß, das ist ein Klischee, aber wenn wir das einmal wörtlich nehmen? Lotta ist nach Wackershofen gekommen, um sich in die Vergangenheit ihrer Familie hineinzuversetzen.«

»Wenn stimmt, was ihre Schwester sagt«, unterbrach Sonja mich.

Ich nickte. »Gehen wir mal davon aus, dass es stimmt. Und unversehens ist daraus ihre Geschichte geworden, weil sie ihren Vater gefunden hat. Der Padre wiederum ist auf einen Schlag in seine eigene Vergangenheit geschubst worden, die er, glaube ich, nie verarbeitet hat, nur verdrängt. Und plötzlich bricht alles wieder auf.«

»Klingt gut. Nur, wie passt das alles zusammen?«

»Dass du immer so verdammt pragmatisch sein musst!«, sagte ich ärgerlich. »Du nimmst mir alle Illusionen. Übrigens, was denkst du mittlerweile über unsere Zwillingsschwester?«

»Mir kommt einiges seltsam vor, an ihrer Person und an ihrer Geschichte. Ich kann es nur nicht fassen.«

Ich nickte. »Geht mir genauso. Vor allem kennen wir nur ihre Geschichte, nur ihre Version.«

»Deshalb müssen wir ihre Geschichte verifizieren. Bloß wie?«

»Streng mal dein hübsches Köpfchen an.«

»Das ist eine sexistische Bemerkung.«

»Es ist eine Tatsachenfeststellung. Du bist hübsch.«

»Danke.«

»So ist's recht. Man muss nicht hinter jedem Kompliment die Wollust suchen.«

»Also, was sollen wir tun?«

»Was wir immer machen. Beobachten. Dumme Fragen stellen. Nachdenken. Ungereimtheiten sammeln. Schlüsse ziehen. Den Bösewicht einkreisen. Die Schlinge immer enger ziehen. Bis er einen Fehler macht. Und dann haben wir ihn.«

»Du redest ziemlichen Stuss, Dillinger, weißt du das?«

»Ja. Aber wer fast von einer Leiche erschlagen worden wäre, hat eine Entschuldigung. Für alles. Oder meinst du, ich werde alt und wunderlich?«

***

Ich saß vor dem Käshof und schaute auf die Landschaft rings umher, auf die Wiesen, die Felder, die Wälder. Bald würde alles üppig zu sprießen beginnen. Das war wenigstens noch eine Idylle wie aus einem Hochglanzmagazin.

Ich dachte an Xylella fastidiosa pauca CoDiRo, auch als Feuerbakterium bekannt. Dieses Bakterium, so will es das Narrativ, um das mal in Neudeutsch zu sagen, wurde mit einem Kaffeepflänzchen aus Costa Rica nach Apulien eingeschleppt und von der Wiesenschaumzikade übertragen, und nun sterben dort die Olivenbäume einen langsamen, aber unaufhaltsamen Tod. 800 bis 1000 Jahre alt sind diese knorrigen Bäume teilweise.

Man muss sich das mal vorstellen! Vielleicht hatte schon Friedrich II. sein müdes Haupt unter einen dieser Bäume gebettet. Vielleicht, nur so eine Vorstellung, hatte eine jener Oliven, die auf den letzten Stauferkaiser hinabgesehen hatte, ihren Weg auf verschlungenen Pfaden zum Vorgängerbau des Käshofes gefunden. Oder hatten die damals hier noch in Erdhöhlen gehaust?

Logistisch war das durchaus möglich, auf der ganzen Welt war auch schon damals reger Reiseverkehr, nicht zuletzt durch die Kreuzzüge. Zu Fuß ins Gelobte Land zu marschieren war auch nicht viel zeitaufwendiger als heute die Sicherheitskontrollen am Flughafen.

Das brachte mich zu folgender tiefschürfenden Erkenntnis: Das Leben steckt voller Überraschungen.

Ach, Dillinger!

Ich erhob mich, seufzend und durchaus etwas beschwerlich. Ich sollte das Kriminalisieren sein lassen, ich war zu alt für diese

Spielchen. Vielleicht konnte ich in den Käshof einziehen, als dauerhafter Wächter des Hauses und Bezwinger der Gespenster, Idylle ringsumher garantiert. Vielleicht war auch die einsame Insel die bessere Wahl.

Ich zückte mein Handy und rief Nissen an. Er knurrte wie sonst Keller, irgendwie musste das abfärben: »Was willst du schon wieder?«

»Deine Betonung ist falsch. Die Betonung muss erst auf ›was‹ und auf ›schon wieder‹ liegen. Haha, alter Schauspielerwitz.«

»Hörst du mich lachen?«

»Geht schwer, du bist ja nicht im Keller. Aber bei Keller, was ungefähr das Gleiche ist. Haha, noch ein Witz.«

»Du verschwendest die Arbeitszeit eines mies bezahlten Staatsdieners. Du hast noch genau dreißig Sekunden. Keller ist gleich wieder da.«

»Ich weiß, wie es war.«

»Auf diesen Trick falle ich nicht herein. Der ist erbärmlich und deiner nicht würdig.«

»Müsst ihr nicht jeder Spur nachgehen?«

»Idioten, Aufschneider und Neurotiker werden von vornherein aussortiert.«

»Und in welche Kategorie falle ich?«

»Such's dir aus.«

»Dann nehme ich den Neurotiker. Neurotiker darf man nämlich nicht nach normalen Gesichtspunkten beurteilen. Es ist so, ich habe einen Gedankenblitz.«

»Gott! Ist das ansteckend?«

»Was gibt es Neues zu eurer Leiche?«

»Nichts. Zumindest nichts, was dich etwas angeht.«

»Und das wäre?«

»Stell konkrete Fragen, auf die ich nicht antworte. Mach hinne, Dillinger, gleich kommt Keller aus dem Keller. Haha, ich kann auch witzig. Da ist er schon. Servus.«

Aufgelegt.

Ich streckte meine schmerzenden Knochen und stieg stöhnend die Stufen zum Eingang des Käshofes hinauf. Die Stufen, die ich einst – mir kam es wie vor Jahrhunderten vor – unwürdig hinabgekullert war. Am Tatort hat man die besten Inspirationen, alte Kriminalistenweisheit.

Sagte ich was von Jahrhunderten? Vielleicht musste man gar nicht so weit zurückgehen.

***

Hier also musste es gewesen sein, hier hatten die Zwangsarbeiter gehaust. Natürlich war ich schon öfter hier gewesen und hatte mir das alles interessiert angeschaut. Interessiert, aber auch distanziert.

Es waren schlichte Zimmer. Holzdielen, ein Bett, in manchen auch ein Schrank, ein Stuhl, sonst nichts. Karge Zimmer, wie sie überall in den Bauernhäusern jener Zeit zu finden waren. Nichts deutete die Schicksale dahinter an.

Mein Verstand hatte diese Schicksale registriert, weil es an der Tür zu den Zimmern stand, weil sie in den Hörstationen erzählt wurden. Man nahm es zur Kenntnis, das war's, die Vorstellung davon, was es wirklich bedeutet hatte, die fehlte.

Doch jetzt sah ich ein schemenhaftes Gesicht, das Gesicht von Urgroßmutter Danka. Zusammengepfercht mit anderen Verschleppten war sie auf die Reise geschickt worden, in ständiger Ungewissheit und Angst vor dem, was kommen mochte. Angekommen in einem fremden Land, dessen Sprache sie nicht verstand. Und selbst wenn: Mit dem breiten Hohenlohisch war sie bestimmt nicht zurechtgekommen. Zur Fronarbeit gezwungen.

Nach allem, was man wusste, war es den Zwangsarbeitern auf dem Käshof halbwegs gut gegangen. Anderswo war es anders. Da wurden sie erniedrigt, misshandelt, dem Hungertod überlassen, schufteten sich zu Tode. Auf dem Gebiet des damaligen Großdeutschen Reiches waren während des Zweiten Weltkrieges über dreizehn Millionen Zwangsarbeiter eingesetzt.

Eine gigantische Zahl, die hier auf eine einzelne Person heruntergebrochen war: Urgroßmutter Danka.

Was mochte Lotta empfunden haben, als sie in diesem Zimmer stand? Trauer? Wut? Aber Wut auf wen? Wer von der damaligen Generation noch lebte, war ein Kind, vielleicht ein Jugendlicher gewesen in jenen Zeiten, Schuldzuweisungen funktionierten nicht mehr, allenfalls Erklärungsversuche.

»Man kann's sich kaum vorstellen, nicht wahr?«, sagte eine Stimme hinter mir.

Ich drehte mich zu der Stimme um. Kellberg. Was machte der hier? Genau das fragte ich ihn, auf eine verklausulierte Weise.

»Suchen Sie ein altes Bauernhaus, das Sie Ihrem Imperium einverleiben können?«

Er lächelte gequält. »Ein solches Haus ließe sich kaum in Mietwohnungen unterteilen, das war auf die Großfamilie ausgelegt. Außerdem würde eine Sanierung so viel Geld kosten, dass es sich nie im Leben rentieren würde. Es ist schon ein Segen, dass Häuser in diesem Zustand in einem Freilandmuseum erhalten bleiben.«

»Man sieht derartige Häuser noch in vielen Dörfern hier.«

»Das sind Hüllen, nichts weiter. Sie wurden modernisiert und den wechselnden Bedürfnissen angepasst. Nichts anderes ist diesem Haus im Lauf der Jahrhunderte passiert. Heutzutage kommen natürlich die ganzen behördlichen Auflagen dazu. Stellen Sie sich mal den Käshof mit moderner Dämmung vor, womöglich mit Photovoltaik auf dem Dach. Ein solches Haus hat seinen Charakter verloren.«

»Hier spricht der Fachmann.«

Er nickte. Mehr noch als bei unserer Begegnung kürzlich kam er mir vor, als drückte ihn eine Last nieder.

»Kommen Sie oft hierher?«, fragte ich ihn.

»Ich war schon ewig nicht mehr in Wackershofen. Ich bin ja nicht mal regelmäßig beim Backofenfest im September. Und das ist ja eigentlich ein Pflichttermin.«

»Und warum gerade jetzt?«

Er zuckte mit den Schultern. »Spontane Eingebung. War gerade in der Nähe.«

So, so.

Wir gingen gemeinsam weiter zu dem Zimmer, in dem Ilse Rosenfelder untergekommen war. Es sah geradezu einladend aus mit den zwei Betten nebeneinander, einer Kommode, einem Tisch, auf dem jetzt ein künstlicher Blumenstrauß war.

»Sie war Jüdin, nicht wahr?«, sagte Kellberg.

»Eigentlich nicht. Jüdische Wurzeln. Ihr Vater war Jude, ihre Mutter nicht. Und nach den jüdischen Gesetzen ist Jude nur, wessen Mutter Jüdin ist. Eine überaus kluge Festlegung, denn die Mutter steht zweifelsfrei fest. Keine Ahnung, in welche Art von Mischling sie die Nazis eingereiht hatten, jedenfalls stand ihr das KZ bevor.«

Wir schwiegen beide.

»Sagt Ihnen die Konferenz von Évian 1938 etwas?«, fragte ich.

Er verneinte. Und ich erklärte.

Der Holocaust, also die systematische Ermordung der Juden, lag noch in der Ferne. Was mit den Juden in Deutschland und Österreich geschah, war jedoch nicht zu übersehen, besonders in Österreich nicht, wo nach dem »Anschluss« unter dem Gegröle der rechtschaffenen Bürger die Juden gezwungen wurden, mit Zahnbürsten die Bürgersteige zu säubern.

Auch das Ausland konnte davor die Augen nicht verschließen, aus dem einfachen Grund, weil die Zahl jüdischer Flüchtlinge rapide stieg.

Wer sollte sie aufnehmen?

Um diese Frage zu klären, berief US-Präsident Roosevelt die Konferenz von Évian ein, an der 32 Staaten teilnahmen. Um es kurz zu machen: Jeder brachte sehr einleuchtende Gründe vor, warum es gerade ihm unmöglich war, noch mehr Flüchtlinge aufzunehmen. Nur der Diktator der Dominikanischen Republik gestand großzügig die Einwanderung von hunderttausend Juden zu, ein Versprechen, das er nie einlöste. Man konnte darüber spekulieren, für wie viele Menschen das später den Tod in den Gaskammern bedeutete.

»Kommt Ihnen das bekannt vor?«, fragte ich. »Von wegen, die Geschichte wiederholt sich nicht! Natürlich haben viele Juden und politisch Verfolgte die Flucht versucht, oft genug mit der Hilfe von skrupellosen Schleppern. Damals war es so, heute ist es so. Wenn jemand in Not ist, stehen gleich drei bereit, die sich an dieser Not bereichern und, im wahrsten Sinn des Wortes, über Leichen gehen.«

»Ich muss«, sagte Kellberg unvermittelt, drehte sich um und strebte dem Ausgang zu. Es sah so aus, als würde er fliehen.

Verblüfft sah ich ihm nach. Hatte ich etwas Falsches gesagt? Hatte ihn das alles so aufgewühlt?

Ich blieb noch eine Weile, setzte mich auf den Stuhl in Ilses Zuflucht und hing meinen Gedanken nach, träumte mich hinein in eine Zeit, die vergangen, aber längst nicht vorbei war. Ich lauschte dem Wispern der alten Mauern, doch ich war zu abgelenkt, als dass ich mich darauf hätte einlassen können.

***

Schwäbisch Hall ist eine eigenartige Stadt. Man hielt auf Traditionen und auf die lange Geschichte, die sich als Geschichtchen prächtig bei Stadtführungen verkaufen ließen. Man war stolz auf die Fachwerk- und Barockhäuser, und hatte aber keine Skrupel, Unsummen für fragwürdige Projekte auszugeben und wuchtige Betonbunker hinzuklotzen, wo immer gerade Platz war; in den Geschichtsbüchern würde man später von der Ära der alles verschleiernden Muschelkalkfassaden reden.

Die Stadt überstand die Verwaltungsverirrungen gelassen. Sie war noch immer erfreulich unkorrekt. Die Mohrengasse hatte sich gehalten, samt der hölzernen Hausfigur aus dem frühen 19. Jahrhundert an der früheren Mohrenapotheke. Es gab die

Obere und die Untere Herrngasse und die Brüdergasse, aber eine quotenmäßige Frauengasse oder eine Schwesterngasse suchte man vergebens. Der Milchmarktbrunnen zeigte in seinen Reliefs üppige nackte Frauen. Leider waren die schönen Farben bei der jüngsten Renovierung abhandengekommen.

Und es gab die Menschen, vierzigtausend Individuen, die die Stadt erst zu dem machten, was sie war. Ganz normale, unauffällige Menschen und solche, die der Stadt ihre Persönlichkeit aufdrückten.

Auf dem Haalplatz sah ich ein Auto einparken, mit einem Aufkleber auf der Hecktür: »Wenn du kein Höschen trägst, dann lächle.« Ich rätselte über den tieferen Sinn, als eine junge Frau in kurzem Rock ausstieg. Sie lächelte.

In der Haalstraße stand, halb auf dem Gehweg, ein Kleinlieferwagen mit der Aufschrift »Akupunktur – Massage«. Ein Mann lud eine Holztür ein. Was der Tür wohl bevorstand?

Ich ging zwar ziellos, doch nicht planlos durch die Stadt. Ich musste meine Gedanken sortieren, eine Struktur in den Wirrwarr in meinem Kopf bringen. Ich hoffte, eine Beobachtung zu machen, und sei sie noch so nebensächlich, die auf einen Schlag den Nebel vertreiben und mich alles glasklar sehen lassen würde.

Ob aber der Mann dazugehörte, der in quietschbunter Funktionskleidung über den Sparkassenplatz joggte, das Vorderrad eines Fahrrads in der Hand? Wohl eher nicht. Vielleicht doch? Vielleicht war er ein Sinnbild für die Absurdität unseres Lebens? Nichts muss so sein, wie es scheint. Phänomenale Erkenntnis, ich sollte sie mir patentieren lassen.

Falls ein Gedankenblitz um die Ecke kam, verfehlte er mich knapp. Ich merkte, dass ich genauso ernst und miefig guckte wie all die anderen Menschen, denen ich begegnete, und ich hasste mich dafür. Nur ein paar Frauen lächelten.

Ich strebte meinem derzeitigen Lieblingsausguck zu und orderte ein Glas Pinot Grigio von einem Winzer, der garantiert nicht zu meinem Lieblingswinzer aufsteigen würde, und schaute auf die Menschen, die an mir vorbeizogen. Es war ja nicht so, dass es unüberschaubare Ströme waren, das war nur der Fall bei den verkaufsoffenen Wochenenden wie dem Haller Frühling, wenn sich die Massen durch die Gassen schoben; manche Menschen fühlten sich anscheinend nur wohl, wenn sie in der Menge aufgehen konnten.

In meiner Heimatstadt gab es etliche Menschen, die man als eigenwillig bezeichnen könnte, die zum Stadtbild gehörten wie die Fachwerkhäuser zum Marktplatz. Wenn man sie eine Weile nicht mehr sah, fehlte was. Glücklicherweise gab es sie. Sie brachten Farbe ins Leben.

Ich sah den Renner. Unzählige Marathons auf der ganzen Welt war er im Lauf seines Lebens gelaufen, jetzt mit Achtzig ging er es etwas ruhiger an und kämpfte sich nur noch beim zehn Kilometer langen Dreikönigslauf hier in der Stadt ins Ziel. Mit seinem charakteristischen Schnauzer erinnerte er ein wenig an einen deutschen Literaturnobelpreisträger. Der Nobelpreisträger hatte bei der Waffen-SS für Volk und Führer gekämpft, der Marathonmann, Jude, hatte die Zeiten nur mit viel Glück überstanden.

Ich sah die Frau mit dem Kinderwagen, auf den sie beruhigend einredete. In dem Kinderwagen lag eine Puppe.

Wie soll man mit einer Frau reden, die offensichtlich nicht ganz bei Verstand ist?

»Ein nettes Kind haben Sie da«, sagte ich eines Tages vorsichtig. »Na, Kleiner, geht's gut?«

Sie sah mich erstaunt an. »Kind? Welches Kind? Haben Sie den Verstand verloren oder was? Das ist doch kein Kind, das ist eine Puppe!«

Kopfschüttelnd schob sie weiter und sagte in den Kinderwagen: »Gell, meine Kleine, dieser abgefuckte Typ hat nicht alle Tassen im Schrank! Hält dich für ein Kind! So was! So einen dürfte man nicht frei herumlaufen lassen. Widerlicher Macho! Denkt natürlich gleich, dass du ein Junge bist.«

Was ist schon normal? Das ist Definitionssache.

Und ich dachte an Robert Franklin, auch so eine Ikone im Stadtbild, ein Jude aus Brooklyn, der irgendwann durch Zufall nach Schwäbisch Hall gekommen und hier hängen geblieben war, weil seltsamerweise das hiesige Klima seinem Asthma gut tat. Er hatte sich seinerzeit in den USA stark in der Anti-Vietnam-Bewegung engagiert, war mehrmals verhaftet, misshandelt, verurteilt worden; daher sein Asthma, wie er sagte.

Rauschebart, lange Haare bis zu den Schultern, beides im Laufe der Jahre grau geworden. Lange Zeit marschierte er täglich, unbekümmert um jedes Wetter, von Schwäbisch Hall nach Vellberg, um dort einen Kaffee zu trinken, gut und gern dreißig Kilometer hin und zurück.

Er war von überragender Intelligenz, hatte Chemie studiert (oder Biologie? Ich wusste es nicht mehr), hatte promoviert (glaubte ich mich zu erinnern), sprach mehrere Sprachen, keine perfekt, jede mit unüberhörbarem amerikanischem Akzent, aber jede gut genug, um sich mühelos zu verständigen.

Man sah ihn durch die Stadt schlendern, mit irgend jemandem beim Kaffee sitzen, jeder kannte ihn, oder ganz allein lesend in einem Buch in einer der Sprachen, die er konnte oder die er gerade neu lernte. Er war nun auch schon einige Zeit unter der Erde. Mit jedem Original, das ging, war die Stadt ärmer geworden.

Und mitten in Schwäbisch Hall saß ein etwas lädierter Versicherungsvertreter vor einem Grauburgunder und überlegte, ob er sich auch zu den verschrobenen Gestalten dieser Stadt rechnen sollte. Nein, nicht verschroben, sagen wir besser: individuell.

Und der etwas lädierte Versicherungsvertreter dachte darüber nach, ob man dereinst auch sagen würde, die Stadt sei ärmer ohne ihn.

Aber bis dahin war es noch weit. Ich war quicklebendig, wenigstens, wenn meine hämatomöse Körperverzierung verschwunden war, und ich gedachte es auch zu bleiben. Sonja hatte mich böse zusammengefaltet, aber das hatte sein müssen. Es tat gut, Freunde zu haben, die einem ab und zu den Kopf wuschen. Alles konnte man doch nicht selbst machen.

Ich sah ein lesbisches Paar und noch eines, ich sah einige stadtbekannte Schwule, ich sah eine Frau, die vormals ein Mann gewesen war. Ein Mann trug zu seinem Anzug High Heels und schritt damit souveräner einher als die meisten Frauen, was auf dem Kopfsteinpflaster von Schwäbisch Hall eine Leistung ist.

Das Leben in all seinen Ausprägungen

Es gab in Schwäbisch Hall bestimmt nicht mehr eigenwillige Leute als anderswo, sie fielen nur mehr ins Auge, weil die Innenstadt so klein war und man sich ständig begegnete. Wer auffallen wollte, schaffte das mühelos.

Und die Frau in Weiß hatte nicht nur einfach ihre Individualität ausgelebt, sie wollte gezielt und mit aller Macht auffallen.

Aber warum? Und wem?

»Ich weiß, du nennst das Arbeit.«

Neben mir ließ sich jemand schwer in einen Stuhl fallen. Ich hatte ihn schon von weitem gerochen, aber ich hatte jetzt keine Lust auf einen Plausch, ich wollte mit meinen Gedanken allein sein. Wenn ich ihn ignoriere, sieht er mich auch nicht. Natürlich funktionierte das nicht.

»Ich denke«, sagte ich. »Denken ist Arbeit. Und ich arbeite gerade verdammt schwer.«

»Siehst auch bös abgeschafft aus.«

»Das kommt daher, weil mein Kopf zu klein ist für all die Gedanken, die ich habe. Sie behindern sich gegenseitig und können sich nicht friedlich einigen. Es ist ein Tohuwabohu.«

Helmar Haag von Lokalblatt betrachtete angelegentlich seine Pfeife. »Bist schwer zu finden. Hockst nicht mehr immer im selben Stall. Du wechselst deine Tränken öfter als ich meine Socken.«

»Man muss seine Gewohnheiten immer wieder durchbrechen«, erklärte ich ihm. »Sonst setzen sie sich fest und man wird abhängig von ihnen. Besonders im fortgeschrittenen Alter ist das wichtig, sonst wirst du immer unbeweglicher.«

»Alter! Du!«

»Ich habe schon graue Haare.«

»Wo denn? Ich sehe keine.«

»An einer Stelle, die du auch nie zu Gesicht bekommen wirst.«

»Am Sack?«

»Es ist überaus ordinär und peinlich, wenn du das in aller Öffentlichkeit laut aussprichst.«

»Nichts, wofür man sich schämen müsste. Ich habe das Problem schon die paar Jährchen länger, die ich älter bin als du. Und sonst geht's gut? Was treibst du denn so? Sag jetzt nichts. Ich weiß, du faulenzt nicht, du arbeitest. Ist das trinkbar, was du im Glas hast?«

Ich nickte.

Mit ein paar Handbewegungen machte er der Bedienung klar, dass er das Gleiche wollte. Dann stieß er eine Rauchwolke aus wie eine Dampflokomotive beim Alpenaufstieg.

»Wie man hört, bist du in diesen Mordfall in Wackershofen involviert. Warum weiß ich davon nichts?«

»Du weißt es ja offenbar.«

»Aber nicht von dir, und das betrachte ich als unfreundlichen Akt. Man hört auch, dass du mit der verblichenen Dame liiert warst.«

»Was du nicht alles hörst!«

»Gell?«

»Auf Gerüchte sollte man nichts geben.«

»Gerüchte sind meine Arbeitsgrundlage. Ich bin Journalist. Ich sauge Gerüchte auf wie ein Schwamm das Wasser.«

»Und manchmal streust du sie auch selbst.«

»Wenn's der Wahrheitserfindung dient. Man hört ferner, dass du mit deinem Kumpel Keller über Kreuz bist. Und das im Zusammenhang mit einer Leiche, die du kennst, die aber angeblich noch nicht identifiziert ist und von der wir nicht mal eine genaue Beschreibung veröffentlichen dürfen – also da habe ich doch mehr als nur eine Frage.«

Ich starrte ihn entgeistert an. »Ich habt keine Beschreibung der Leiche gebracht?«

»Nur eine sehr vage. Man hat uns sehr dringlich drum gebeten. Aus ermittlungstaktischen Gründen, du kennst ja diesen Quatsch. Und ich habe mich daran gehalten. Ich bin ja nicht vom Boulevard, ich bin die seriöse Lügenpresse. Und im Gegensatz zu dir kann ich es mir mit Keller nicht verscherzen. Ich bin aber schon beleidigt, dass du meinen wie immer einfühlsam geschriebenen Artikel nicht gelesen hast.«

Natürlich hatte ich ihn gelesen, aber dass es keine genaue Beschreibung der Leiche gab, war mir gar nicht aufgefallen. Plötzlich durchfuhr es mich heiß. Woher hatte dann Lea gewusst, dass es sich um ihre Schwester handelte?

Haag nebelte sich ein, sah mich an und sagte: »Blond, hübsch, ganz in Weiß gekleidet, nicht wahr?«

»Du weißt es ja doch.«

»In aller Bescheidenheit, mein Lieber, ich bin Profi. Es war nicht allzu schwer herauszufinden, wer über die Leiche gestolpert ist. Und wenn der Georg ein paar Schnäpschen intus hat, kommt er ins Plaudern.«

»Dann weiß es ja ganz Hohenlohe!«, stöhnte ich.

»Das glaube ich nicht. Der liebe Georg hat mir nämlich von seinem neuen Freund erzählt, diesem windigen Versicherungsvertreter, mit dem zusammen er diesen Fall aufklären will, und dann verkauft er die Geschichte exklusiv an mich, und bis dahin zu niemandem ein Wort.«

»Seit wann bezahlst du für Informationen?«

»Mache ich nicht. Aber er bildet sich das ein. Ist es mein Job, die Leute von ihren Träumen zu heilen?«

»Du nutzt ihn aus.«

»Und was ist mit dem Detektivgespann Georg und Dillinger? Das meinst du doch nicht im Ernst!«

»Georg ist neugierig.«

»Ich auch.«

»Georg hört viel.«

»Ich auch.«

»Und was hörst du dann beispielsweise von der Mordkommission?«

»Gar nichts. Keller mauert total. Und das macht mich misstrauisch. Ich rieche eine Geschichte, wenn's von irgendwo her stinkt. Und jetzt mal Butter auf die Brezel. Blond, hübsch, ganz in Weiß gekleidet, was? Ich habe diese Frau ein paar Mal in der Stadt gesehen, und ich muss sagen, mein Blick hat mit Wohlgefallen auf ihr geruht.«

»Wenn das dein Eheweib wüsste!«

Neben mir entstand eine Rauchwolke, als stünde ein Vulkanausbruch unmittelbar bevor. Dann sagte Helmar Haag ganz ruhig: »Hat sich wohl bald ausgeeheweibt.«

Ich starrte ihn an. »Ihr wollt euch trennen? Ihr?«

»Scheint so.«

»Und du nimmst das so gelassen hin?«

»Reisende soll man nicht aufhalten.«

Noch mehr Rauch. Dann hieb er die Faust auf den Tisch, dass die Gläser hüpften. »Nein, verdammte Scheiße, ich bin stinksauer! Warum? Was habe ich denn diesmal wieder falsch gemacht! Ich habe ja nicht mal eine heimliche Geliebte. Was soll's! Mit meinen Eheproblemen muss ich selbst fertigwerden. Versteh einer die Frauen!«

»Wenn ich mit meinem reichen Erfahrungsschatz …«

»Du? Gerade du? Bist du nicht seit längerem schon Single?«

»Eben.«

»Oder ist mit der weißen Schönheit was gelaufen? Du sollst sie ja gekannt haben.«

»Sehr intim. Wir haben einen Wein zusammen getrunken und belanglos geplaudert, wir haben uns zum Essen verabredet, aber sie ist nicht gekommen, weil sie da schon tot war, aber zuvor ist sie mir im Käshof auf den Kopf gefallen, und das, obwohl ich nicht mal ihren Namen wusste. Was hältst du davon?«

Er grinste. »Wenn das ein Versuch war, mich aufzuheitern, dann ist dir das fast gelungen. Nette Räuberpistole!«

»Siehst du! Niemand glaubt mir, du auch nicht. Deshalb rede ich auch nicht darüber.«

»Ist auch besser so. Was willst du damit kaschieren? Dass sie dich hat sitzen lassen?«

Ich wickelte meinen Schal ab und zeigte auf die blauen Flecken auf Hals und Kopf. »Und was ist das da?«

»Das passiert, wenn einem eine Frau um den Hals fällt? Hm, mir scheint, die Sitten sind rauer geworden seit der Zeit, als ich auf Paarungssuche war. Danke für den Tipp. Ich werde sehr vorsichtig sein in meinem demnächstigen neuen Singledasein.«

»Du verstehst nicht. Nicht um den Hals, auf den Kopf. Das mit dem Hals war danach. Man tippt auf einen stumpfen Gegenstand. Ich hätte tot sein können. Wie sie.«

»Du erzählst jetzt keinen Scheiß? In so einem alten Haus kann schon mal die Phantasie mit einem durchgehen. Da sind seltsame Geräusche, es knarzt und knistert, man könnte das für Stöhnen halten, man sieht vage Schatten, ja, da kann man schon auf die Idee kommen, man hätte ein Gespenst gesehen. Wie viel hattest du denn intus?«

»Das also denkst du von mir, ja? Dass ich durchgeknallt bin und Gespenster sehe? Ich war stocknüchtern, und nein, in diesem Zustand habe ich keine Halluzinationen. Ich schwöre, es war so. Es stimmt, ich kann mich nicht mehr an alle Einzelheiten erinnern, aber so eine Teilamnesie ist normal, sagt der Doktor, und das gibt sich wieder.«

Helmar Haag zog an seiner Pfeife, und sie gab schmatzende, gurgelnde Geräusche von sich. Missmutig beäugte er sie. Er zog noch einmal, mit dem gleichen Ergebnis.

»Das Scheißding zieht nicht. Weißt du, mit meiner Pfeife«, sagte er, »ist es wie mit deinen … äh … Erlebnissen. An manchen Tagen denkst du, alles hat sich gegen dich verschworen, und dann suchst du nach einem Schuldigen. Das Wetter zum

Beispiel, Wetter geht immer. Oder eine Frau, die dich verlassen hat.«

»Was hat jetzt deine Ehekrise mit meiner Frau in Weiß zu tun?«

»Interessante Frage. Weiß ich noch nicht. Wir werden es herausfinden. Komm, jetzt trinken wir noch ein Glas.«

»Damit du mich als Säufer hinstellen kannst, der Gespenster sieht?«

»Zwei Achtele sind ein Viertele, und das, wie du weißt, zählt hierzulande als Minimalbefriedigung menschlicher Grundbedürfnisse. Man muss auf ausreichende Flüssigkeitszufuhr achten, sagen die Schlaumeier von Experten, vor allem ältere Menschen müssen, und wie du siehst, folge ich brav ihren Empfehlungen.«

Er bestellte noch zwei Gläser, und ich hörte mich nicht Nein sagen. Dann griff er in seine Jackentasche, holte eine Schachtel Zigaretten hervor und zündete sich einen Glimmstengel an.

»Seit wann rauchst du Zigaretten?«, fragte ich verblüfft.

»Zur schnellen Bedürfnisbefriedigung zwischendurch. Mit einer Pfeife ist es wie mit einer Frau. Sie verlangt Zeit und Zuwendung, und an beidem mangelt es manches Mal. Und dann ziehst du zu hastig an der Pfeife, und schon schmurgelt sie. Die Pfeife schlägt zurück. Gnadenlos.«

Der Wein kam, und wir prosteten einander zu.

Er zog noch einmal an seiner Zigarette und drückte sie dann halb geraucht aus.

»Widerwärtig«, murmelte er. »Wie kann man nur so abhängig sein! Da ist mir meine Pfeife doch lieber.«

Ich kämpfte mit meinem Stolz, Helmar Haag mit seiner Pfeife. Er stopfte sie neu, zündete sie an, nuckelte daran, stocherte, brummelte vor sich hin, stocherte weiter, zündete nochmals an, zog und zog und zog und hüllte uns in eine dichte Rauchwolke.

Haag bevorzugte einen kräftigen, würzigen Tabak. Ich roch das gern, aber zwei Tische weiter wedelte eine elegant angezogene Frau den Rauch beiseite, der gar nicht bis zu ihr gezogen war, hustete demonstrativ und rauschte davon, die wandelnde Empörung von den Füßen bis zur Betondauerwelle.

Haag sah ihr kopfschüttelnd nach.

»Ich gehöre zu einer diskriminierten Minderheit. Wahrscheinlich steigt die jetzt in ihren dicken SUV und röhrt in die traute Familienvilla. Und weil der SUV natürlich ein Diesel ist, pustet er jede Menge Stickoxid und Feinstaub in die Luft, was beides bekanntermaßen krebserregend sein soll. Warum hat nicht jedes Auto einen Aufkleber ›Autofahren kann tödlich sein‹? Warum nicht jedes Fertiggericht aus dem Supermarkt mit all der Chemie und dem vielen Zucker? Nein, es geht immer nur gegen die Raucher. In New York darfst du nicht mal mehr auf der Straße rauchen, nicht mal mehr in der eigenen Wohnung, wenn die Eigentümergemeinschaft es so beschließt. Das ist doch pervers, das alles!«

Ich hatte nur halb zugehört, ich kämpfte noch immer. Es war mein Ehrgeiz, diese Geschichte aufzuklären, allein aufzuklären, wie ich das immer tat. Doch ich musste mir eingestehen, dass ich weder aus noch ein wusste. Ich hatte keinen Ausgangspunkt, der wirklich vielversprechend war. Und je mehr ich darüber nachdachte, umso verworrener und aussichtsloser wurde alles. Zumal ich immer unsicherer wurde, was ich tatsächlich erlebt und was ich mir nur eingebildet hatte.

Helmar Haag hatte gespürt, was in mir vorging. Doch er war ein kluger Mann. Seine ausschweifenden, oft zusammenhanglosen Ergüsse ließen leicht vergessen, dass da einer war, der scharf beobachtete und über ein bewundernswertes Einfühlungsvermögen verfügte. Er ließ den Dingen ihren Lauf und schlug erst dann zu, wenn die Zeit reif war.

Er lehnte sich zurück, trank einen Schluck Wein, paffte gewaltig und sagte gemütlich: »So, und jetzt erzähl mal deine Geschichte. In Kurzfassung, wenn ich bitten darf, ohne schmückende Details. Onkel Helmar ist ganz Ohr.«

Ich erzählte von meinen – ja doch: gespenstischen Erlebnissen im Käshof, ich erzählte von der Handtasche, die ich mitgenommen haben musste, und während ich das einem Mann erzählte, der von Berufs wegen misstrauisch war, merkte ich selbst, wie seltsam das alles klang. Aber Helmar Haag sagte nichts dazu. Er hatte mir mal erklärt, ein guter Journalist zeichne sich vor allem dadurch aus, dass er geduldig zuhören könne.

»Mittlerweile«, sagte ich, »hat die Frau in Weiß auch einen Namen und eine Vergangenheit. Ist aber kompliziert.«

»Ich liebe komplizierte Geschichten. Die machen das Leben so viel einfacher.«

Ich erzählte von den Zwillingsschwestern und ihrer Familiengeschichte, ich erzählte von der Absicht Lottas, die Lebensumstände ihrer Urgroßmutter mit eigenen Augen zu sehen, was sie in Verbindung mit dem Käshof brachte, ich erzählte nichts von der Entdeckung des mutmaßlichen Vaters.

»Deine Theorie zu all dem?«, fragte er.

»Ich habe keine.«

Er nickte, als wäre es das Normalste auf der Welt, keine Theorie zu haben.

»Weißt du«, sagte er, »es gibt so Situationen, wie immer die man nennen will, was immer sie auch auslösen mag, da hat man – ich will jetzt nicht sagen Halluzinationen, nennen wir es Visionen. Priester erzählen gerne davon, wenn sie von ihren Erweckungserlebnissen erzählen. Dir sind aber nicht der Heilige Geist oder die Jungfrau Maria erschienen?«

»Tatsache ist, dass ich mir bei manchem selbst nicht sicher bin. Habe ich das tatsächlich so gesehen und erlebt? Oder habe ich Dinge miteinander verknüpft, die vielleicht gar nichts miteinander zu tun haben? Habe ich Lücken mit etwas gefüllt, was da gar nicht hineingehört, nur damit daraus eine Geschichte entsteht, die für mich plausibel klingt? Kann von dem Schlag auf den Kopf kommen.«

Haag nickte. »Teilamnesie, ich weiß. So was soll vorkommen.«

Wir schwiegen beide.

»Was weißt du über Padre Giorgio Baffini?«, fragte ich.

Er musterte mich prüfend.

»Da ich nicht annehme, dass es sich um einen abrupten und zusammenhanglosen Themenwechsel handelt, kommen wir jetzt wohl zu den interessanten Details der Geschichte. Du willst nichts sagen? Auch gut, ich übe mich in Geduld. Der Padre also. Kein Dogmatiker, er gilt für seine Zunft als gemäßigt liberal, sehr liberal sogar bei allem, was Homosexualität oder Sex allgemein anbelangt. Hat natürlich zu Gerüchten über seine Haushälterin geführt, aber das ist heutzutage ja kein Aufreger mehr.«

»Wie nimmt das seine Gemeinde auf?«

»Wohlwollend bis gleichgültig, was ich so höre. Allerdings hat er auch erbitterte Gegner, darunter einige sehr einflussreiche. Kennst du den Lutz Waldenburg?«

»Den Bauunternehmer?«

Er nickte. »Ein wertvolles und verdienstvolles Glied der Gemeinde. Sitzt im Kirchenvorstand und in diversen kirchlichen Verbänden, ist beim Katholikentag aktiv undsofort. Ein Mann mit Verbindungen also zu Stellen, wo es richtig weh tun kann. Ihn als konservativ zu beschreiben wäre die Untertreibung des Jahres. Hat acht Kinder wie die Orgelpfeifen, vielleicht sind es mittlerweile auch neun, deren Produktion der einzige Anlass für ehelichen Verkehr ist. So tickt der wirklich. Zum Ausgleich soll er sich in Crailsheim eine Geliebte halten, sagt man. Ist aber nur ein Gerücht. Die kann ich leiden, diese Moralapostel, die anderen vorschreiben wollen, was sie selber nicht tun.«

»Hübsche Gelegenheit für eine Enthüllungsstory.«

»Nicht mit mir. Mir ist es schnurzegal, wer mit wem ins Bett hüpft. Da bin ich ausnahmsweise auf der gleichen Linie wie der Padre.«

»Kann diese reaktionäre Clique dem Padre gefährlich werden?«

»Es wird gestänkert und intrigiert, das war aber bisher vielleicht lästig, aber nicht wirklich existenzbedrohend. Dann allerdings hat der Padre etwas getan, was moralisch gut gemeint war, aber sich als taktischer Fehler herausgestellt hat. Er hat nämlich einem Lesbenpaar den Segen erteilt. Kommt zwar gar nicht mal so selten vor, widerspricht aber der offiziellen Linie der Kirche. Seither liebt ihn die LGBT-Gemeinde heiß und innig, und Waldenburg und seine Freunde reiben sich die Hände. Das ist der Hebel, mit dem sie Baffini in die Wüste jagen wollen.«

»Mit Erfolg?«

»Der Ausgang ist noch offen, aber ihre Chancen stehen nicht schlecht. Notfalls kann man ja mit dem Frieden in der Gemeinde argumentieren. Die Frage ist, wie sich der Padre verhält. Nimmt er den Kampf auf? Glaube ich nicht, er ist nicht so der streitbare Typ. Klar ist jedoch, er steht unter scharfer Beobachtung. Die warten nur auf eine ungeschickte Bemerkung oder irgendeine nicht ganz astreine Geschichte aus der Vergangenheit, und dann kann der Padre irgendwo alte Kirchenbücher abstauben.«

Und zwei Töchter wären gewiss ein willkommener Anlass, dachte ich. Laut sagte ich: »Dann steht also seine Existenz auf dem Spiel.«

»Na ja, am Hungertuch wird er deswegen nicht nagen. Aber im übertragenen Sinne schon. Der Mann liebt nämlich seinen Job. Angeblich war er mal für eine höhere Stelle im Vatikan vorgesehen, doch das hat er erfolgreich zu verhindern gewusst. Er möchte lieber in seiner Gemeinde bleiben bei den Menschen, die ihm vertrauen und denen er bei ihren Nöten beistehen kann. Seelsorgerische Arbeit nennt man das wohl.«

»Dafür, dass du kein Kirchgänger bist, weißt du gut Bescheid.«

»Er hat meine Kinder getauft. Meine Frau wollte das so.«

»Ich wusste gar nicht, dass deine Frau aktive Kirchgängerin ist.«

»Ist sie auch nicht. Es ging ihr um die Konvention, wegen der Familie und der Nachbarn und so. Daher kenne ich ihn. Und wie du weißt, bin ich gern über alles informiert, was so läuft in unserer Stadt. Außerdem mag ich den alten Knaben. Man kann mit ihm interessant und amüsant disputieren. Und sein Weinkeller kann sich sehen lassen. Apropos, noch ein Gläschen? Ein klitzekleines?«

Ich wehrte ab. »Besser nicht, sonst bin ich tatsächlich als Säufer verschrien.«

»Den Ruf hast du doch schon, weißt du das nicht?«

Ich überging das und fragte: »Was weißt du über Gunter Kellberg?«

»Wollen wir jetzt die gesamte Haller Society durchhecheln? Ich gebe ja zu, dass ich gerne rede, aber ab und zu hätte ich auch gern mal eine Info, die für mich neu ist. Interessant, dass du gerade nach unserem Kocher-Casanova fragst. Er soll zur Zeit etwas klamm sein, angeblich ist er auf eine Frau hereingefallen, die ihn ausgenommen hat wie eine Weihnachtsgans. Nun ja, der wird auch nicht jünger, sein Charme wird brüchig, und da nimmt man halt, was kommt, man hat schließlich einen Ruf zu verteidigen. Lass dir das eine Lehre sein!«

»Wer war das? Wann war das?«

»Muss noch ganz frisch sein. Aber wer das war, konnte ich bisher noch nicht herausfinden, ich habe nur eine Vermutung. Soll nicht von hier gewesen, eine sehr extravagante und auffallende Erscheinung, ein Prachtstück für jede Sammlung.«

»Darf ich raten: blond, hübsch, ganz in Weiß gekleidet?«

»So hört man. Deine Leiche. Wie kommst du nur darauf?«

»Er wurde mehrmals mit ihr gesehen.«

»Ein Indiz, aber noch kein Beweis. Den sieht man doch dauernd mit irgendwelchen schönen Frauen. Wie dich zu deinen besten Zeiten. Na ja, bei dem sind die besten Zeiten auch vorbei, wie man hört. Übrigens, Kellberg gehört zur Waldenburg-Clique und nimmt dem Padre dessen liberale Haltung ziemlich übel.«

»Gerade der! Bei seinem Lebenswandel!«

»Er hat was gegen Homosexuelle, genauer gesagt gegen Lesben. Denkt, deswegen entgeht ihm viele Beute. Tja, es gibt schon viele sehr eigenwillige Menschen in unserer Stadt. Sollen sie, jeder darf so verrückt sein, wie er will, bei manchen freilich wird's gemeingefährlich, und die muss man im Auge behalten und ihnen gegebenenfalls eins auf die Nase geben. Manchmal bekommen sie auch eins übergezogen, wie ein stadtbekannter Versicherungsvertreter.«

»Du hältst mich für gemeingefährlich?«

»Irgendjemand hat dich zumindest für gefährlich gehalten und mit einem stumpfen Gegenstand reagiert. So, ich muss mal kurz bei meinem Brötchengeber vorbeischauen und ihm zeigen, dass ich noch lebe. Hol mich in einer Stunde in der Redaktion ab.«

»Wozu?«

»Mörder fangen. Tatortbesichtigung. Kleine Landpartie nach Wackershofen. Ich will mir das mal ansehen. Du fährst.«

Er erhob sich, machte ein paar Schritte, drehte sich dann wieder um und musterte mich kritisch.

»Vielleicht liegt's doch an den grauen Haaren. Was sagt der Frauenversteher?«

Ich zuckte mit den Schultern. »Färben oder Kahlschlag?«

»Kahlschlag ist retro, das hat sich sogar bis in die Provinz herumgesprochen. Busch ist wieder angesagt, sehr zum Kummer der Society-Ladys, die sich selbigen haben dauerhaft entfernen lassen.«

Kopfschüttelnd und mit heftiger Rauchentwicklung ging er davon. »Färben!«, hörte ich ihn murmeln. »Geht's noch?«

***

An der Kasse in Wackershofen zückte ich meine Dauerkarte und Helmar Haag seinen Presseausweis. Unter den Frauen, die heute Dienst hatten, war auch die Mollige mit grauem Wuschelkopf, die mich kürzlich als der entlarvt hatte, der ich bin.

»Mädels, passt auf, was ihr sagt«, grinste sie mich an. »Sonst werdet ihr verhaftet.«

»Verhaftet? Wieso verhaftet?«, fragte ihre Kollegin verwundert, eine große Schlanke mit verhärmtem Gesicht.

»Dillinger ist auf Mörderjagd«, sagte die Mollige.

Aus der Tiefe des Raumes, wo sie sich an den ausgelegten Büchern und Broschüren zu schaffen gemacht hatte, kam eine hübsche Schwarzhaarige, die den Altersdurchschnitt der anwesenden Weiblichkeit schlagartig auf die Hälfte drückte.

Sie musterte mich eingehend und sagte: »Das ist Dillinger? Den habe ich mir anders vorgestellt.«

Was ich versucht war zu fragen, kann man sich vorstellen, aber ich bremste mich. Ihrer Miene nach zu urteilen, wäre die Antwort meinem ohnehin brüchigen Selbstbild ziemlich abträglich gewesen.

Die Mollige kicherte. »Er ist gerade etwas angeschlagen. Ganz wörtlich.«

Ich seufzte. »Woher wissen Sie denn das?«, fragte ich, obwohl es auf der Hand lag.

»Ich weiß alles. Der Georg hat's erzählt.«

»Der Georg!«, sagte ich. »Der redet auch viel, wenn der Tag lang ist, was?«

»Der Mann ist mir unheimlich«, platzte die Hübsche heraus. »Seine dummen Sprüche! Und wie der mich immer ansieht! Der zieht mich mit den Augen aus. Ich habe Angst, dass er sich eines Tages auf mich stürzt.«

»Ach was«, winkte die Mollige ab. »Da brauchst du keine Angst zu haben, der kriegt eh keinen mehr hoch.«

In das Gesicht der Verhärmten kam plötzlich Leben. »So? Und woher weißt du das so genau?«

Die Mollige wurde rot. »Das weiß man doch! In dem Alter!«

Stille im Raum. Man konnte ohne Übertreibung sagen, dass ihr alle Aufmerksamkeit gewiss war. Vier Augenpaare richteten sich auf sie.

Sie wurde noch röter. »Und überhaupt geht euch das gar nichts an! Ich bin erfolgreich geschieden, ich kann wieder machen, was ich will.«

An niemand bestimmten im Raum gerichtet, fragte die Hübsche: »Ist das in eurem Alter so? Hat man da Torschlusspanik und nimmt jeden? Du und Georg! Igitt!«

»Das habe ich nicht gesagt, das denkt ihr euch bloß so! Ach, ihr könnt mich alle mal!«, rief die Mollige wütend und rauschte davon, hinaus ins Freie.

»Was hat sie denn?«, wunderte sich die Hübsche. »War doch nur eine Frage. Mich interessiert das halt. Man muss doch wissen, was auf einen zukommt.«

»Vielleicht ist sie eifersüchtig«, meinte die Verhärmte und beugte sich verschwörerisch vor. »Der Georg hat die Leiche nämlich gekannt. Also ich meine, als sie noch keine Leiche war.«

»Er hat sie wohl mal auf dem Gelände gesehen«, warf ich ein.

»Bloß gesehen? Ha! Da war mehr. Er hat so Andeutungen gemacht.«

»Glauben Sie ihm?«, fragte ich.

»Sofort!«, rief die Hübsche. »Diesem Busengrabscher traue ich alles zu!«

»Busengrabscher?«, fragte die Verhärmte entsetzt. »Hat der dich etwa betatscht?«

»Er würde gern, das sehe ich ihm an. Wie der mir immer auf den Busen starrt!«

Ganz automatisch wanderte mein Blick auch dorthin. Und was der großzügige Ausschnitt ihres Tops zeigte, war – schön. Einfach schon. Und wäre auch einen zweiten und dritten Blick wert. Doch ganz schnell löste ich meinen Blick und sah ihr in die grünen Augen.

So war das heutigentags. Ein nicht mal begehrlicher, bloß interessierter, vielleicht sogar bewundernder Blick auf das ja absichtsvoll so getragene Dekolleté, und schon war man ein Sittenstrolch.

Aber die Diskussion wollte ich jetzt nicht führen, ich war ja nicht lebensmüde. Stattdessen sah ich ihr weiter tief in die grünen Augen und fragte: »Ist denn der Georg heute hier?«

»Weiß ich nicht«, sagte die Hübsche. »Und ich will es auch nicht wissen.«

»Ja«, sagte die Verhärmte. »Irgendwo auf dem Gelände werden Sie ihn finden.«

Ich nickte den Damen freundlich zu, und wir gingen hinaus.

»Du bist hier anscheinend bekannt«, sagte Helmar Haag.

»Ich bin überall bekannt. Mein Schicksal.«

»Und nicht sonderlich gut angesehen.«

»Man kann's sich nicht aussuchen.«

»Ich habe übrigens deinen Blick gesehen.«

»Ich wollte ja nur wissen, wie sie heißt. Ist doch höflicher, jemanden mit seinem Namen anzureden.«

»Und?«

»Was und?«

»Wie heißt die Hübsche mit dem schönen Dekolleté?«

»Das konnte ich auf die Schnelle nicht entziffern. Dazu hätte ich noch länger auf das Namenschild starren müssen, aber da selbiges ja auf Busenhöhe festgemacht ist …«

»Tja«, sagte Haag und stopfte sich seine Pfeife.

Die Mollige stand vor dem Schaugehege und sah, eine Zigarette rauchend, auf die Schwäbisch-Hällischen Landschweine hinab, die dort dösten und ab und an grunzende Laute von sich gaben. Wovon die wohl träumten?

Als sie uns kommen hörte, drehte sie sich um und sah mich trotzig an. »Na, Sherlock, wollen Sie jetzt die schmutzigen Details wissen?«

»Wieso wären die Details schmutzig?«

Einen Moment war sie verblüfft. »Sagt man halt so.«

»Was viel aussagt über diejenigen, die das so sagen.«

»Nur, damit Sie's wissen: Ich hatte nichts mit Georg. Und selbst wenn, wäre das – aber ich glaube, das habe ich schon gesagt.«

»Haben Sie«, nickte ich. »Und ehrlich gesagt, selbst wenn, ist mir das ziemlich egal. Hätte er denn gern?«

»Doch nicht egal, was?«

»Ich versuche, mir ein genaueres Bild von Georg zu machen.«

Sie warf die Zigarette auf den Boden und zermalmte die Kippe mit dem Absatz.

»Der Georg! Hält sich für einen Womanizer und hat noch nicht kapiert, dass er ein alter Mann ist. Er ist draußen aus dem Spiel. Er sitzt nicht mal mehr auf der Ersatzbank.«

»Merkt er's nicht oder kapiert er's nicht?«

Sie nickte bedächtig. »Ich ahne, worauf Sie hinaus wollen. Erst merkt man selbst gar nicht, dass man älter wird und dass dann halt vieles anders ist, und dann versucht man krampfhaft, das zu ignorieren und so zu tun, als wär man zwanzig Jahre jünger, weil man's nicht wahrhaben will. Falls Sie's noch nicht gemerkt haben, ich spreche aus Erfahrung.«

»Aber, aber! Sie doch nicht!«, wandte ich ein in dem Versuch, charmant zu wirken.

»Nett, dass Sie das sagen, aber so ist es nun mal.«

Sie zündete sich eine neue Zigarette an.

»Ich bin ja von Kettenrauchern umgeben«, sagte ich, denn auch Helmar Haag produzierte mittlerweile wieder viel Qualm.

»Man muss jede Gelegenheit nutzen, die einem noch bleibt«, sagte die Mollige. »Apropos. Wie das nun beim Georg ist, weiß ich nicht. So viel Gedanken habe ich mir, ehrlich gesagt, über ihn noch nicht gemacht.«

»Ist er jemals zudringlich geworden?«

»Mir gegenüber nicht. Aber wahrscheinlich bin ich ihm zu alt. Und selbst wenn – ich weiß, wo es einem Mann weh tut. Ja, stimmt schon, manchmal ist seine Balzerei lästig, wenn es mir zuviel wird, fahre ich ihm halt über den Mund. Aber ansonsten, mein Gott, warum nicht, hat ja auch was Amüsantes.«

»Was sagt eigentlich Georgs Frau zu seinen Annäherungsversuchen?«

»Keine Ahnung, die kenne ich nicht. Wenn ich mir's recht überlege, keiner kennt die. Vielleicht gibt es sie ja gar nicht.«

»Vielleicht gibt es auch den Georg gar nicht? Was wissen Sie über ihn?«

Sie schaute mich an, als hätte ich –

»Habe ich etwas Unanständiges gesagt?«, fragte ich irritiert.

Sie lachte. »In gewisser Weise schon. Mir ist gerade aufgegangen, dass ich über ihn eigentlich gar nichts weiß. Ich weiß, was er so erzählt, ich weiß, was die anderen erzählen, weil er es ihnen gesagt hat oder weil sie sich etwas zusammenreimen, was gesagt wurde oder nicht gesagt wurde. Ups, das klingt ziemlich verworren, da brauche ich Geistesnahrung, um das zu bewältigen.«

Sie zündete sich erneut eine Zigarette an. Sie qualmen ziemlich viel, gesund ist das bestimmt nicht, wollte ich sagen, doch ich hielt mich zurück. Wer war ich denn, dass ich über die Gewohnheiten und Gelüste anderer zu urteilen hatte?

»Ist das nicht immer so?«, sagte ich. »Wir formen uns ein Bild von jemandem aus den Bruchstücken, die wir zu wissen glauben, und füllen die Lücken mit dem, was unserer Vorstellung nach hineinpasst. Was wissen Sie zum Beispiel über mich? Nein, nein, ich will das gar nicht hören, nur so als Beispiel. Sie haben ein bestimmtes Bild von mir, aber ist das auch richtig?«

Sie nickte. »Der verrückte Versicherungsvertreter, der immer über Leichen stolpert. Sind Sie das?«

»Teilweise. Ich bin aber auch noch vieles andere. Und wer also ist Georg?«

Plötzlich wurde sie misstrauisch. »Warum interessieren Sie sich eigentlich so für den Georg?«

»Er war es, der über die Leiche gestolpert ist, nicht ich.«

»Und das können Sie nicht auf sich sitzen lassen?«

»Sagen wir's so: Ich bin auf eine andere Weise in diese Geschichte verwickelt, die ich Ihnen jetzt nicht erklären kann. Georg?«

Sie seufzte. »Er lässt nicht locker. Ist er immer so?«, fragte sie an Helmar Haag gewandt. Der produzierte viel Qualm und nickte.

Sie zog an ihrer Zigarette. »Also Georg. Anfang siebzig, wahrscheinlich verheiratet, er hat wenigstens mal von seiner Frau erzählt. Wohnt in Gottwollshausen, ich weiß aber nicht, wo. War früher Ingenieur bei irgendeinem unserer Weltmarktführer hier in der Gegend. Interessiert sich für alte Häuser und ihre Geschichte, deshalb ist er hier im Freilandmuseum. Hat einen Hang zum Okkulten, spricht mit Geistern und Engeln und so, aber da schalte ich immer auf Durchzug, wenn er davon anfängt, diesen Quark muss ich mir nicht antun. Und wie wir wissen, interessiert er sich für Frauen, aber das trifft ja auch auf einen gewissen Versicherungsvertreter zu, wie man so hört. Stimmt das? Sie haben hier und jetzt die Gelegenheit, das zurechtzurücken.«

»Ich bin ein heterosexueller Mann, weshalb sollte ich mich nicht für Frauen interessieren?«

»Gut zu wissen, bei Bedarf komme ich darauf zurück. So, jetzt muss ich aber wieder rein, die Kolleginnen machen mir die Hölle heiß, weil sie die ganze Arbeit allein machen müssen, die nicht vorhanden ist.«

Sie wandte sich zum Gehen, drehte sich aber noch einmal um.

»Stimmt es, dass Sie bei dieser Geschichte mit Georg zusammenarbeiten?«

»Sagt wer?«

»Erzählt der Georg jedem, der's nicht hören will. Er ist mächtig stolz darauf.«

Ich zuckte mit den Schultern. »Wenn er das so sieht.«

»Darf ich mitmachen? Sie wissen schon, weibliches Einfühlungsvermögen und so.«

»Sie sind doch schon dabei. Oder was war das eben?«

»So sieht Detektivarbeit aus? Dumm daherquatschen? Jawohl, ich bin dabei, ist genau mein Ding.«

Lachend verschwand sie im Eingangsgebäude, und wir beide machten uns auf den langen Weg hoch zum Käshof. Haag paffte, und ich konnte der Versuchung nicht widerstehen, ihn von der Seite anzuquatschen.

»Was ist los mit dir? Ich habe heute eine Weltpremiere erlebt. Du hast gar nichts gesagt. Das ist ungewohnt bei dir.«

»Zuhören ist manchmal besser als reden. Ich habe euren Gesprächen mit Interesse gelauscht und zwei Erkenntnisse daraus gezogen. Die eine Erkenntnis ist ziemlich niederschmetternd.«

»Die zuerst.«

»Ja, mein Freund, auch ich habe jetzt verstanden, dass die Zeit an mir nagt, ganz gewaltig nagt die, und dass ich keine Chancen mehr habe auf dem freien Markt, selbst wenn ich den Bauch einziehe.«

»Was kümmert dich der freie Markt?«

»Vielleicht bin ich ja demnächst wieder Single.«

»Vielleicht solltest du mal etwas in deine noch vorhandene Beziehung investieren, um diesen drohenden Zustand abzuwenden.«

»Dillinger, manchmal hast du richtig gute Ideen, auf die ich selbst schon gekommen bin. Auch das eine Erkenntnis, die ich aber nicht als eigenständig zähle, sondern gewissermaßen als Unterpunkt der ersten.«

»Und was ist nun die wirkliche zweite Erkenntnis?«

»Wer ist Georg? Was wir bisher über ihn gehört haben, was du über ihn erzählt hast, erscheint mir ziemlich widersprüchlich.«

»Sind wir nicht alle widersprüchlich?«

»Lass mal deine kläglichen philosophischen Versuche. Spricht mit Engeln! Geht's noch?«

»Da ist er in bester Gesellschaft. Prinzessin Märtha Louise von Norwegen verdient damit ihren Lebensunterhalt.«

Er blieb abrupt stehen und starrte mich an. »Kein Scheiß?«

»Sie steht dazu. Hat eine eigene Firma, macht Seminare und so.«

Er schüttelte entgeistert den Kopf. »Sachen gibt's! Mit dem Adel geht es auch bergab.«

»Prinz Charles redet mit Blumen.«

»Der ist entschuldigt. Dem hört ja sonst keiner zu.«

Wir hatten die Mühle Laun aus Weipertshofen hinter uns gelassen. Die Mühlentechnik im Untergeschoss war interessant, sie stammte aus den 1920er Jahren, als der Mühlenbetrieb aufgegeben wurde. Man sah das Getriebe, das von den Wasserrädern angetrieben wurde.

Doch wir hatten ein anderes Ziel. Ich ließ mich etwas zurückfallen und betrachtete Helmar Haag vor mir, wie er bergauf stapfte und Rauchwolken ausstieß. Nicht zum ersten Mal überkam mich die Vision einer Dampflokomotive. Es war erstaunlich, wie leichtfüßig und ohne Mühe dieser massige Mann die Steigung nahm. Trotz Pfeife. Und ich schnaufte ihm hinterher. Es war beschämend.

Er blieb stehen und drehte sich zu mir um. »Was ist los? Geht dir die Puste aus?«

»Ich habe eine Entschuldigung. Der Schlag auf den Kopf und so. Das hat langanhaltende Folgen.«

»Man kann sich alles schönreden. Du hast keine Kondition, das ist es. Warst du nicht früher mal joggen?«

»Früher mal, ja. Mit dem Fortschreiten der Lebenszeit erkennt man immer deutlicher, wie man die Jahre, die einem noch bleiben, sinnvoll nutzen kann. Man fokussiert sich.«

»Du wirst faul. So nennt man das.«

Er blieb stehen und klopfte seine Pfeife aus. »Was ist eigentlich mit dir und Keller los? Warum diese Funkstille? Ihr wart doch bisher ein Herz und eine Seele.«

»Das war ein strategisches Bündnis zu beiderseitigem Nutzen. Persönliche Sympathie schwang auch mit, ja. Aber so ist das Leben, nichts bleibt, wie es war. Sie wollen ihn in Rente schicken. Er will nicht.«

Wie immer verstand Haag sofort, was Sache war. »Und er will jetzt beweisen, dass er's noch drauf hat. Ohne die Hilfe eines dahergelaufenen Hobbydetektivs. Dann müssen wir ihm also ganz diskret unter die Arme greifen.«

»Diskret? Ich fürchte, als diese Gabe verteilt wurde, habe ich geschwänzt.«

***

Mittlerweile waren wir beim Käshof angekommen und blieben stehen.

»Ich war lange nicht mehr hier oben«, sagte Haag. »Schon ein imposantes Gebäude. Wenn man das mit den anderen historischen Gebäuden hier im Freilichtmuseum vergleicht, müssen das Großbauern gewesen sein. Und jetzt sei mal mucksmäuschenstill. Hörst du die Engel pfeifen?«

»Du machst dich über etwas lustig, von dem du keine Ahnung hast. Die Prinzessin sagt, sie ist hochsensibel, deshalb nimmt sie alles intensiver wahr als andere, und deshalb kann sie von der einen in die andere Welt wechseln. Sie sagt, man kann das lernen, das mit den Engeln.«

»Würde ich auch sagen, wenn ich Seminare zum Thema anbiete. Wäre doch was für dich.«

»Na ja, als mir da was auf den Kopf gefallen ist, habe ich auch alle Englein singen hören. Ich habe nur nicht genau verstanden, was sie mir mitteilen wollten.«

»Siehst du! Melde dich schleunigst zu einem dieser Seminare an, aber tunlichst, bevor Keller in Pension geht, denn dann nützt es ja nichts mehr. In der Zwischenzeit verlassen wir uns auf meinen scharfen Verstand und deine getrübte Erinnerung. Eine unschlagbare Kombination.«

Wir betraten den beeindruckenden Käshof, und da ich mittlerweile so oft hier gewesen war, konnte ich mich als Fremdenführer betätigen und Haag die Kammern zeigen, in denen im

Zweiten Weltkrieg die Zwangsarbeiter untergebracht gewesen waren.

»Nun ja«, sagte Haag. »Interessant. Schon. Um das zu sehen, ist deine Frau in Weiß hierher gereist? Es ist eine Kammer mit alten Möbeln, mehr nicht. Ehrlich gesagt, kann ich das Interesse an der Urgroßmutter nicht ganz nachvollziehen. An einer Urgroßmutter, die sie nicht einmal gekannt hat, von der sie nur aus Erzählungen weiß.«

»Willst du nichts über deine Vorfahren wissen?«

»Besser nicht. Wer weiß, was da alles zutage kommt. Vor allem bei der Generation der Urgroßeltern und Großeltern. Ich will nicht wirklich wissen, was die im Krieg getan haben. Das ist lange vorbei. Man soll die Toten ruhen lassen.«

»Wenn man die Toten ruhen lässt, kommen sie als Geister zurück. Sagt Uwe Timm.«

»Aha. Und ich frage jetzt nicht, wer dieser Uwe Timm ist.«

»Deutscher Schriftsteller.«

»Stimmt! Der war schon mal in Hall, oder? Hab ich vergessen. Und welche Geister siehst du, abgesehen von denen, die dir eins übergebraten haben?«

»Die interessieren mich im Moment am meisten.«

»Dann zeig mir mal, wo sie dich überfallen haben.«

Ich ging voran, die Treppe ins Dachgeschoss hoch, und zeigte auf die Stiege, die ganz nach oben führte.

»Bist du da hochgegangen?«, fragte er

»Die ersten paar Stufen.«

»Und dann ist es passiert?«

»Dann ist es passiert.«

Er ging selbst hoch, bis zu dem Gatter, das den Zugang nach ganz oben versperrte. Er kam wieder herunter. Er schaute nach oben. Er schaute nach unten. Er schaute mich an.

»Hm«, machte er.

Dann kramte er in seinen Taschen und zog seine Pfeife hervor.

»Hier zu rauchen ist keine gute Idee«, warnte ich ihn.

»Ich rauche trocken. Hilft beim Denken.«

Er zog an seiner Pfeife, und ich sah die Rauchwolken durch das alte Dachgeschoss wabern. Quatsch. Das war nur Einbildung. Ich sah etwas, was ich zu sehen erwartete. Weil ich es von ähnlichen Situationen so gewohnt war.

War das der Schlüssel?

»Hm«, machte Haag wieder. »Ich stelle mir vor, es war duster hier oben. Noch nicht richtig dunkel, denn vorher werden die Häuser ja abgeschlossen, aber duster. Noch dusterer als sonst wegen des Regens und so. Seltsame Schatten irgendwo. Seltsame Geräusche sowieso, weil altes Haus und Sturm. Die Stufen dieser Leiter sind eine Herausforderung, schief und ausgetreten. Man kann da leicht einen Fehltritt tun, und perdauz! liegt man auf dem Boden und hat sich den Kopf wo angeschlagen.«

»Du glaubst mir nicht!«, protestierte ich.

»Dir schon, aber deinem Gedächtnis nicht. Wenn du was auf den Deez kriegst, was auch immer, ist ein temporärer Gedächtnisverlust nicht auszuschließen. Das hatten wir doch schon.«

»Das ist auch mir bekannt. Aber meine Verletzungen können unmöglich von einem Sturz kommen, sagt der Arzt.«

»Welcher Arzt?«

Ich sagte es ihm. Er schüttelte den Kopf.

»Der Lammkeulendoktor? Ja dann! Seit wann verstehen denn Ärzte was vom wirklichen Leben? Die ordnen alles in ihr Lehrbuchwissen ein, und wenn es nicht passt, wird es passend gemacht. Passt aber nicht immer. Es gibt mehr Dinge zwischen Himmel und Erde, als Eure Schulweisheit sich träumen lässt. Totschlag-Zitat, passt auch immer. Shakespeare, englischer Schriftsteller. Haha, Totschlag, passt auch, kleiner Scherz auf deine Kosten. Aber lassen wir das mal vorerst, wenden wir uns deiner Frau in Weiß zu. Können wir nicht nach draußen gehen? Bei all den schrecklichen Geschichten, die dieses Haus gesehen hat, einschließlich die der allerjüngsten Vergangenheit, wird mir ganz mulmig. Ich merke schon, wie die Geister nach mir greifen.«

Er stiefelte hinunter, aus dem Haus hinaus, und wir setzten uns auf die Bank davor. Endlich konnte er seine Pfeife stopfen und in Brand setzen.

»Jetzt mal im Ernst und ohne schlechte Scherze«, sagte er. »Die Frau in Weiß. Wegen der Ahnenforschung war sie hier? Lassen wir das mal so stehen. Und dann muss etwas passiert sein, was dazu geführt hat, dass sie nebenan im Gebüsch als Leiche endet. Und die Leiche ist eine Tatsache.«

»Stell dir vor, das habe ich mich auch schon gefragt.«

»Aber du hast keine Antwort gefunden, weil du mich nicht ins Vertrauen gezogen hast. Wie lange war sie schon in Hall?«

»Keine Ahnung. Auch ihre Schwester weiß das nicht. Man könnte das herausfinden über die Leute, die ihr die Wohnung vermietet haben. Oder die Nachbarn befragen. Ist das wichtig?«

»Weiß ich noch nicht. Irgend jemandem muss sie gewaltig auf die Füße getreten sein, und das schafft man gemeinhin nicht in zwei Tagen. Wann hast du sie das erste Mal gesehen?«

»Das weiß ich nicht mehr. Irgendwann ist sie mir aufgefallen.«

»Das meine ich. Du siehst ständig Menschen, die du noch nie gesehen hast. Du nimmst sie erst nach langer Zeit richtig wahr, wenn sie häufig deine Wege kreuzen. Es sei denn, dieser Mensch hat etwas an sich, das ihn eklatant von anderen unterscheidet, das ihn auf den ersten Blick zu etwas Besonderem macht. Und eine Frau ganz in Weiß ist so etwas Besonderes, richtig? Das heißt, so jemand muss nicht lange daran arbeiten, bis er wahrgenommen wird, er ist sozusagen auf Anhieb präsent. Soweit verstanden?«

»Schon. Ich weiß nur nicht, worauf du eigentlich hinaus willst.«

»Weiß ich selber noch nicht, ich spinne nur so herum. Wie lange hat es gedauert, bis ihr die ersten zarten Bande geknüpft habt? Knall auf Fall, von jetzt auf gleich, die Liebe auf den ersten Blick?«

»Länger natürlich. Vielleicht ein paar Wochen? Sie ist immer mal wieder in meinem Blickfeld aufgetaucht und gleich wieder verschwunden, als ob sie nicht zu fassen wäre.«

»Mit anderen Worten, sie hat dich richtig heiß gemacht. Alter Trick. Präsent, aber nicht greifbar.«

»Könnte man so sehen, wenn sie es auf mich abgesehen hat. Aber warum sollte sie?«

»Werden wir klären. Eins steht jedenfalls fest: Die Frau in Weiß hat sich längere Zeit hier in der Gegend herumgetrieben. Damit ist entweder die Ahnenforschung ein Märchen, denn wenn sie sehen will, wie ihre Urgroßmutter untergebracht war, hat sie das in einem halben Tag erledigt. Oder aber, und damit kommen wir wieder auf den Ausgangspunkt zurück, irgend etwas ist passiert, weswegen sie ihren Aufenthalt verlängert hat. Und das war aller Logik nach am Anfang ihres Aufenthaltes, und dieser Anfang war ja wohl ihr Besuch hier im Freilandmuseum. Da kann uns vielleicht Georg weiterhelfen, wenn er uns nicht wieder anschmarrt. Wo ist er überhaupt, dein Watson?«

»Wird schon noch kommen. Spätestens, wenn er abschließen muss.«

»Zugegeben, die Aussicht ist schön, das Wetter prächtig, wenigstens im Vergleich zu den letzten Tagen, und trotzdem habe ich keine Lust, so lange zu warten. Gehen wir ihn suchen!«

Er erhob sich und machte sich an den Abstieg. Was blieb mir anderes übrig, als ihm zu folgen? Dennoch musste ich ihm die relative Aussichtslosigkeit seines Unterfangens vor Augen halten.

»Du weißt schon, wie groß dieses Gelände ist?«, sagte ich. »Das muss schon ein Zufall sein, wenn wir ihm über den Weg laufen.«

»Was wäre das Leben ohne Zufälle im richtigen Augenblick?«

»Versuchen wir's mal in seinem Basislager.«

Er warf mir einen schrägen Blick zu. »Du wirst mich schon noch aufklären, was du damit meinst.«

***

Wir nahmen den anderen Weg hinab, am Weinbauerndorf vorbei. Vorbei an der Besenwirtschaft aus Verrenberg, in der sonntags wechselnde Weingärtnergenossenschaften durstige Seelen bewirteten. Vorbei an der alten Kelter, die sich so unscheinbar duckte, im Innern aber mit ihrer beeindruckenden Fachwerkkonstruktion protzte; vier Meter hohe freistehende Pfeiler trugen die Dachkonstruktion, man konnte bis in den First hinaufschauen. Vorbei auch am Steigengasthof, wo zu Postkutschenzeiten die von einem steilen Aufstieg geschlauchten Tiere und Menschen eine Rast einlegen konnten.

Weiter ging es zum Hohenloher Dorf, wo ich Haag zum Ausgedinghaus führte. Der Bauer Gottlieb Wurst, damals 64 Jahre alt, hatte es 1856 errichten lassen, als er den Hof an seinen Sohn übergab.

Dem Hof musste es gut gegangen sein, sonst hätte man sich für die Alten nicht ein eigenes Häusle leisten können, das wie die Miniaturausgabe des Haupthauses war. Wo das Geld knapper war, bekamen die Austrägler ein Zimmer im Haupthaus.

Mehrere Generationen unter einem Dach. Doch so reibungslos ging das auch früher nicht. In Verträgen wurde penibel festgehalten, was die Alten für ihren Lebensunterhalt zu bekommen hatten, um allen Streitereien aus dem Wege zu gehen. Die Jungen hatten dafür die Austrägler als billige Arbeitskräfte, solange es noch ging.

Über die schmale Stiege ging ich hinauf in den Wohntrakt und in die kleine Küche. Ich hob an dem alten Holzherd den Deckel des Wasserbehälters an, griff hinein und holte eine Flasche Schnaps hervor.

»Georgs geheimer Vorrat«, sagte ich.

»Nicht gerade der kürzeste Weg, um mal eben den Flachmann aufzufüllen. Und nicht eben das sicherste Versteck.«

»Die Gespenster beschützen Georgs Lager. In diesem Haus spukt es nämlich.«

»In welchem alten Haus spukt es nicht? Spätestens nach einer Flasche Schnaps.«

»Man berichtet von rätselhaften Vorfällen, bis in die jüngste Gegenwart. Rumpeln und Schläge. Eine klappernde Ofentür. Geräusche, als ob jemand durchs Haus ginge. Lähmungserscheinungen. Ein Hund, der sich mit gesträubtem Fell weigert, die Stube zu betreten.«

»Es gibt schon Orte mit Spannungen, die von hypersensiblen Menschen wahrgenommen werden, denk an deine nordische Prinzessin. Komm, lass uns verschwinden, mich schaudert's.«

Meinte er das ernst oder wollte er mich veräppeln?

Wir gingen wieder hinaus ins Freie. Haag zündete seine Pfeife an. »Manchmal brauche ich meinen Schnuller zur Nervenberuhigung«, murmelte er.

Er paffte schweigend, offensichtlich in Gedanken versunken. Ich ließ ihn machen, ich hatte selbst genug zu denken. Plötzlich sah er mich an.

»Hast du dir schon mal überlegt, weshalb ausgerechnet New York eine solche Energie entfaltet, die offenbar nie versiegt? Da müssen Kraftfelder vorhanden sein, die das speisen. Wie eine Heilquelle. So Orte gibt es. Glaub ich dran.«

Jetzt wurde es mir etwas mulmig, Haag so reden zu hören.

»Kraftfelder wie im Käshof?«, fragte ich.

Er zuckte mit den Schultern. »Wo ist nun Georg?«, fragte er.

Kein Georg weit und breit.

»Vielleicht wieder oben im Käshof.«

»Ich gehe da nicht wieder hoch«, protestierte Haag. »Genug Sport für heute.«

Ich hatte eine andere Idee.

»Hast du heute Abend schon was vor?«, fragte ich.

»An meiner angeknacksten Beziehung arbeiten, aber das muss verschoben werden, Madame hat heute Gesangsverein, das ist ihr wichtig. Was planst du? Zum Essen kannst du mich immer einladen.«

»Ich möchte Georg beschatten.«

»Mit deinem gelben Porsche? Unauffälliger geht's nicht.«

»Im Fernsehen machen sie das immer mit dem Streifenwagen, und da klappt es auch.«

Helmar Haag schüttelte zweifelnd den Kopf. »Was erwartest du dir von dieser Aktion?«

»Ich möchte mit Georg reden. Vielleicht ist er in seiner häuslichen Umgebung aufrichtiger. Georg weiß mehr, als er zugibt. Er verschweigt uns einiges.«

»Na und? Lass den Leuten doch ihre kleinen Geheimnisse. Solange sie noch welche haben dürfen. Hast du eine Ahnung, von wie viel Kameras wir ständig erfasst werden, egal, wohin wir gehen? Weißt du, dass moderne Autos haarklein aufzeichnen, wohin du fährst? Und über dein Handy kann man jederzeit herausfinden, wo du dich gerade aufhältst. Mir macht das Angst. Vor allem, weil wir uns an diese Überwachungen schon so gewöhnt haben. Ist halt so, fertig. Die ganzen skandalösen Enthüllungen von Edward Snowden, für die er den Friedensnobelpreis hätte kriegen sollen, meiner Meinung nach, die haben doch nur eines gebracht: Was bis dahin heimlich geschah, wird nun ganz unverfroren öffentlich praktiziert. Was verschweigt denn dein Georg?«

»Er ist tiefer in diese Geschichte verstrickt, als er uns weismachen will.«

»Wie kommst du darauf?«

»Mein Bauch sagt mir das.«

»Ja dann, wenn es dein Bauch sagt … Vielleicht solltest du besser was essen, dann geht das vorbei.«

»Offensichtlich hat er die Frau in Weiß besser gekannt, als er mir gegenüber zugegeben hat.«

»Vielleicht hat er das den Damen auch nur gesagt, um sich aufzuplustern. Warum beschatten? Fahren wir doch einfach zu seinem Haus.«

»Die haben die Adresse nicht, hast du doch gehört.«

»Telefonbuch?«

»Wie langweilig ist das denn? Wer weiß, was wir alles erleben bei der wilden Jagd durch Hohenlohe.«

Haag schüttelte den Kopf. »Dillinger, manchmal hast du Ideen, die ein normal denkender Mensch nicht nachvollziehen kann. Ich gebe zu, es gab schon Situationen, da hat dein Bauch richtig geknurrt, obwohl meiner den größeren Resonanzboden hat. Also, überrasche mich, ich habe nichts Besseres vor. Aber nicht mit deiner Zitronenflunder, das geht gar nicht. Ich organisiere was anderes. Finde du mal heraus, welches Auto dein Georg fährt und wo es steht.«

Das war nicht schwer herauszufinden.

»Er fährt einen hellgrauen Corsa«, gab die Mollige bereitwillig Auskunft, und die wissenden Blicke, die sich ihre Kolleginnen zuwarfen, konterte sie lässig: »Er hat mich mal mitgenommen, als ich kein Auto hatte.«

Jetzt musste ich nur herausfinden, wo das Auto stand.

Es stand, unübersehbar, auf dem mittlerweile fast leeren Besucherparkplatz. Manchesmal ist es so einfach. Wenn das kein Zeichen war!

Und wo war Helmar Haag? Ich fand ihn vor dem Museumsgasthof, wo er interessiert die Speisekarte studierte.

»Ich sollte mir das mit der Beschattung doch noch mal überlegen«, murmelte er. »Es gibt Verlockenderes. Zum Beispiel einen Zwiebelrostbraten vom Hohenloher Weiderind. Mit Spätzle!«

»Dir entgeht ein Abenteuer.«

»Wenn das kein überzeugendes Argument ist!«

Wir gingen weiter zum Besucherparkplatz. Haag schaute auf die Uhr. »Noch zwei Minuten«, murmelte er.

»Was ist in zwei Minuten.«

»In zwei Minuten kommt die Lösung unserer Probleme.«

Zu mehr als dieser kryptischen Andeutung ließ er sich nicht hinreißen.

Nach zwei Minuten bog ein unauffälliges weißes Auto um die Kurve, mit soviel Schmackes, dass der Kies spritzte, als es exakt vor unseren Füßen eine Vollbremsung hinlegte.

»Er kann's, siehst du?«, sagte Haag und stellte den Mann, der dem Wagen entstieg, als Heiner vor, einen Freund.

Haag streckte die Hand aus. »Autoschlüssel!«

Ich schaute ihn verständnislos an.

»Mit Heiners Wagen beschatten wir Georg, der ist unauffällig genug. Und irgendwie muss dein Butterblumenhüpfer ja zurück nach Hall.«

»Nein!«, wehrte ich empört ab. »Es gibt nur einen, der meinen Wagen fährt, und das bin ich.«

»Du gibst ihn in professionelle Hände. Heiner fährt in seiner Freizeit Rallye.«

Heiner grinste. »Mit so einem 911er bin ich mal auf dem Nürburgring gefahren. Nordschleife. Am Karussell war dann Schluss, da hat's mich zerbröselt.«

Ich starrte ihn entgeistert an. Erst ihn, dann Haag. Wollten die mich fertigmachen? Erst mich, dann mein Auto?

Haag grinste auch. »War ein Scherz. Dein entsetztes Gesicht war es wert. Sei beruhigt, Heiner wird deiner museumsreifen Karre schon nichts antun.«

Ich war ganz und gar nicht beruhigt. Fordernd streckte Haag wieder die Hand aus.

»Nun mach schon!«, drängte er. »Oder soll uns Georg hier sehen? Ich darf dich daran erinnern, dass diese bescheuerte Beschattung deine Idee war. Autoschlüssel!«

Widerstrebend und mit bangem Herzen händigte ich sie Heiner aus. Der warf sie spielerisch in die Luft, stieg in meinen gelben Porsche, ließ den Motor ein paar Mal aufheulen und dann die Kupplung schnalzen, dass der Kies wieder spritzte. Als er um die Kurve in die Hauptstraße einbog, brach der Wagen hinten aus, aber Heiner hatte ihn schnell wieder unter Kontrolle.

Mein banges Herz rutschte mir in die Hosentasche.

»Siehst du?«, sagte Haag. »Ein Profi.«

Wie hatte Haag meine Idee genannt? Bescheuert? Wahrlich, das war sie.

»So«, sagte Haag, »jetzt parkieren wir uns hier irgendwo weiter hinten und warten unauffällig, bis Georg kommt.«

»Ich fahre«, bot ich an.

»Von wegen!«, antwortete Haag. »Heiner überlässt sein Auto keinem Fremden. Die Karre ist aufgebrezelt.«

Ich hätte ihn erwürgen können. Alternativ wäre ein ganz, ganz großer Schluck aus Georgs Vorrat angebracht gewesen. Ich musste ja nicht fahren.

So saßen wir also da und warteten und schauten zu, wie der Tag zur Neige ging. Jeder hing still seinen Gedanken nach, aber Haag hielt das nicht lange aus.

»Um nochmals auf unseren allseits geliebten Hauptkommissar Keller zurückzukommen, er will also nicht in den Ruhestand geschickt werden, richtig?«

Ich nickte. »So sieht's aus.«

»Schlecht für dich. Du bist von Informationen abgeschnitten.«

»Er aber auch.«

Haag sah mich fragend an.

»Er weiß noch nichts von den Schwestern, und mithin ist seine Leiche immer noch eine unbekannte Leiche. Und das soll auch eine Weile noch so bleiben.«

»Du treibst ein riskantes Spiel. Wenn er das herausbekommt, zerreißt er dich in der Luft.«

»So weit wird er nicht gehen.«

»So weit wird er gehen, wenn er tatsächlich mit dem Rücken zur Wand steht. Keller bellt nicht nur, er beißt auch. Deine Sache.«

Ich sagte nichts darauf. Er hatte ja recht, aber ich hatte auch meinen Stolz.

Und dann kam Georg. Gemächlich ging er zu seinem Auto, stieg gemächlich ein und zuckelte genauso gemächlich auf der Westumgehung Richtung Schwäbisch Hall.

»Ich hatte mich auf eine wilde Verfolgungsjagd gefreut«, sagte Haag. »Wenn ich schon mal ein getuntes Auto fahre.«

»Du darfst nicht an seinem Hinterreifen kleben, das fällt auf. Lass dich zwei, drei Autos zurückfallen.«

»Und wie soll das gehen, du Klugscheißer, wenn die Autos hinter mir nicht überholen können, weil zu viel Gegenverkehr ist?«

»Lass dir was einfallen. Oder lass mich fahren.«

Haag murmelte etwas vor sich hin, was ich nicht verstand, das aber verdächtig nach einer häufig benutzten schwäbischen Liebeserklärung klang, die von einem gewissen Herrn Goethe literarisch geadelt worden war.

Wir zockelten weiter.

»Siehst du!«, rief ich aufgeregt. »Er hätte jetzt links nach Gottwollshausen abbiegen müssen, wenn er nach Hause will, aber stattdessen fährt er weiter Richtung Hall. Da ist was faul.«

»Dafür kann es tausend Gründe geben. Vielleicht will er noch was einkaufen.«

Gemeinsam mit hunderten anderen stotterten wir uns hinter Georg durch den Haller Feierabendverkehr. Am Scharfen Eck bog Georg rechts ab und wenig später nach links. Am Finanzamt vorbei ging es hinunter zum Kocher und hinein in das Parkhaus Alte Brauerei.

»Was will der hier?«, fragte Haag. »In der Kunsthalle Würth noch ein wenig Kultur tanken zum Feierabend?«

Für mich lag es auf der Hand, was sein Ziel war, aber ich wollte es erst glauben, wenn ich es sah.

An der Einmündung zum Parkhaus hielt Haag so, dass er gerade noch um die Ecke linsen konnte, um Georg zu beobachten. Hinter uns hupte es, da hatte es jemand eilig.

Georg hatte den Abstand falsch eingeschätzt, er konnte die Karte nicht durchs offene Fenster ziehen, er musste erst aussteigen. Das dauerte, und hinter uns hupte es abermals. Haag zeigte durchs Rückfenster den Stinkefinger.

Das hätte er nicht tun sollen.

Ein Mann mittleren Alters pochte mit hochrotem Kopf an die Fensterscheibe. Noch während Haag sie herunterließ, polterte er los.

»Jetzt sind Sie zu weit gegangen! Ich kenne Sie, Sie sind mir schon ein paar Mal aufgefallen, ich habe mir die Nummer notiert, Sie sind ein ganz übler Verkehrsrowdy, und jetzt noch diese Beleidigung, Stinkefinger ist eine Beleidigung, das ist höchstrichterlich, ich zeige Sie an, was glauben Sie denn, wer Sie sind!«

Haag kramte in seinem Jackett und zückte seinen Presseausweis.

»Helmar Haag vom Lokalblatt. Ich arbeite gerade an einer Reportage darüber, wie sich der Umgangston zwischen Mitmenschen verändert. Immer rüpelhafter, verstehen Sie? Schön, dass Sie mitmachen. Sagen Sie mir Ihren Namen? Ich mache auch gleich noch ein Foto. Mann, Sie kommen ins Blatt! Stellen Sie schon mal das Zeitungsbier kalt.«

Die Schlange hinter uns war länger geworden. Wieder hupte einer, ein anderer machte mit und noch einer.

»Könnt ihr euer Kaffeekränzchen nicht woanders abhalten?«, rief einer durchs geöffnete Seitenfenster.

Der Wüterich ließ sich davon nicht beeindrucken. »So nicht, Freundchen, so nicht! Nichts mit der Zeitung, nicht ohne meine Einwilligung, und die kriegen Sie nicht, stattdessen eine satte Anzeige.«

»Dillinger, Georg ist durch«, sagte Haag zu mir. »Steig aus und postiere dich irgendwo.«

Was ich tat. Und Haag gab Gas, fuhr ins Parkhaus und ließ den empörten Mitbürger einfach stehen. Der sah ihm mit offenem Mund hinterher.

»Das kann er doch nicht machen, einfach abhauen! Na warte, Freundchen, das hat ein Nachspiel! Fahrerflucht!«, schrie er Haag hinterher.

Die hupenden Autos waren mehr geworden.

»Warten Sie doch einfach hier auf ihn«, schlug ich vor. »Früher oder später kommt er wieder heraus. Wahrscheinlich später, ist ja nicht so einfach, einen der wenigen freien Parkplätze ausfindig zu machen. Andererseits ist es auch keine schlechte Idee, einfach weiterzufahren. Sie verursachen hier ein ziemliches Chaos. Nicht, dass Sie noch jemand wegen Verkehrsbehinderung anzeigt.«

Das Hupen hörte nicht auf. Mit immer noch hochrotem Kopf stieg der Mann ein. Ich wette, am liebsten hätte er den Stinkefinger gezeigt.

Ich sah mich nach einem geeigneten Versteck um und ging zum Roten Steg. In dessen Schutz konnte ich sehen, wann Georg aus dem Parkhaus kam. Und falls es wieder anfangen sollte zu regnen, hatte ich wenigstens ein Dach über dem Kopf.

Wenn er aber über den Roten Steg in die Innenstadt ging, hatte ich ein Problem. Damit er mich nicht entdeckte, konnte ich nur in den Kocher springen, schneller als Usain Bolt die Füße in die Hand nehmen oder mir eine geistreiche Bemerkung einfallen lassen. Ja so ein Zufall, Georg, auch in der Stadt?

Aber dieser Fall würde nicht eintreten, darauf hätte ich meinen Porsche gewettet. Vielleicht ging er wirklich nur Einkaufen, doch ich hatte einen naheliegenden Verdacht. Und ich hoffte, dass er nicht zutraf, denn das würde mein lose gezimmertes Gedankengebäude krachend in sich zusammenfallen lassen.

Es dauerte, und einige Passanten musterten mich im Vorübergehen misstrauisch. Wahrscheinlich warteten sie darauf, dass ich gleich die Hosen runterließ.

Endlich kam Georg. Ohne seinen geliebten Stock. Er schaute sich nach allen Seiten um, ich zog mich zurück, dann sah ich, wie er die Mauerstraße vorging.

Gleich darauf hastete Helmar Haag aus dem Parkhaus und sah sich ebenfalls um. Ich winkte ihn zu mir.

»Wo ist Georg?«, fragte er keuchend. Ich zeigte mit dem Finger auf ihn. Er war jetzt ein paar Häuser hinter dem Brenzhaus, diesem Schandfleck im Häuserensemble entlang des Kochers. Er war 1969 an die Stelle eines 1901 errichteten Fachwerkbaus mit

Turm und Giebeln getreten, der allerdings, wenn man die alten Fotos betrachtete, sich auch nicht unbedingt harmonisch eingefügt hatte.

»Was macht er da?«, fragte Haag.

»Ich nehme an, er klingelt und wartet, bis die Tür aufgeht.«

Und Georg war in dem Haus verschwunden.

»Kannst du hellsehen?«, fragte Haag verwundert.

»Auch das, aber ich kommuniziere es nicht gerne.«

»Was macht Georg da? Eine heimliche Geliebte?«

»Das wäre eine interessante Wendung. In dem Haus hat die Frau in Weiß gewohnt, jetzt logiert dort ihre Schwester. Woher, zum Teufel, weiß er das?«

»Das ist einfach herauszufinden. Wir klingeln auch und fragen ihn.«

»Nein, das tun wir nicht. Wir warten ab, was als Nächstes kommt.«

»Und so lange stehen wir hier herum, wie bestellt und nicht abgeholt?«

»Wir stehen nicht herum, wir hocken uns auf die Mauer.«

Die Mauer entlang des Kochers, von der die Straße ihren Namen hatte, war breit genug auch für den ausladendsten Hintern. Die Altvorderen hatten klug und vorausschauend gebaut. Die Mauer war so hoch und dick, dass sie jedes Jahrtausendhochwasser in aller Gelassenheit überstand. Sie musste sich nicht überraschen lassen, weil die Natur den Berechnungen der Ingenieure zuwiderlief. Die Mauer stand da, für die Ewigkeit gebaut.

»Jetzt noch ein Sixpack, und ich fühle mich wie die Pennäler, die auf den Kochermauern Party machen«, knurrte Haag. »Was macht denn das für einen Eindruck?«

»Wir könnten ja so tun, als ob wir ein anregendes Gespräch führten«, schlug ich vor.

»Worüber denn?«

»Worüber alle reden. Den letzten Urlaub. Und den nächsten. Und den übernächsten.«

»Und schon ist unser anregendes Gespräch zu Ende. Mit dem heimischen Garten kannst du nicht punkten.«

»Da musst du was ändern, sonst kannst du ja nicht mitreden. Dann Fußball. VfB Stuttgart. Dieses Auf und Ab! Meinst du, der Neue bringt's?«

»Von Fußball habe ich keine Ahnung. Ich sehe keinen Sinn darin zuzuschauen, wie zweiundzwanzig Multimillionäre einem Ball hinterherrennen.«

»Du bist ein harter Brocken. Nächstes Thema. Unerschöpflich. Die Zipperlein, die uns plagen. Was hat denn dein Arzt bei der letzten Untersuchung gesagt?«

»Ich war schon seit ewigen Zeiten nicht mehr beim Arzt. Wozu auch? Ich bin gesund.«

»Wer gesund ist, war nicht oft genug beim Arzt. Hat ein Arzt mal gesagt. Also ich für meine Person kann zu dem Thema viel beitragen. Der Lammkeulen-Doc hat gesagt …«

Helmar Haag unterbrach mich. »Da kommt Georg wieder aus dem Haus. Und jetzt?«

»Ich bleibe an Georg dran, du beschattest die Frau, wenn sie das Haus verlässt. Dich kennt sie nicht.«

»Und woran erkenne ich sie?«

»Schwarze Haare. Wahrscheinlich. Vielleicht auch blonde. Schwarz gekleidet. Vielleicht auch weiß. Oder ganz anders.«

»So eine Frau erkenne ich auf Anhieb. Sonst irgendwelche eindeutigen Merkmale?«

»Hübsch halt.«

»Na, das ist doch wirklich eindeutig. Und überhaupt nicht interpretationsfähig. Hast du nicht wenigstens ein Foto von ihr?«

»Nein. Aber du kannst eins machen und mir schicken. Ich identifiziere sie dann.«

»Und wenn sie gar nicht kommt?«

»Darfst du dir ein Sixpack kaufen und auf der Kochermauer Party machen.«

»Ganz allein?«

»Wenn's Freibier gibt, kommen sie in Scharen. Geh vor zur Flusstreppe im Kocherquartier, da lümmeln sie. Und jetzt muss ich mich sputen, sonst geht mir Georg durch die Lappen.«

Georg hatte die Henkersbrücke überquert und damit ausreichend Abstand zwischen uns gebracht. Zu viel Vorsprung allerdings durfte ich ihm auch nicht lassen. Ich legte einen kurzen Sprint ein bis zum Ende der Mauerstraße. Mir tat fast überhaupt nichts weh.

Als ich die Henkersbrücke erreicht hatte, sah ich ihn wieder. Sobald ich halbwegs wieder zu Atem gekommen war, rief ich Sonja an.

»Wo bist du? Du musst mir helfen.«

»Was mache ich denn anderes? Was gibt's?«

»Vermutlich verlässt Lea jetzt gleich das Haus. Du musst herausfinden, wie man mit den Wohnungsbesitzern in Kontakt treten kann.«

»Wie soll ich das anstellen?«

»Frag die Nachbarn im Haus. Irgendeiner hat bestimmt eine Telefonnummer für Notfälle.«

»Die geben sie mir bestimmt bereitwillig.«

»Lass dir was einfallen. Du musst aber schnell sein, ich weiß nicht, wie lange sie wegbleiben wird. Halte dich bereit.«

»Was willst du von den Wohnungsbesitzern?«

»Wissen, wie lange Lotta die Wohnung gemietet hat. Kannst du übrigens gleich erledigen, wenn du die Nummer hast.«

»Und damit sie mir das sagen, soll ich mir auch was einfallen lassen, richtig?«

»Ich wusste, auf deine Erfahrung und Intelligenz kann ich mich verlassen.«

Georg zu verfolgen war kein Problem. Es waren ausreichend Menschen unterwegs, hinter denen ich notfalls abtauchen konnte. Was gar nicht nötig war, denn Georg schaute sich nicht um.

Haag rief an. »Eben hat eine Frau das Haus verlassen. Schwarze Haare, schwarze Kleidung. Leidlich hübsch.«

»Das ist sie. Bleib dran.«

»Was macht Georg?«

»Marschiert nicht eilenden, aber zügigen Schrittes durch die Stadt.«

Ich gab Sonja Bescheid und blieb Georg auf den Fersen. Das war nicht schwierig, ich musste nur unterwegs einige Male Bekannte abwimmeln, die ein Schwätzchen halten wollten.

Haag meldete sich. »Ich enthalte mich jedes erstaunten Kommentars und melde nur nüchtern: Deine Trulla klingelt gerade an der Tür von Padre Giorgio Baffini. Was will sie da? Beichten? Und wo ist Georg?«

»Marschiert die Obere Herrngasse vor und verschwindet im Haus von Kellberg.«

»Warum das denn?«

»Wir müssen uns treffen und beraten«, sagte ich.

»Aber irgendwo, wo es was zu essen gibt. Mir hängt der Magen in der Kniekehle.«

»Was schlägst du vor?«

»Wie wäre es mit dem Griechen?«

»Wenn es sein muss.«

»Das geht auf Spesen, da kannst du nicht so was wie den ›Pflug‹ erwarten.«

Ich schickte Sonja eine Nachricht und machte mich ziemlich nachdenklich auf den Weg.

***

Helmar Haag saß schon in einer Nische, wo wir uns halbwegs ungestört unterhalten konnten, und gleich darauf kam Sonja. Die Wildfanggarnelen vom Grill hätten mich gereizt, doch ich wollte Haags Spesenkonto nicht strapazieren und begnügte mich mit Gyros. Haag nahm Bifteki, Sonja Suflaki. Die ganze Bandbreite der griechischen Küche auf einem Tisch vereint, zusammengehalten durch Zaziki. Aus reinem Masochismus nahm ich einen Retsina dazu.

»Du zuerst, Sonja«, sagte ich.

»Lotta hat die Wohnung Mitte Februar für eine Woche gemietet und nach ein paar Tagen verlängert bis Ende April, dann kommen die Leute wieder zurück aus Lanzarote. Die Verlängerung war kein Problem, die waren froh, dass sie die Wohnung überhaupt losgekriegt haben.«

»Wäre ich auch«, sagte Haag. »So spannend ist Hall um diese Jahreszeit nicht, dass die Touristen sich um Unterkünfte balgen müssten. Über zwei Monate! Warum? Jeden Tag in den Käshof rennen wollte sie bestimmt nicht. Was dann?«

»Hat Lotta gesagt, was sie hier wollte?«, fragte ich.

»Hat sie nicht, und die Gastgeber haben auch gar nicht danach gefragt, wer macht das schon, wenn er über AirBnb eine Unterkunft anbietet. Ich kann euch viel erzählen über die Sorgen und Nöte von Teilzeitauswanderern, die ihre Kosten minimieren wollen, und über Gäste, die auf dem Foto sehr gediegen aussehen, es dann aber doch nicht sind, dem Zustand der Wohnung nach zu urteilen.«

»Das alles haben sie dir bereitwillig erzählt?«, fragte ich.

»Natürlich nicht, die waren erst mal misstrauisch. Ich soll mir was einfallen lassen, hast du gesagt, also habe ich mir was einfallen lassen. Allerdings sage ich dir nicht, was, eine Frau muss doch ihre Geheimnisse haben, nicht wahr? Erst haben sie gedacht, ich bin undercover vom Finanzamt, und gleich betont, dass sie ihre Einkünfte selbstverständlich versteuern. Brave Hohenloher! Übrigens hat es da unten jetzt vierundzwanzig Grad bei mäßigem Wind und blauen Himmel mit ein paar Wolken. Ich habe unser Wetter noch etwas schlechter gemacht, als es ohnehin ist, damit sie sich richtig wohlfühlen, und dann haben sie gemeint, warum ich mir das antue und warum ich nicht auch herkomme, und ich finde, das ist ein richtig guter Gedanke. Dillinger, ich nehme mir jetzt mal ein paar Wochen Auszeit, du wirst hier auch ohne mich fertig.«

»Sonja, du hast eben bewiesen, dass es ohne dich überhaupt nicht geht.«

»Das wollte ich nur hören. Vor einem Zeugen.«

Unser Essen kam. Helmar Haag stürzte sich darauf, als hätte er seit einer Woche gehungert. Wahrscheinlich die langen Wege in Wackershofen.

»Ihr müsst zugeben«, sagte Sonja mit vollem Mund, »die Idee, unserem Schmuddelwetter zu entfliehen, die hat schon was. Können wir nicht wenigstens einen Betriebsausflug machen, Dillinger?«

»Wenn du den ganzen Papierkram abgearbeitet hast.«

»Wenn du hilfst.«

»Geht nicht, ich bin gerade anderweitig beschäftigt.«

»Ich auch. Du jagst mich ja ständig in der Gegend herum. Übrigens hat sich Lotta bei den Vermietern als Lea angemeldet. Die wollten, dass auf der Plattform ein Ausweis hinterlegt wird, nachdem sie einige Male schlechte Erfahrungen gemacht haben.«

Mir fiel das Besteck in den Teller. »Den Knüller hebt sie sich bis zum Schluss auf.«

»Gutes Timing, nicht wahr?«, grinste Sonja.

Haag schüttelte den Kopf. »Lotta oder Lea, wer ist eigentlich wer? Ich kann das nicht auseinanderhalten.«

»Vielleicht ist das der springende Punkt. Wir gehen bisher davon aus, dass Lotta die Leiche ist. Die Frau, die du vorhin beschattet hast, ist Lea. Aber alles, was wir über Lotta wissen, wissen wir von ihrer Schwester Lea. Von einer Schwester, die genau gleich aussieht, die sich genau gleich kleiden kann, die nicht von Lotta zu unterscheiden ist.«

»Das ist bei Zwillingen so«, warf Sonja ein.

»Eben. Wer sagt uns, dass Lea Lea ist und nicht Lotta?«

»Ist das von Bedeutung?«, fragte Haag.

»Möglicherweise! Es zeigt zunächst mal, dass Lea, und jetzt bleiben wir mal bei den Identitäten, wie wir sie bisher kennen, sonst kommen wir völlig durcheinander – dass also Lea uns einen Bären aufgebunden hat. Nicht nur einen, eine ganze Bärenfamilie tapst da rum. Und das bedeutet, an dieser ganzen Geschichte ist etwas oberfaul.«

»Also müssen wir zunächst mal die Identität dieser Dame klären«, sagte Haag. »Dillinger, du kennst doch so einige obskure Gestalten, da ist bestimmt einer dabei, der ihr den Ausweis klauen kann.«

»Was soll das bringen? Die Schwestern können den Personalausweis der jeweils anderen benutzen, ohne dass es auffällt. Das Aussehen ist gleich, das Geburtsdatum ist gleich.«

»Aber die Wohnung wurde unter Lea angemietet«, sagte Sonja. »Warum?«

»Leider können wir Lotta nicht mehr fragen.«

»Aber Lea«, sagte Haag.

»Und wenn Lea tatsächlich Lotta ist, wird sie uns das ganz bestimmt sagen, meinst du nicht? Denn dann könnte man ja ganz wagemutig spekulieren, dass Lea Lotta umgebracht hat. Oder umgekehrt. Ich schaue da nicht mehr durch. Zwillinge sind verwirrend.«

»Wo ist das Motiv?«, fragte Sonja.

»Ach, um diese Kleinigkeit kümmern wir uns bei passender Gelegenheit«, sagte ich, verhalten mampfend. Mein Gyros schmeckte … nun ja, wie Gyros eben schmeckt. »Da ist schon einiges seltsam, das müsst ihr zugeben. Was zum Beispiel macht Lea beim Padre?«

»Papa besuchen?«, fragte Sonja.

»Laut Leas Aussage hat Lotta ihr zwar mitgeteilt, dass sie wahrscheinlich ihren Vater gefunden hat, aber nicht, wer es ist.«

Haag schaute ratlos von Sonja zu mir. Richtig, das hatte ich ihm bisher noch nicht erzählt. Ich klärte ihn rasch auf.

Haag hob die Hand mit dem Messer. »DNA. Wir müssen doch bei Keller zu Kreuze kriechen. Der kann die DNA der beiden vergleichen lassen, dann wäre die Frage geklärt, wer wer ist.«

Ich schüttelte den Kopf. »Das kannst du dir sparen. Eineiige Zwillinge haben die identische DNA. In ganz seltenen Fällen kommt es zu Mutationen und die Zwillinge sind unterscheidbar. In ganz seltenen Fällen, wie gesagt.«

»Bist du seit Neuestem Zwillingsexperte?«

»Im Falle eines Falles weiß Wikipedia einfach alles. Ich habe natürlich recherchiert.«

Ich schob meinen halb aufgegessenen Teller von mir. Dieser ganze Wirrwarr schlug mir auf den Appetit, und das war bedenklich.

»Nehmen wir uns mal den nächsten Kandidaten vor. Georg. Mir hat er gesagt, dass er die Frau in Weiß nur von weitem gesehen hat. Laut den Damen an der Kasse aber ist er ihr doch etwas näher gekommen. Widerspruch.«

»Leicht erklärbar«, sagte Haag. Ihm schmeckte es. Ihm schmeckte alles. »Georg sieht sich als Frauenheld. Der hat nur geprahlt. Das muss nicht so gewesen sein.«

»Denkbar«, sagte ich und nahm einen Schluck Retsina. Ich wusste doch, der reine Masochismus.

»Da fällt mir was ein«, sagte Haag. »Georg hat die Leiche entdeckt, als er zum Pinkeln ins Gebüsch ging, hat er gesagt. Mal unter uns zwei Männern. Du bist mutterseelenallein und musst pinkeln, gehst du da ins Gebüsch?«

»Bleibst du mitten auf dem Weg stehen und strullerst los?«

»Äh … nein. Eher nicht. Ich gehe abseits. Vielleicht zu einem Baum.«

»Warum eigentlich?«, schaltete sich Sonja ein. »Ehrlich, das interessiert mich wirklich als jemand, der solche … Tätigkeiten eher nicht so oft live miterlebt.«

»Ja, warum eigentlich?«, sinnierte Haag und schaute mich an.

»Eben, warum eigentlich?«, fragte ich alle Männer auf dieser Erde. »Die Gene? Revier markieren? Die Hormone?«

»Angeborene Vorsicht?«, überlegte Haag. »Könnte ja doch jemand kommen und unser bestes Stück anstarren.«

»Eine Frau. Und die schreit dann ›Exhibitionist!‹ und bringt dich erst auf Ideen.«

»Oder sie lacht sich kringelig, weil weit unter Normmaß. Oder ganz im Gegenteil, sie kommt mit griffbereiter Hand auf dich zu.«

»Helmar Haag, das sind Altmännerfantasien! Viel realistischer ist das wilde Tier, das sprungbereit lauert. Und weg ist das arme Würstchen!«

»Hört auf, Jungs!«, lachte Sonja. »Ich habe schon mehr gehört, als ich wissen will, und bin nicht schlauer als zuvor.«

»Seltsam, dass man sich über die alltäglichsten Dinge keine Gedanken macht. Vielleicht ist es doch angeborene Schamhaftigkeit. Und damit zurück zu Georg. Ich hatte denselben Gedanken, Haag, und habe mir das mal genauer angeschaut. Das ist nur eine dünne Reihe von Gebüsch. Er kann davor gestanden haben und hat dann die Leiche sofort gesehen, die Büsche haben ja noch keine Blätter.«

»Die Leiche wurde also nicht richtig versteckt«, folgerte Sonja. »Nicht so, dass man sie ewig nicht findet.«

Ich nickte. »Vielleicht war das Absicht. Vielleicht hatte der Mörder auch nicht genügend Zeit.«

»Warum gehen wir eigentlich von einem Mann als Mörder aus?«, fragte Sonja. »Ich sage nur Lea. Oder Lotta.«

»So eine Leiche ist ja etwas unhandlich, vor allem, wenn man sie zwei Treppen hinunterschleppen muss. Georg würde ich das ohne weiteres zutrauen, trotz seines Alters, er ist bullig. Lea? Ich weiß nicht. Möglich. Sie ist nicht der zerbrechliche Typ, sondern macht durchaus einen kräftigen Eindruck.«

»Was wollte Georg bei Kellberg?«, fragte Haag.

»Das kann einen ganz banalen Grund haben. Vielleicht sucht er eine Wohnung in Hall.«

»Alles kann einen banalen Grund haben«, sagte Haag. »So kommen wir nicht weiter.«

»Kellberg hat Lotta gekannt, er wurde mehrmals mit ihr gesehen. Auch in Wackershofen, wenn stimmt, was Georg mir erzählt. Kellberg bestreitet das. Was ich auch tun würde, wenn ich

Lotta umgebracht hätte. Und wenn stimmt, was Lea uns über das Liebesleben von Lotta erzählt hat, dann passt Kellberg hervorragend in ihr Beuteschema.«

»Lotta hat Kellberg ausgenommen, und deshalb bringt er sie um? Ich weiß nicht«, sagte Haag.

»Und was ist mit dem Padre?«, fragte Sonja. »Wenn bekannt wird, dass er eine Tochter hat, sind seine Tage hier gezählt, dafür werden seine internen Gegner schon sorgen.«

»Dann hätte er ein Problem gelöst, das nächste steht allerdings schon vor der Tür: die zweite Tochter.«

»Im Ernst«, sagte Sonja. »Traut ihr dem Padre einen Mord zu?«

»Ich traue jedem einen Mord zu«, knurrte Haag. »Dir. Mir. Jedem. Wenn sich herausstellen sollte, dass an meinen Eheproblemen ein anderer Mann beteiligt ist, garantiere ich für nichts.«

»Und wer wird dann dein Opfer?«, fragte ich. »Deine Frau oder der Nebenbuhler?«

»Weiß ich nicht. Kommt auf die Gelegenheit an. Auf eine zufällige Konstellation.«

»Und jetzt?«, fragte Sonja.

Die beiden schauten mich fragend an. Als ob ich die Lösung aus der Hosentasche zaubern könnte.

»Jetzt gehen wir erst einmal ins Bett. Den seinen gibt's der Herr im Schlaf.«

***

Mein Bett winkte herausfordernd, doch bevor ich der süßen Verlockung nachgeben konnte, klingelte es.

»Dich hätte ich zuallerletzt erwartet«, sagte ich.

»Ich bin eben immer für Überraschungen gut«, antwortete Keller.

»Komm rein. Bier habe ich allerdings keins im Haus.«

»Zur Not frisst der Teufel Fliegen. Oder der Keller trinkt deinen Wein. Aber nur ein Glas.«

»Von meinem Wein bekommt man kein Kopfweh.«

»Es ist schon spät.«

Ich suchte einen Rotwein heraus, der auch dem ungeübten Weintrinker Keller schmecken konnte, und schenkte ein.

Wir hoben die Gläser.

»Zum Wohl!«, sagte ich.

»Prost!«, sagte Keller. »Und jetzt, Dillinger, hören wir mit diesen Sandkastenstreiterein auf. Du darfst mein Schäufelchen behalten. Und wenn du Wert darauf legst, entschuldige ich mich ganz hochoffiziell bei dir. Sogar kniefällig.«

»So schlimm muss es nicht kommen.«

»Ich meine das ernst. Herrgott, Dillinger, wie lange kennen wir uns schon? Zehn Jahre oder mehr? Was haben wir alles erlebt in dieser Zeit! Das kann doch nicht einfach so auseinandergehen!«

»Ich bin froh, dass du das so siehst. Du bist mir schwer im Magen gelegen. Ich falle jetzt auch gleich auf die Knie vor dir.«

»Na, na!«, brummte Keller. »Das kann man einem Halbinvaliden doch nicht antun. Stoßen wir lieber an.«

Was wir taten. Bei uns beiden war die Erleichterung zu spüren.

»Weshalb haben wir uns eigentlich in die Haare gekriegt?«, fragte ich.

»Jeder hat mal einen schlechten Tag.«

»Oder sogar zwei.«

Wir schwiegen beide, etwas verlegen. Nach so einem Zoff war es nicht leicht, zur Tagesordnung überzugehen.

»Wisst ihr mittlerweile, wer die Tote ist?«, fragte ich, um mal anzufangen.

»Nein.«

»War das jetzt ein Geht-dich-nichts-an-Nein?«

»Das war ein Ich-bin-dir-für-jeden-Hinweis-dankbar-Nein.«

»Soll ich das jetzt so deichseln, dass es aussieht, als seist du selbst darauf gekommen?«

»Habe ich nicht gesagt, dass wir solche Spielchen lassen sollten?«

»Sie heißt Lotta Mancini. Sie kam hierher, weil ihre Urgroßmutter Zwangsarbeiterin im Käshof war, der jetzt im Freilandmuseum Wackershofen ist. Sie wollte sich das ansehen. Sie hat eine Zwillingsschwester namens Lea, die inzwischen ebenfalls hier ist.«

Er nickte. »Das erklärt einiges. Ich habe mir eingebildet, meine Leiche quicklebendig durch Hall spazieren zu sehen. Ich war fast schon geneigt, an Gespenster zu glauben, bis mir einfiel, dass das ja deine Spezialität ist. War dann wohl die Zwillingsschwester. Du willst mir nicht verraten, wie du das herausgefunden hast?«

»Dank genialer Deduktion, wie du dir denken kannst. Die Schwester kam zu mir und hat mich – nun ja, um meine Hilfe gebeten. Wie sie auf mich kam, erzähle ich dir ein anderes Mal, es ist schon spät, wie du so richtig festgestellt hast.«

»Die Spusi hat natürlich den Dachboden des Käshofs auseinandergenommen und dabei Faserspuren von der Kleidung der Leiche gefunden. Aber die lassen sich natürlich mit ihrem Besuch im Käshof erklären. Wie alle anderen Spuren auch. Wir haben die Leute befragt, mit denen sie gesehen wurde, soweit wir sie identifizieren konnten – nichts. Aber wenn wir jetzt den Namen haben, können wir das volle Programm fahren. Handyortungen, Verbindungsnachweise, du weißt schon. Dauert eine Weile, aber wir finden was. Wir können das natürlich auch abkürzen, indem du jetzt für mich den Täter aus dem Hut zauberst.«

Ich seufzte. »Würde ich gern, aber der Hut ist leer.«

»Keine Vermutungen? Keine Intuition?«

»Zu viele Kandidaten. Alles zu vage. Ich muss nochmals mit ein paar Leuten reden, vielleicht sehe ich dann klarer.«

Er sah mich ernst an. »Nur der Form halber. Du hast mir nichts verschwiegen, was ermittlungsrelevant wäre?«

»Ich bitte dich!«, sagte ich mit so viel Entrüstung, wie ich aufbringen konnte. »So etwas würde ich doch niemals tun.«

»Nein, würdest du nicht.«

Es blieb dann doch nicht bei einem Glas. Blieb es nie. Und alles war wieder gut. Wie immer. Keiner sagte alles, was er wusste oder vermutete. Aber wir redeten wieder miteinander.

***

Sonja riss die Augen auf, als sie am nächsten Morgen unser Büro betrat. Ich saß schon wieder vor ihr am Schreibtisch.

»Du machst nicht zufällig Bürokram?«, fragte sie, mit einigem Misstrauen in der Stimme.

»Das ist Interpretationssache. Ich versuche, Ordnung in diese chaotische Geschichte zu bringen.«

Sie blickte mir über die Schulter. Ich hatte sehr, sehr schöne Diagramme gezeichnet, wirklich großartige. Es standen darauf die sattsam bekannten Namen, die durch Pfeile miteinander verbunden waren. Es sah ziemlich wirr aus.

Sonja schaute eine Weile nachdenklich darauf und sagte dann: »Ich blicke da nicht durch.«

»Ich auch nicht«, gestand ich. »Ich sehe die Verbindungen nicht.«

»Was plagst du dich? Du solltest das doch Keller überlassen.«

»Auf keinen Fall! Ich habe auch meinen Ehrgeiz und zudem am ganzen Körper immer noch blaue Flecken, mein Selbstbewusstsein ist angeknackst, und ich weiß immer noch nicht, inwieweit ich mir selbst glauben kann. Du siehst, es gibt haufenweise Gründe, weshalb ich nicht aufgeben kann.«

»Männer! Warum müssen die sich immer in Sachen verbeißen, die aussichtslos sind? Liegt das am Testosteron? Das fördert ja zum Beispiel egozentrische Entscheidungen.«

»Ich bin in einem Alter, in dem der Testosteronspiegel schon beträchtlich gesunken ist. Kurz vor dem Klimakterium.«

»Ein letztes Aufbäumen?« Sonjas Stimme klang spöttisch.

Ich zerriss meine Blätter in so kleine Fetzen, wie es nur möglich war, und füllte damit den Papierkorb. Dann sah ich ihr tief in die Augen.

»Vielleicht hast du recht«, sagte ich. »Wozu tue ich mir das an, immer wieder? Vielleicht ist die Zeit reif für eine Änderung. Paradigmenwechsel. Alles auf den Prüfstand. Neuer Lebensentwurf. Vielleicht ziehe ich doch aufs Land. Radikal neu.«

»Das hast du schon mal gesagt, und allmählich beunruhigt mich das. Das scheint bei dir zu einer fixen Idee zu werden. Wo willst du denn hin?«

»Weiß ich noch nicht. Vielleicht ins idyllische Fischachtal? Wiesen und Felder, sanfte Hügel wie in der Toskana, unberührte Wälder, in denen man stundenlang spazieren kann in himmlischer Ruhe, nur das Zwitschern der Vögel, das Rauschen der Bäume …«

Sonja sah mich skeptisch an. »Du warst wohl schon lange nicht mehr dort?«

»Ist eine Ewigkeit her, stimmt«, musste ich einräumen.

»Wenn du nach Westen blickst, Richtung Gaildorf, siehst du in den unberührten Limpurger Wäldern dreizehn Windräder, darunter übrigens das welthöchste, dem Einkorn zu sind weitere sieben. Im Osten sind es acht. Und das Rauschen und Brausen, das du hörst, nachts und an ruhigen Sonntagen sogar ziemlich weit, kommt natürlich von den Windrädern, nicht von den Bäumen. Wie ein Schwarm von Flugzeugen im Landeanflug. Nix mehr mit Idylle.«

»Mist! Wo soll ich denn dann hin?«

»Vielleicht in Schwäbisch Hall bleiben? Hier gibt's keinen Windkraftalarm. Die Haller pflastern ihre Hochflächen mit Neubausiedlungen zu statt mit Windrädern, die exportieren sie lieber in die umliegenden Gemeinden. Aber du brauchst nicht zu verzagen, die Windräder sollen ja nur zwanzig Jahre stehen.«

»Zwanzig Jahre? Dann bin ich ja … uralt. Und mal so nebenbei gefragt: Wo kommt dann der Strom her?«

»Tja.«

Ich trommelte nachdenklich mit dem Kugelschreiber auf dem Schreibtisch, nahm einen zweiten in die linke Hand, aber die sanften Schläge wollten sich nicht zu etwas vereinen, das man Rhythmus hätte nennen können. Nicht mal zum Trommler taugte ich.

»Ich überlege mir das«, sagte ich. »Vielleicht die Südsee, da ist wenigstens das Kleiderproblem gelöst. Aber zunächst muss ich noch mal in die Wohnung der Schwestern. Du musst mir Lea-Lotta, wer immer sie auch ist, vom Leibe halten, wenigstens eine halbe Stunde.«

»Wie soll ich das anstellen?«

»Lade sie zum Frühstück ein. Weiberfrühstück. Und wenn sie darauf nicht anbeißt …«

»... muss ich mir was einfallen lassen, schon klar. Dann werde ich sie mal bezirzen. Mit Frauen kann ich's.«

Sie ging hinüber in ihr Zimmer und schloss die Tür. Schade. Ich hätte zu gern gehört, wie das geht, dieses Bezirzen von Frau zu Frau. Man kann ja immer was dazulernen.

Nach erstaunlich kurzer Zeit streckte sie den Kopf in mein Büro. »Alles klar, wir treffen uns in einer halben Stunde. Aber du zahlst.«

Es konnte losgehen.

***

Ich postierte mich auf dem Haalplatz an einer Stelle, die mir guten Blick auf das Haus erlaubte, in dem Lea-Lotta wohnte. Im Falle eines Falles konnte ich mich schnell hinter den geparkten Autos unsichtbar machen.

Das war nicht nötig, Lea-Lotta schaute sich nicht um, als sie aus dem Haus trat. Nicht in weißem oder schwarzem Outfit, ganz normal gekleidet in Jeans, Sneaker und einem rötlich-braunen Blazer, darunter ein sandfarbener Rollkragenpulli.

Interessehalber schaute ich auf die Uhr und war verblüfft. Die paar Minuten Fußweg zum Café einkalkuliert, würde sie sich exakt nach der avisierten halben Stunde mit Sonja treffen. Das hatte ich noch bei keiner Frau erlebt, und ich hatte da einige Erfahrung. Was das Warten anbetrifft. Bis sie entschieden hatten, was sie anziehen sollten. Bis sie angemalt waren.

Doch zum Räsonieren war jetzt keine Zeit. Zügig gingen wir über den Sulfersteg, den Unterwöhrd und den Roten Steg in die Mauerstraße. Bis wir dort angelangt waren, war Lea-Lotta längst aus unserer Sichtweite.

Ich hatte nicht nur großartig-sinnlose Diagramme gezeichnet, bevor Sonja kam, sondern auch herumtelefoniert.

Haag hatte Recht, ich kannte einige obskure Gestalten mit Fertigkeiten, die mir abgingen. Einer davon hatte die Sicherheitsschlösser an Haus- und Wohnungstür schneller geknackt, als ich Xylella fastidiosa pauca CoDiRo denken konnte. Und es sah ganz natürlich aus, als ob die Tür nur ein wenig klemmen würde.

Grinsend zog er von dannen, mit einem unversteuerten Hunderter in der Tasche. War viel Geld für so eine kleine Aktion, aber man musste sich die Leute warmhalten, die man für gelegentliche illegale Aktionen heranzog.

Ich verzichtete auf eine weitere Durchsuchung des Zimmers und nahm mir gleich das Notebook vor.

Wie zu erwarten, war es passwortgeschützt. Nun stellt das Passwort von Windows keine allzu große Herausforderung dar, wenn man eine obskure Gestalt kennt, die einem ein kleines Programm mailt, dessen Bedienung sogar ein in diesen Dingen nicht sehr bewanderter Versicherungsvertreter bewältigt.

Rein mit dem USB-Stick.

Na also. Gewusst wie.

Ich suchte mir die Ordner heraus, die mir am ergiebigsten erschienen, und kopierte sie auf den Stick. Immerhin kannte ich mich gut genug aus, dass ich nicht wertvolle Zeit verplemperte mit Programmordnern oder ähnlichem. Konnte ja sein, dass Lea-Lotta nur auf einen schnellen Kaffee Zeit hatte. In dem Fall würde Sonja mich benachrichtigen.

Lea-Lotta, wer denn nun? Ich hatte keine Lust, ständig in Doppelnamen zu denken, und beschloss, bis zum Beweis des Gegenteils bei Lea zu bleiben.

Jetzt noch die Chronik ihres Internet-Browsers. Ich selbst hätte sie nie gefunden, aber wozu hatte man obskure Freunde, die in solchen Dingen Experten waren?

Das Kopieren war schneller gegangen, als ich gedacht hatte, ich hatte noch etwas Zeit. Dann konnte ich mir doch noch die Wohnung vornehmen.

Den Kleiderschrank hatte ich schon in Leas Beisein inspiziert, aber oberflächlich nur. Dem Anschein nach hatte sich nichts verändert.

Ich schaute in andere Schränke und Schubladen, nicht nur in dem vermieteten Zimmer, sondern in der ganzen Wohnung, ich durchwühlte den Papierkorb und den Mülleimer. Das Ergebnis der Aktion: eine Pizzaschachtel von Cesare, eine Eintrittskarte vom Schafstall, unserem Programmkino, mehrere benutzte Papiertaschentücher. Erfolg auf der ganzen Linie.

Im Bad eine Batterie von Tiegeln, Fläschchen und Tuben. Hydro Booster, Anti-Aging Revitalizer, Skin & Pore Balancer, Rénergie Multi Lift Ultra Fluid, Le Cushion Encre de Peau. Ein Universum für sich, zu dem ich nie einen Zugang finden würde. Wem um alles in der Welt nützte das alles, außer den Herstellern?

Und dann noch ein Parfüm, »Black Opium« von Yves Saint Laurent. War so ein Flakon nicht auch in der Handtasche gewesen, die ich aus Wackershofen mitgenommen hatte? Hatte Lotta zwei Flaschen davon gehabt, eine für unterwegs, eine für zuhause? Oder benutzte Lea das gleiche Parfüm? Was von all den Sachen gehörte überhaupt Lea, was Lotta? Oder spielte das keine Rolle?

Ein Blick auf die Uhr. Ich hatte das Zeitfenster überzogen, was aber keine Rolle spielte, von Sonja war keine Warnmeldung gekommen.

Ich schickte stumme Grüße an meine obskuren Freunde und eine Nachricht an Sonja: Bude ist wieder sturmfrei. Das ist ja das Schöne an unserem Smartphone-Zeitalter: Da jeder ständig mit der Nase auf diesem Ding klebt, braucht man keine Erklärung mehr, wenn eine Nachricht eintrifft oder man selber wie narrisch auf dem Display herumwischt und herumtippt.

Ich schaute mich noch einmal prüfend um und zog dann die Tür hinter mir zu. In diesem Moment fiel mir ein, dass ich das stille Örtchen nicht in meine Überprüfung einbezogen hatte. Aber jetzt war es zu spät, die Tür war zu, und nur deswegen wollte ich meinen obskuren Freund nicht erneut bemühen. Die Marke des Toilettenpapiers war sicher nicht von entscheidender Bedeutung.

***

Der Plan war, dass ich mich im Büro mit den heruntergeladenen Dateien beschäftigen und mich dann, wenn es zeitlich hinhaute, mit den beiden rein zufällig treffen würde.

Rein zufällig freilich stolperte ich beim Heimweg in der Neuen Straße über sie. Sie hatten mich schon bemerkt, es war zu spät, um noch abzudrehen. Verdammt, wollten die sich nicht woanders treffen? Warum hatte Sonja mich nicht informiert? Ich funkelte aus der Ferne Sonja böse an und schaute demonstrativ auf mein Handy. Sie hatte. Aber ich Idiot hatte auf stumm geschaltet.

Mir wurde heiß. Wenn mich Sonja hätte benachrichtigen wollen, weil das gemeinsame Frühstück schneller vorbei war als gedacht? Ich stellte mir vor, wie Lea mich in ihrer Wohnung überraschte.

Aber es war ja nicht nötig gewesen, die beiden saßen fröhlich vor einer üppigen, erst halb aufgegessenen Etagere.

»Was machst du denn hier?«, rief mir Sonja zu. »Gibt es im Büro nichts zu tun?«

Ich winkte lässig ab. »Kann warten.« Ob Sonja meinen Wink mit dem Zaunpfahl verstand?

»Wollen Sie sich nicht zu uns setzen?«, fragte Lea.

Ich will, ich will nicht, ich will, ich muss.

»Ihr lasst es euch ja gut gehen«, sagte ich. »Sogar mit Prosecco.«

»Nix Prosecco!«, lachte Sonja. »Champagner! Heute kommt es auf die Kosten nicht an. Dom Perignon hatten sie leider nicht.«

Da war ich ja beruhigt. Dom Perignon, Jahrgangsschampagner, so von zweihundert Euro an aufwärts, in guten Jahren deutlich mehr. James Bond trank nur den. War ich James Bond? Ich rätselte, ob Sonja ihre Rolle nur besonders gut spielen, mir etwas mitteilen oder mir eins auswischen wollte.

»Wir sind schon beim Du«, sagte Sonja. »Du musst dich anschließen.«

»Unbedingt!«, sagte Lea.

»Noch ein Glas von diesem Blubberzeugs für den Herrn«, rief Sonja der Bedienung zu.

Verbrüderung mit einer Tatverdächtigen? Warum nicht, ich war ja kein Hauptkommissar, ich machte mir meine Regeln selbst.

Ich betrachtete Lea zum ersten Mal richtig. Ich hatte zwar mit ihr (oder ihrer Schwester?) einen Wein getrunken, aber ich meine, ich *sah* sie zum ersten Mal. Ohne das Blendwerk der weißen »Arbeitsklamotten«, wie sie das genannt hatte, die die Wahrnehmung lenkten. Und ich sah eine durchschnittlich hübsche, aber keineswegs auffallende Frau in normalen Klamotten, dezent geschminkt.

Normal: die perfekte Tarnung.

So konnte sie sich überall bewegen, ohne dass sich jemand nach ihr umgedreht hätte. Wahrscheinlich hätte ich sie nicht erkannt, wenn wir aneinander vorbeigelaufen wären. Vielleicht *hatte* ich sie nicht erkannt. Sie oder Lotta.

Lea bestand auf der großen Nummer mit Küsschen, ich machte nicht ungern mit bei diesem Spiel und erschnupperte einen Hauch von »Black Opium«.

»Stell dir vor, Dillinger«, platzte Sonja heraus, »Lea hat herausgefunden, wer ihr richtiger Vater ist.«

»Ach?«, machte ich.

Lea nickte. »Ich habe in Lottas Computer gestöbert, und da gab es einen Hinweis, dem ich nachgegangen bin.«

»Und du glaubst nicht, wer es ist!«, machte Sonja weiter, und ich verstand das als Hinweis darauf, nicht damit zu protzen, dass wir das bereits wussten.

»Padre Giorgio Baffini«, sagte Lea. »Ich bin gestern bei ihm gewesen. Aber behaltet das bitte für euch, er ist ein netter Mensch, ich will ihn nicht in Schwierigkeiten bringen.«

»Welche Schwierigkeiten?«, fragte ich.

»Ein katholischer Priester mit Kindern? Ich glaube nicht, dass das so gut aufgenommen wird, auch wenn es lange her ist. Vielleicht macht man ihm zu Vorwurf, dass er sich nicht um seine Kinder gekümmert hat.«

»Wie hat es der Padre aufgenommen?«

»Schwer zu sagen, ich kenne ihn ja nicht. Gefasst, würde ich sagen. Gerührt beinahe. Dann bleibt mir wenigstens noch eine Tochter, hat er gesagt. Aber noch ist das nicht amtlich, bisher ist es nur eine naheliegende Vermutung, weil wir das gleiche Muttermal haben. Lotta wollte eine DNA-Untersuchung machen lassen, aber dazu ist es nicht mehr gekommen.«

»Wirst du das nachholen?«

»Das weiß ich noch nicht. Vielleicht belassen wir es so, mit einem kleinen Rest an Ungewissheit. Wir müssen das noch besprechen.«

»Wie geht es dir damit, dass du jetzt deinen richtigen Vater gefunden hast?«

»Ich hatte in meinem Leben einige Väter und erst spät erfahren, dass keiner davon mein Erzeuger war. Ich wollte gar nicht wissen, wer das ist. Ich kam mit keinem meiner Stiefväter gut aus, und ich glaubte nicht, dass das mit meinem biologischen Vater anders wäre, die Erfahrungen meiner Freundinnen sprachen dagegen. Vielleicht ist das mit Vätern so. Und außerdem, das habe ich ja schon gesagt, hat sich meine Mutter beharrlich geweigert, etwas über den Mann zu sagen, der sie geschwängert hat. Das habe ich früher noch nie verstanden und verstehe es jetzt, nachdem ich ihn kennen gelernt habe, noch viel weniger.«

»Du wolltest nie wissen, wer dein Vater ist, aber als deine Schwester gerufen hat, bist du sofort gekommen, genau deswegen. Das ist für mich widersprüchlich.«

Sonja warf mir einen mahnenden, nein, bösen Blick zu. Weil ich dabei war, bei ihrer neuen Freundin etwas tiefer zu bohren? Ist doch auch wahr! Der Familienzusammenführung musste man etwas von ihrer Rührseligkeit nehmen.

»Stimmt«, sagte Lea, »ist es auch. Vielleicht, weil man sich andere Gedanken macht, wenn man älter wird. Vielleicht, weil es bis dahin nur eine theoretische Möglichkeit war, bis sie dann konkret wurde. War ich einfach nur neugierig? Ich weiß es nicht. Ich muss mich neu sortieren. Jetzt erst recht, nachdem Lotta tot ist. Jetzt ist der Padre, mein Vater, mein einziger lebender Verwandter.«

Wir plauderten über den unerwarteten Familienzuwachs, wir plauderten über dieses und jenes und entfernten uns immer mehr von den ungelösten Rätseln, die uns umgaben. Lea sagte etwas Nettes über Schwäbisch Hall, ich auch, und ich rutschte so allmählich in eine Stimmung hinein, die es ganz normal erscheinen ließ, an einem halbwegs schönen Märztag in der Fußgängerzone zu sitzen und zu quatschen.

Bis ich mir gewaltsam einen Ruck gab.

»Hast du in Lottas Computer sonst noch etwas Interessantes gefunden?«, fragte ich.

Sie schüttelte den Kopf. »Nichts, was ich verstanden hätte. Du kannst dir das ja mal anschauen, wenn du willst.«

Mein Stichwort. Ich stand auf und sagte: »Ich muss. Die Arbeit ruft.«

»Ich komme mit«, sagte Sonja sofort.

»Nein, nein«, wehrte ich ab. »Ich komme allein zurecht. Genießt die Sonne, der nächste Regen kommt bestimmt.«

Sollte heißen: Zieh ihr noch ein paar Geschichten aus der Nase, so unbedeutend sie auch klingen mochten. Und Sonja verstand.

***

Lotta hatte in ihrem Notebook kein richtiges Tagebuch geführt, nur Notizen gemacht. Manche verstanden sich von selbst, wie etwa der Hinweis auf den Padre, ihren mutmaßlichen Erzeuger, andere, und das waren die meisten, blieben rätselhaft.

Sie hatte einige Adressen in Schwäbisch Hall aufgelistet. Bei einigen hatte ich sofort ein Bild vor Augen. Es waren ganz unterschiedliche Häuser, manche prachtvoll, andere weniger. Warum gerade diese Adressen? Was verband sie? Was hatten sie gemeinsam? Ich konnte nichts erkennen.

Ich schaute mir an, welche Webseiten Lotta aufgerufen hatte. Häufig war sie beim Häuserlexikon des Stadtarchivs gewesen, das allerlei Informationen zu Gebäuden in der Altstadt bereithielt: Besitzerlisten, Baugeschichte, Besonderheiten.

Es wunderte mich schon nicht mehr, dass sie sich für die Gebäude interessiert hatte, die auf ihrer Liste standen. Aber warum gerade diese?

Bei manchen Häusern waren die Informationen dürr, bei anderen wiederum sehr ausführlich. Faszinierend, wie Gebäude von Hand zu Hand wanderten: verkauft, vererbt, versteigert. Man konnte sich verlieren in der Geschichte und in Einzelschicksalen.

Und ich war dabei, mich zu verlieren. Ich blätterte durch die Bilder, die die Gebäude zu verschiedenen Zeiten zeigten, und stolperte über – Stolpersteine. Die Stolpersteine, die der Künstler Gunter Demnig seit 1992 dort in den Boden einlässt, wo die Verfolgten des Nationalsozialismus zuletzt gewohnt hatten. Zum Beispiel drei Stolpersteine für die ermordete Familie Lewkowitz.

Natürlich hatte ich die schon bemerkt, es waren nicht die einzigen in Schwäbisch Hall. Aber wie wahrscheinlich die meisten war ich achtlos daran vorbeigegangen. Nein: darübergegangen.

Etwas klingelte in mir.

Ich stöberte im »Kulturgeschichtlichen Stadtlexikon«, und dann hatte ich die Verbindung: Alle Gebäude, die Lotta notiert hatte, waren in der NS-Zeit »arisiert« worden. Die jüdischen Besitzer waren zum Verkauf ihres Besitzes gezwungen worden, die Käufer hatten ein Schnäppchen gemacht.

Warum hatte sich Lotta gerade dafür interessiert?

Ich sah mir nochmals ihre Notizen durch und verstand allmählich. Besser gesagt: Ich hatte eine vage Ahnung davon, was ich möglicherweise verstehen könnte.

Ich griff zum Telefon und rief Helmar Haag an. Er meldete sich kurz angebunden.

»Störe ich?«, fragte ich.

»Nur bei der Arbeit. Wochenenddienst. Was gibt es?«

»Weißt du, wie die Kellbergs zu ihrem Grundbesitz gekommen sind?«

»Das ist kein Geheimnis. Familienbesitz und Zukäufe.«

»Die Zukäufe interessieren mich. Stichwort Arisierung.«

»Ja, es gab Gerüchte, dass die Kellbergs da auch zugegriffen haben, wie so viele damals. Das muss der Großvater des heutigen Kellbergs gewesen sein, und von dem ist bekannt, dass er ein überzeugter Nazi war, hatte auch irgendwelche Posten, ich weiß nicht mehr, welche. Bis 1945, dann wurde aus dem überzeugten Nazi über Nacht ein überzeugter Demokrat, wie so viele damals. Der alte Kellberg war dann später auch einige Zeit im Gemeinderat.«

»Hast du Adressen?«

»Nein. Kein Thema, das aktuell von Interesse wäre.«

»So viele Gebäude kommen da nicht in Frage. Müsste sich durch einen Blick ins Grundbuch leicht feststellen lassen.«

»Den kriegst du aber nur bei berechtigtem Interesse. Schlichte Neugier gehört nicht dazu.«

»Gibt es für die Presse nicht Sonderregelungen?«

»Gibt es, ja. Bei berechtigtem Interesse. Sorry, das ist keine Geschichte. Wer interessiert sich heute noch dafür?«

»Die Frau in Weiß hat sich dafür interessiert.«

»Ach?«

»Ich habe ihre Notizen durchgesehen und komme zu folgenden Schlussfolgerungen: Sie hat sich angesehen, wo ihre verschleppte Urgroßmutter eingesperrt war, anders kann man's ja nicht nennen, hat auch vom Schicksal der Ilse Rosenfelder erfahren, und das muss sie über die Maßen erschüttert haben, mehr, als sie sich vorstellen konnte. Sie erfährt, wie auch immer, wie die Familie Kellberg sich zur NS-Zeit bereichert hat, und macht sich an Kellberg heran.«

»Warum? Wollte sie ihn erpressen?«

»Vielleicht.«

»Dillinger, deine Gedankenakrobatik in allen Ehren, aber mal im Ernst: Was hätte Kellberg zu verlieren?«

»Seinen guten Ruf.«

»In der Beziehung ist der Herr Kellberg empfindlich, das ist richtig. Aber warum sollte sie das tun? Ihre Familie war ja von den Arisierungen in Schwäbisch Hall nicht betroffen.«

»Vielleicht so eine Art allgemeine moralische Entrüstung über diejenigen, die in der NS-Zeit abgesahnt haben und dafür im Wortsinn über Leichen gegangen sind. Die Peiniger ihrer Urgroßmutter sind nicht mehr greifbar, aber Kellberg ist es. Einer, der sich sozusagen ins gemachte Nest gesetzt hat.«

»Küchenpsychologie! Aber nicht uninteressant, muss ich zugeben. Und wie muss man sich ihre Rache vorstellen, deiner Meinung nach?«

»Sie wollte ihn an dem Punkt treffen, wo er, abgesehen von seinem Ruf, am empfindlichsten ist, nämlich bei seinem Vermögen. Sie hat sich ja gern mit reichen älteren Männern eingelassen, die sind auf sie geflogen, und die unvermeidliche Trennung hat sie sich mit irdischen Gütern versüßen lassen.«

»So ein Luder! Und Kellberg hat die Absicht gemerkt und war verstimmt, und damit hast du deine Leiche. Was sagt deine Küchenpsychologie zu ihrem nicht sehr freundlichen Verhalten älteren Männern gegenüber? Hat das damit zu tun, dass sie ihren Erzeuger nicht kannte?«

»Möglich.«

»Ich hoffe doch, du hast gemerkt, wie ich sehr elegant übergeleitet habe zu einem anderen Verdächtigen, der auf deiner Liste steht, dem Padre nämlich, ihren Vater. Deine Theorie klingt interessant, aber kannst du sie beweisen?«

»Nein.«

»Dann arbeite daran. Sonst bleibt das ein Hirngespinst.«

»Du klingst wie Keller.«

»Nicht ohne Grund. Nette Geschichten hören wir jeden Tag. Beide. Wir wollen aber Fakten hören. Beide.«

»Ich denke, ich werde mal einigen Menschen etwas auf die Füße treten müssen.«

»Das kannst du bestens. Aber Vorsicht! Wenn deine Theorie stimmt, ich sage wenn, dann könnte das kitzlig werden. Vielleicht tritt einer zurück. Denk daran, was deiner Frau in Weiß passiert ist.«

So ein Miesepeter! Ich wandte mich wieder Lottas Notizen zu und suchte nach der Erleuchtung. Verschiedentlich tauchte die Abkürzung »G.« auf. Das konnte alles Mögliche bedeuten. Georg Jodl, der Museumsaufseher. Gunter Kellberg, der Hausbesitzer. Giorgio Baffini, der Padre.

Mit der Erleuchtung ist es so eine Sache. Wenn man sie am dringendsten brauchte, machte sie sich rar.

***

Sonja schien etwas angeschickert, als sie wieder zurück ins Büro kam.

»Champagner!«, sagte ich vorwurfsvoll.

»Champagner löst die Zungen.«

»Bei dir oder bei ihr?«

»Es war ein ernstgemeiner Versuch von beiden Seiten. Ich glaube, ich war im Vorteil.«

Sie legte mir die Rechnung auf den Tisch. Stimmt, ich hatte leichtsinnigerweise versprochen, sie zu übernehmen. Ich riss die Augen auf. »Eine ganze Flasche?«

»Ich bin trinkfester, als ich aussehe. Jahrelanges Training im Haller Nachtleben. Diese Nummer mit dem Einbruch hättest du dir übrigens sparen können. Du hättest sie nur fragen müssen. Sie hätte dir alles gesagt, was sie weiß.«

»Alles?«

»Dillinger, manchmal bist du so bescheuert und siehst nicht, was vor deiner Nase liegt.«

»Ist sie's oder ist sie's nicht?«

»Sie ist Lea, davon bin ich fest überzeugt«, sagte Sonja mit Bestimmtheit. »Sie hat mit der ganzen Sache nichts zu tun. Aber du warst komisch heute Morgen. Du hast sie nicht einmal gefragt, warum Georg bei ihr war. Und dann bist du so still geworden.«

»Ich habe sie vieles nicht gefragt. Ich habe sie zum Beispiel nicht gefragt, woher sie wusste, dass die Leiche, die in Wackershofen gefunden wurde, ihre Schwester ist. Hat sie das aus der vagen Beschreibung in der Zeitung herausgelesen?«

»Das hat mit der eigenartigen Verbindung zwischen Zwillingen zu tun.«

»Ich habe sie danach gefragt. Sie hat es bestritten.«

»Weil es ihr selbst unheimlich war. Sie hat so etwas noch nie erlebt und musste das erst einordnen. Damit geht man nicht hausieren bei einem wildfremden Menschen, der einen dann vielleicht für spinnert hält.«

»Trotzdem ist an ihrer Geschichte einiges unklar«, beharrte ich.

Sonja stöhnte. »Du mit deinem ewigen Misstrauen! Ich sag dir eins, Dillinger, und jetzt höre mir ganz genau zu. Sie mag dich auch, das spüre ich. Bei Lotta wärst du nur eine Eintagsfliege gewesen, Lea ist anders. Sie ist vielleicht etwas eigen, aber das ist genau das, was zu dir passt. Sie ist die Richtige, glaub mir! Ich habe Erfahrungen mit Frauen. Mehr als du. Nutze deine Chance.«

»Was du so redest!«, brummte ich.

Ich fühlte mich ertappt. Es stimmte schon, ich hatte vieles nicht gefragt, was ich fragen wollte.

Dann war plötzlich etwas gewesen, das mich verstummen ließ. Auch so etwas wie eine eigenartige Verbindung. Ich wollte nur dasitzen, zuhören. Ihr zuhören. Entspannen. Ich fühlte mich wohl.

Und dann war es doch wieder da, das Misstrauen, wie es Sonja genannt hatte, die Vorsicht, wie ich es bezeichnen würde. Es wäre nicht das erste Mal, dass eine Frau, die im aktuellen Fall eine Rolle spielte, mich erst fasziniert und dann bitter enttäuscht hätte.

»Denk mal darüber nach, Dillinger. Gründlich«, sagte Sonja. »Ich hau mich aufs Ohr. Ich fürchte, eine halbe Flasche Schampus am Vormittag stecke ich nicht mehr so leicht weg wie früher. Und was machst du jetzt? Du hattest ja nur ein Glas, du hast keine Entschuldigung.«

»Schlafende Hunde wecken.«

***

Hohenlohes hinreißendste, gerissenste Immobilienmaklerin war erstaunlicherweise sofort am Apparat und in Plauderlaune.

»Der Mann meiner schlaflosen Nächte«, rief sie. »Willst du mich zum Essen einladen? Das haben wir schon lange nicht mehr gemacht. Aber wie ich gesehen habe, bist du anderweitig beschäftigt. Der Traum in Weiß.«

Ich ging nicht darauf ein. »Kennst du Kellberg?«

»Natürlich. Wie jedes bedeutende Mitglied der Haller Gesellschaft.«

»Kommt ihr euch gelegentlich in die Quere?«

»Überhaupt nicht. Er kauft Häuser, ich vermittle sie nur. Gelegentlich haben wir ein Auge auf dasselbe Objekt geworfen, aber das kommt selten vor. Unsere Wege kreuzen sich manchmal. Erst kürzlich, beim Notar. Er raus, ich rein. Er war übrigens in junger weiblicher Begleitung, aber das kennt man ja von ihm.«

»War die Begleitung zufällig ganz in Weiß gekleidet?«

»Er ist eifersüchtig, wie nett. Nein, war sie nicht. Sie war … keine Ahnung, unauffällig.«

»Hast du sie gekannt?«

»Noch nie gesehen. War auch keinen zweiten Blick wert. Nicht mal für deine Sonja.« Sie lachte. »Weißt du, Kellberg erschien mir ziemlich gealtert, und das steht ihm gar nicht gut. Vielleicht hat er deshalb so bekummert geschaut. Klar, jetzt kann er bei dem jungen Gemüse nur noch mit seinem Geld punkten, und das allein macht vielleicht nicht jede glücklich. Er muss sein Beuteschema verändern. Früher hat er doch seine Mädels quasi vom Laufsteg geholt, jetzt bleibt ihm nur noch die dritte Liga. Muss ihn schon arg treffen, so eitel, wie der ist. Du kannst froh sein, dass du noch voll im Saft stehst, über fünfzig ist's halt doch eine arge Schinderei, wie der Schwabe sagt.«

»Was hört man denn sonst noch zur Zeit über ihn?«

»Nichts Besonderes.«

»Ich habe gehört, er soll in finanziellen Schwierigkeiten stecken.«

»Das habe ich noch nicht gehört, aber ich verbreite das Gerücht gerne weiter, dann werden wir schon sehen, was herauskommt. Glaube ich übrigens nicht, der ist doch gut gepolstert. Es soll da eine komplizierte Frauengeschichte geben, aber das zähle ich nicht zu den Besonderheiten bei ihm.«

»Weißt du, wer die Dame ist?«

»Nein, und das ist doch seltsam, findest du nicht? Normalerweise zeigt er sich mit seinen Eroberungen stolz wie Oskar. Die Frau muss ihn schwer im Griff haben. Ach, da fällt mir ein, er ist auch ein paar Mal mit deiner Frau in Weiß gesehen worden, aber das ist nur Hörensagen, mir selbst ist er mit ihr nie begegnet.«

Wir plauderten noch eine Weile, ich bekam einigen Klatsch serviert, von dem ich gar nichts wissen wollte, dann versprachen wir uns hoch und heilig, uns endlich mal wieder – »es ist schon wieder soooo lang her« – zu einem guten Abendessen zusammenzusetzen, so, wie wir es während unserer kurzen Affäre häufig und danach nur noch unregelmäßig getan hatten.

Ich hatte gehört, was ich hören wollte.

***

Wenn Kellberg überrascht war, dass ich bei ihm auftauchte, dann zeigte er es nicht. Ich ging ihn gleich direkt an.

»Ich habe den Georg Jodl bei Ihnen gesehen. Was wollte er denn?«

Eigentlich hätte er sagen müssen: Woher kennen Sie ihn? Und was geht Sie das überhaupt an?

Stattdessen tat er so, als müsste er überlegen. »Georg Jodl? Ach, richtig, der will eine Wohnung von mir mieten.«

Ein ganz banaler Grund, der kann immer herhalten. Da will einer sein Häuschen im Vorort verkaufen, weil es ihm zu groß geworden ist, und wieder in die Stadt. Das Alter hat einen ja im

Griff, man weiß nie, wann man nicht mehr Auto fahren kann und den Rollator benötigt.

»Ich dachte, Sie kennen ihn aus Wackershofen.«

»Nie gesehen. Stimmt, er hat was davon gesagt, dass er dort seit seiner Rente als Aufseher arbeitet.«

Kellberg kam mir nervös, fahrig vor. Sein linkes Augenlid zuckte. Das hatte ich bei ihm noch nie gesehen.

»Schon eine tragische Sache, das mit der Frau in Weiß«, sagte ich. »Und der Georg hat die Leiche gefunden. Sie haben sie doch auch gekannt, die Frau in Weiß.«

»Flüchtig.«

»Sie waren doch erst neulich mit ihr beim Notar.«

»Sie müssen sich täuschen.«

»Ein mysteriöser Fall, das mit dieser Frau in Weiß. Aber der Nebel lichtet sich. Ich bin dran. Dicht davor. Wissen Sie«, ich beugte mich vertraulich zu ihm vor, »die Mauern haben alles gesehen. Und die Mauern können reden. Ernsthaft. Wenn bloß nicht dauernd dieser Publikumsverkehr wäre, da verstummen sie wieder. Ich muss das mal zur Geisterstunde probieren, dann können wir uns in Ruhe unterhalten.«

»Was Sie nicht sagen.«

»Nun denn, man sieht sich. Ich bin übrigens noch nicht dazu gekommen, Ihre Unterlagen durchzusehen. Kommt noch, versprochen.«

Mit dem Mann war eindeutig etwas nicht in Ordnung.

Ich an seiner Stelle hätte mich schon längst rausgeworfen. Oder gleich nach Weinsberg einweisen lassen.

***

Es war wieder der Padre selbst, der die Tür öffnete. »Wenn Sie kommen … Doch Drillinge? Auch recht, mich kann nichts mehr erschüttern. Herein in die gute Stube.«

Er strahlte.

Wirklich, er strahlte. Er war wie ausgewechselt.

»Gestern stand plötzlich meine andere Tochter vor der Tür«, erzählte er. »Lea. Und sie ist so ganz anders als Lotta. Sie hat mir keine Vorwürfe gemacht, sie hat mir einfach zugehört und akzeptiert, was ich ihr erzählt habe. Und wissen Sie was, Dillinger? Ich stehe dazu. Mir egal, was die Leute sagen. Mir egal, welche Konsequenzen das vielleicht für mich hat. Ich möchte einfach Zeit verbringen mit meiner Tochter. Vielleicht können wir doch einiges von dem nachholen, was wir ein ganzes Leben lang versäumt haben. Was führt Sie eigentlich zu mir?«

Ich winkte ab. »Nicht so wichtig.«

Der junge Vater im Glück. Ich konnte ihn von meiner Liste streichen.

Vorerst mal. Es sei denn …

Ach was! Schon wieder dieses Misstrauen. Ich stellte ihn mir lieber als Schwiegervater vor. Ein Priester in der Familie? Damit konnte man leben.

***

Der Weg hinauf zum Käshof gehörte mittlerweile zu meinem regelmäßigen Fitnessprogramm. 1012 Schritte hinauf, 1012 Schritte hinab, und dann kamen noch die dreizehn Stufen dazu, die mir noch immer einige Schmerzen bereiteten.

Zehn Minuten, wenn man gut bei Fuß war. Doppelt so lange in lädiertem Zustand.

Ich sollte das beibehalten und mich langsam zu den zehn Minuten vorarbeiten. Die Hose spannte schon viel weniger, bildete ich mir ein.

Es war ein Tag, wie er um diese Jahreszeit sein sollte, viel Sonne, ein paar Wolken, angenehm mild. Die Unwetter ein paar Tage zuvor waren wohl die Erinnerung des Wettergottes daran gewesen, dass er auch anders konnte.

Ja, das wäre es. Hochstapfen, damit der Kreislauf ordentlich in Schwung kam, sich auf die Bank vor den Käshof setzen, die Aussicht genießen, nicht an Xylella fastidiosa pauca CoDiRo denken, nicht an irgendwelche Leichen, ab und zu ein Schluck aus Georgs Flachmann.

»An deinen Selbstgebrannten kann man sich gewöhnen«, sagte ich.

»Gell?« Georg grinste. »Sieht so aus, als wird es heuer ein gutes Obstjahr, dann brauche ich mir um den Nachschub keine Sorgen zu machen. Ich bin ja vorgestern aus allen Wolken gefallen, als ich dich mit dieser Frau gesehen habe. Ich habe geglaubt, ich sehe ein Gespenst! Der Frau in Weiß wie aus dem Gesicht geschnitten!«

»Die Zwillingsschwester.«

»Ach? Davon habe ich gar nichts gewusst. So was!«

Er hielt mir seinen Flachmann hin. Ich schüttelte den Kopf. War genug für heute, selbst als Schmiermittel für die Konversation.

»Kann es sein, dass ich dich kürzlich in Hall gesehen habe?«

»Wann war das?«

»Weiß ich nicht mehr. Ich habe dich auch nur aus der Ferne gesehen, war mir nicht mal sicher, ob du's tatsächlich bist.«

Er nickte. »Kann schon sein, ich bin oft in der Stadt. Meine Familie kommt aus Hall.«

»Alter Siedersadel?«

»Nein, nein«, wehrte er ab. »Normale Leute. Keine Großgrundbesitzer wie die Kellbergs, wir haben immer zur Miete gewohnt. Zuletzt übrigens in einem Haus der Kellbergs.«

»Wie kommst du gerade jetzt auf Kellberg?«

»Ich habe ihn neulich in Hall gesehen, und da ist mir wieder eingefallen, was die Eltern über ihn erzählt haben. Muss ein unangenehmer Vermieter gewesen sein. Ich habe das selbst nicht so mitgekriegt, ich war noch klein, als die Eltern weggezogen sind und gebaut haben. War billiger als in der Stadt.«

»Das muss dann der Vater vom heutigen Kellberg gewesen sein, der Vater von Gunter.«

»Wohl. Aber was soll's? Alles ein Gschwerl. Der Junge hat sich doch ins gemachte Nest gesetzt, der hat nie einen Finger krumm machen müssen.«

»Der Neid der Besitzlosen.«

»Ist doch wahr! Wer die Kohle hat, schafft an. Die kümmern sich einen Scheißdreck um nichts, Hauptsache, das Geld vermehrt sich und sie behalten ihre Macht, da sind sie doch alle gleich, die Politiker wie die Geschäftsleute. Und das Volk hat nichts mehr zu sagen. Verbrecherbande!«

Sie hörten eine Liveübertragung, am Mikrofon war Volkes Stimme.

Er nahm einen großen Schluck aus seinem Flachmann. »Entschuldigung! Manchmal könnte ich mich aufregen.«

Ich zuckte mit den Schultern. Auf eine solche Diskussion wollte ich mich jetzt nicht einlassen.

Als er sich wieder etwas beruhigt hatte, fragte ich: »Und, Watson, welche neuen Erkenntnisse gibt es?«

»Sherlock, das ist ein verzwickte Sache, aber ich glaube, so langsam kommt Licht ins Dunkle. Ich habe dir doch erzählt, dass ich die Frau hier in Wackershofen mit einem Mann gesehen habe, erinnerst du dich?«

»Ich erinnere mich.«

»Ich habe lange darüber nachgedacht, wer das gewesen sein könnte, mir kam er irgendwie bekannt vor, und jetzt weiß ich es. Es war Kellberg.«

»Hätte dir auch früher einfallen können. Du kennst ihn ja.«

»Ich sagte doch, er kam mir bekannt vor, aber ich bin ihm seit einer Ewigkeit nicht mehr begegnet. Und als ich ihn jetzt in Hall wiedergesehen habe, ist bei mir der Groschen gefallen. Er war's.«

»Bist du dir sicher?«

»Hundertpro!«

»Interessant. Aber was sollte Kellberg mit der Frau in Weiß zu tun haben?«

»Der rennt doch allen jungen Frauen hinterher, die nicht bei drei auf den Bäumen sind.«

»Georg, mir ist nicht bekannt, dass er sie auch umbringt.«

»Es gibt für alles ein erstes Mal.«

»Und das Motiv?«

»Da müssen wir nachbohren. Einer wie der hat garantiert Dreck am Stecken. Möglicherweise hat die Frau etwas herausbekommen und ihn erpresst.«

»Interessanter Gedanke«, sagte ich.

Jetzt hätte ich gern wie Helmar Haag an einer Pfeife genuckelt, um die Synapsen in meinem Gehirn etwas auf Trab zu bringen. Ich schaute auf die Bäume, deren Blätter sich im sanften Wind bewegten. So ruhig. So schön.

»Wenn diese Mauern nur reden könnten«, sagte ich. »Die haben alles gesehen.«

»Dann hock dich doch rein in die Stube und lausche.«

»So geht das nicht, am helllichten Tag. Es muss die Geisterstunde sein. Erst dann kommen die Gespenster hervor.«

Er lachte. »Geisterstunde! Ein bisschen Spaß muss sein, was?«

»So ist es.« Ich zwinkerte ihm zu. »Ich berichte dir dann, was sie mir gesagt haben.«

Und ich werde ganz genau zuhören, mein lieber Georg, darauf kannst du dich verlassen.

Dann machte ich mich an den Abstieg. 1012 Schritte.

***

Es war eine verrückte Idee, ich wälzte sie hin und her, und sie blieb verrückt, aber es gelang mir nicht, mich davon abzuhalten. Manche Ideen kleben wie ein ausgelutschter Kaugummi, man wird sie nicht mehr los, auch wenn alle Vernunft dagegen spricht und man noch so sehr rubbelt.

Besser eine verrückte Idee als gar keine, sagte ich mir.

Ich wusste nicht, ob es so funktionierte, wie ich mir das vorstellte. Aber wer nicht wagt, der nicht gewinnt, heißt es nicht so? Und ich fand, die Gewinnerseite passte besser zu mir.

Ich war bestens vorbereitet. Ich trug lange Unterhosen und einen dicken Pullover, in meinem Rucksack befanden sich eine Flasche Wasser und Müsliriegel für den kleinen Hunger zwischendurch und noch einige Dinge mehr. Sogar an ein Pfefferspray hatte ich gedacht, wobei ich mir nicht sicher war, ob es gegen Gespenster half.

Ich hatte schon eine Flasche Spätburgunder vom Weingut Keil in der Hand gehabt, sie dann aber doch wieder zurück gestellt. Ich musste einen klaren Kopf behalten. Und vor allem durfte ich nicht vor der Geisterstunde eindösen.

Das Freilandmuseum schloss zu dieser Jahreszeit um siebzehn Uhr, ich gab noch zwei Stunden drauf, bis die Sonne untergegangen war und es zu dunkeln begann, aber die Nacht noch nicht richtig angefangen hatte, dann machte ich mich ein weiteres Mal an den Aufstieg zum Käshof.

Der leichte Wind von heute Nachmittag hatte aufgefrischt, noch war er nicht unangenehm, doch er verhieß eine kalte Nacht. Nun ja, es war immer noch März, was sollte man da auch anderes erwarten. Wolken zogen träge über den Himmel, dazwischen blitzte ab und zu die schmale Sichel des zunehmenden Mondes hervor. Es hätte idyllisch sein können.

Dank der Lehrstunde und dem Werkzeug eines meiner obskuren Freunde knackte ich das Schloss des Käshofs mühelos.

Ich schloss hinter mir wieder ab. Gespenster brauchten keinen Schlüssel, sie materialisierten sich einfach. Sie brauchten auch keine offenen Türen, deshalb schloss ich alle, die sonst für die Besucher offenstanden. War irgendwie heimeliger.

Erst war ich unschlüssig gewesen, welches Zimmer ich nehmen sollte, und hatte mich dann für die Unterkunft der Zwangsarbeiterin Danka entschieden. War ja auch naheliegend. Außerdem hatte ich hier die Tür gut im Blick.

Ich legte mich in das Bett, zog die Decke bis zur Nasenspitze, und dann hieß es warten, bis die Geisterstunde kam. Morgen früh würde ich alles wieder herrichten, ich war gut im Bettenbauen.

Im Haus war es still. Bis auf die Geräusche, die ein altes Haus eben so von sich gibt. Das Gebälk knarzte, die Mäuse spielten Ringelpiez mit Anfassen, Fensterläden klapperten leise.

Es war nicht romantisch, überhaupt nicht. Vielleicht wäre es das gewesen, wenn eine Frau in Weiß neben mir gelegen hätte, doch ich war allein. Allein mit meinen Gedanken und einem alten Haus, das die Geschichten auszuschwitzen begann, die über die Jahrhunderte in die Wände gesickert waren.

Urgroßmutter Danka. Verschleppt, zur Zwangsarbeit verdammt. Wer weiß, was sie auf dem langen Weg hierher alles hatte aushalten müssen. Lag sie des Nachts hier in diesem Bett und weinte sich in den Schlaf? Wovon handelten ihre Alpträume?

Ilse Rosenfelder. Ständig auf der Hut. Ständig in Gefahr, entdeckt, verraten zu werden und doch noch im KZ zu landen. Hat sie des Nachts gebetet, dass dieser Krieg, dieser ganze Nazispuk bald vorüberging?

Eine Frau in Weiß, die in diesem Zimmer stand und vielleicht das Gleiche gedacht hatte wie ich. Und was war dann geschehen?

Ich schaute auf die Leuchtziffern meiner Uhr. Die Zeit zog sich. Es war noch lange nicht Mitternacht.

Nachdenken ist an sich eine durchaus angenehme Beschäftigung, aber manchmal kann man auch irre daran werden. Ich spürte, wie das Haus allmählich Besitz von mir nahm. Ein Rauschen und Raunen und Wispern war in der Luft, ein leises Kichern.

Die Geister übten schon mal für ihren großen Auftritt.

Es kann ganz schön gruselig sein, so ganz allein in einem alten, dunklen, kalten Haus, selbst dann, wenn man sich für einen nüchternen, rationalen Menschen hält, der Geistergeschichten als Humbug abtut.

Vielleicht war ja doch was dran?

Humbug!

Ich ging noch einmal durch, was ich mit Hilfe meiner mehr oder weniger obskuren Freunde zusammengetragen hatte. Ich hakte ab, was ich wusste und was ich ahnte und was ich vermutete, und zog die unsichtbaren Verbindungslinien. Und ich kam zu dem Schluss, dass es doch eine ziemlich bescheuerte Idee war, in diesem Bett zu liegen und zu warten – auf was?

Ich musste doch eingedöst sein, ein Champagner am Morgen und Georgs Selbstgebrannter hatten Langzeitwirkung. Etwas hatte mich aufgeschreckt. Ich wusste erst gar nicht, wo ich war, in meinen Träumen hatte es anders ausgesehen.

Kurz nach Mitternacht. Die Geister kamen.

Das Knacken der Bodendielen. Das Knarzen einer Tür, die vorsichtig geöffnet wurde. Lautlose Schritte, die näherkamen, ich spürte es.

Ich war gewappnet.

In dem Moment, als die Tür zum Zimmer von Urgroßmutter Danka aufging, schaltete ich meine starke Taschenlampe ein.

Georg.

»Du hättest dir ein weißes Gewand überziehen sollen, das wirkt authentischer«, sagte ich.

»Wie der Ku-Klux-Klan?«

»Wie die Waldorfschüler, die ihren Namen tanzen.«

»Sagt mir nichts.«

»Oder wenigstens den Kopf unterm Arm, das machen Gespenster so.«

Georg trat vollends ins Zimmer und machte das Licht an.

»Ich habe dich beobachtet«, sagte er, »und ich habe mich gefragt, ob du das wirklich durchziehst, und siehe da, du hast es durchgezogen.«

»Was ich anfange, führe ich auch zu Ende.«

»An sich ein lobenswerter Charakterzug, aber manchmal kann man sich damit auch die Finger verbrennen.«

»Wie soll ich das verstehen?«

Er ging darauf nicht ein. »Als ich gemerkt habe, dass du dich tatsächlich hier häuslich einrichtest, habe ich erst gedacht, komm, kürzen wir's ab, machen wir dem ein Ende. Aber dann habe ich mir gesagt, wenn er das unbedingt so will, dann lass ihm doch seinen Spaß.«

»Ein bisschen Spaß muss sein, nicht wahr?«

Georg stand ganz entspannt an den Türrahmen gelehnt, ohne Stock heute, die Hände in den Hosentaschen.

»Haben die Geister wenigstens mit dir geredet?«, fragte er.

»Und ob! Manches war allerdings etwas verwirrend.«

»Man muss lernen, mit den Geistern zu kommunizieren. Man muss sich auf sie einlassen. Telepathie, verstehst du? Wer plumpe Fragen stellt, erlebt böse Überraschungen.«

»Das ist ein hochinteressantes Gespräch, Georg. Aber können wir es nicht woanders fortsetzen, wo es gemütlicher ist? Mir wird kalt.«

Ich schwang mich aus dem Bett.

»Tut mir leid, Dillinger, gemütlicher wird es nicht«, antwortete Georg und hatte plötzlich eine Pistole in der Hand.

Ich starrte erst sie an und dann ihn. »*Die* Pistole?«

»*Die* Pistole, richtig. Ich habe mir gedacht, steck sie ein, wer weiß, wozu man so ein Ding mal gebrauchen kann. Das war ausgesprochen vorausschauend von mir, findest du nicht?«

»Dann habe ich mich also doch nicht getäuscht. Ich war mir mittlerweile ziemlich sicher, dass ich mir die Pistole nur eingebildet habe.«

»Dein Schädel hält mehr aus, als ich gedacht habe. Sonst hätten wir jetzt nicht diese unerfreuliche Situation. Ich hatte eigentlich geglaubt, du bist auch hinüber.«

»Dein Stock?«

Er nickte. »Ein nützliches Instrument manchmal. Ich weiß, was du jetzt denkst. Nein, man wird keine DNA-Spuren finden, dieser Stock ist längst verbrannt. Ich habe mittlerweile mehrere von der Sorte.«

Der Mann hatte nicht mehr alle Tassen im Schrank, dafür eine Pistole in der Hand. Ich musste ihn reden lassen, reden und reden. Solche Typen redeten sich in Trance, um zu beweisen, wie toll sie sind, und dann wurden sie unaufmerksam, und ich konnte zuschlagen. Ich tastete schon mal verstohlen nach dem Pfefferspray in meiner Hosentasche.

»Nein, nein«, sagte Georg und zielte mit der Pistole auf meine Körpermitte. »Die Hände schön oben lassen.«

Natürlich folgte ich brav. Ihn nur nicht im ungünstigen Moment provozieren!

»Du warst gar nicht überrascht, als ich hier aufgetaucht bin«, sagte er.

»Du bist auf meiner Liste ganz nach vorne gerutscht. Du hast dir einige Schnitzer erlaubt, die mir nur nicht gleich aufgefallen sind. Du hast zum Beispiel gewusst, dass der Mord am Dienstag geschehen ist, als das noch gar nicht klar war. Du hast mich nie gefragt, weshalb ich mich eigentlich für die Frau in Weiß und den Mord an ihr interessiert habe. Und du hast die Zwillingsschwester sofort erkannt, obwohl sie ganz unauffällig angezogen war und du die Frau in Weiß angeblich nur aus der Ferne gesehen hast. Die Gespenster haben mir geflüstert, dass du Lotta, also die Frau in Weiß, besser gekannt hast, als du zugeben wolltest. Du hast sogar gewusst, wo sie wohnt.«

»War nicht schwer, ihr zu folgen. Gut kombiniert, Sherlock. Ich war hier, als sie das Zimmer zum ersten Mal besichtigt und sich den Audiokommentar angehört hat. Übrigens nicht in Weiß, ganz normal gekleidet. Ich habe gemerkt, dass sie das mitgenommen hat. Weißt du, nicht dieses pflichtgemäße Entsetzen über die Schandtaten der Vergangenheit, sie war richtig fertig. Dann hat sie mir ihre Geschichte erzählt, die Geschichte von Urgroßmutter Danka.«

»Und dann habt ihr gemeinsam ein bisschen geweint, und dann hast du sie in die Arme genommen und getröstet.«

Er lachte. »Wer würde so ein Klasseweib nicht gerne trösten? Nein, so war es nicht. Wir haben uns unterhalten. Wie ungerecht es zugeht auf der Welt. Dass die einen darunter leiden, sogar kaputtgehen, und die anderen ihren Reibach machen. Und dann habe ich ihr eine andere Geschichte erzählt. Die handelte davon, wie die Kellbergs den Grundstock ihres Vermögens gelegt haben. Du weißt davon?«

»Ja. Warum gerade die Kellbergs?«

»Die Geschichte passt doch, oder nicht? Außerdem war das eine persönliche Sache.«

»Jetzt verstehe ich! Du bist immer noch sauer, dass sich die Kellbergs Häuser unter den Nagel gerissen haben und deine Familie leer ausging. Hatten sie nicht die richtigen Verbindungen? Ich hatte doch recht: Der Neid der Besitzlosen.«

»Du verstehst gar nichts. In der Systemzeit, wie die Nazis das genannt hatten, war mein Großvater ein eingefleischter Sozi. Und kaum waren die Herren an der Macht, haben sie ihn ins Lager gesteckt, zur Umerziehung. Konzentrationslager, KL, wie das damals noch abgekürzt wurde. Er hat, so hieß es in unserer Familie, nie erzählt, was dort geschehen ist, aber er war seitdem ein gebrochener Mann. Achtunddreißig hat er sich aufgehängt. Und was glaubst du, wer ihn ins Lager gebracht hat? Der alte Kellberg. Der war schon lange vor dreiunddreißig bei den Braunen. Er und der Großvater kannten sich noch aus dem Sandkasten und waren schon immer über Kreuz, nicht nur politisch. Tja, und wie das dann so ist. Großvater Kellberg machte Karriere und häufte ein Vermögen an, meine Familie überstand den Wahnsinn irgendwie. Der alte Kellberg wurde übrigens bei der Entnazifizierung als Mitläufer eingestuft, die Nazis stellten sich ja gern gegenseitig Persilscheine aus. Der junge Kellberg, der Vater von Gunter, hatte einen schwer verantwortungsvollen Drückebergerposten weitab von der Front ergaunert, mein Vater ist mit nur einem Auge und kaputter Seele aus dem Krieg heimgekommen.«

»Späte Rache? Arg spät.«

»Ach wo! Es waren einfach zwei Geschichten, die zueinander passten. Die Geschichten von Tätern und Opfern. Rache? Nein! Das alles liegt solange zurück, keiner von uns Heutigen kann was dafür. Und dass Kellberg, Gunter meine ich, das Familienerbe nicht ausgeschlagen hat, kann man ihm nicht verübeln, ich hätte es wahrscheinlich nicht anders gemacht. Vielleicht weiß er gar nichts davon, dass einige seiner Häuser kontaminiert sind, das alles wurde ja nach fünfundvierzig schön unterm Teppich gehalten.«

»Wie hat Lotta reagiert?«

»Sie hat es zur Kenntnis genommen, nichts weiter. Dann habe ich ihr, quasi als aktuellen Nachtrag, von Gunter Kellberg erzählt, dem alternden Casanova, und plötzlich ist etwas Eigenartiges passiert. Sie bekam einen merkwürdigen Gesichtsausdruck, sie hat mich über ihn ausgefragt, weißt du, so ganz unauffällig, im Plauderton, ich fand's komisch, aber konnte mir keinen Reim darauf machen. Den mach ich fertig, hat sie gemurmelt. Ich habe dem keine Bedeutung beigemessen, aber dann … Um es kurz zu machen: Kurze Zeit später habe ich sie zufällig in Hall gesehen. Sie ganz in Weiß. Sie mit Kellberg. Turteltäubchen. Es war unfassbar. Sie hat sich ihm in rasend schneller Zeit an den Hals geworfen. Mit Erfolg. Man hätte neidisch werden können.«

»Das war ihre Spezialität, um nicht zu sagen ihr Beruf. Begüterte ältere Herren sind auf sie abgefahren und haben sie willig mit Geldgeschenken überhäuft.«

»Siehst du, deshalb hätte ich nie bei ihr landen können. Ich gehöre zwar auch zu den älteren Herren, aber ich bin nicht begütert. Ich kann mir schon denken, dass Kellberg ein gutes Opfer für sie war. Wie man so hört, ist es mit seinem Schlag bei den Frauen nicht mehr so weit her. Der konnte wahrscheinlich sein Glück nicht fassen, dass ihm eine solche Frau um den Hals fiel.«

Reden lassen, reden lassen! Ich versuchte, meine Hand wieder unauffällig in die Nähe meiner Hosentasche mit dem Pfefferspray zu bringen, und er schien es nicht zu bemerken.

»Wenn ich die Gespenster richtig verstanden habe«, sagte ich, »dann wolltest du auch deinen Teil vom Kuchen. Du hast sie schließlich auf Kellberg gebracht. So eine Art Provision.«

Er lachte.

»Mann, Dillinger, du bist vielleicht eine Marke, ich könnte mich schütteln vor Lachen! Provision, das ist gut. Ja, könnte man so sagen.«

»Was ist an jenem Abend passiert?«

»Das weißt du nicht? Haben dir das die Gespenster nicht gesagt? Die haben doch alles gesehen.«

»Gespenster sind manchmal schwer zu verstehen. Das ist wie mit dem Orakel von Delphi.«

»Dann will ich dir mal auf die Sprünge helfen. Übrigens, Dillinger, deine Hand bewegt sich schon wieder zu Regionen, die mir gar nicht gefallen. Schön vorne lassen!«

Er wedelte mit der Pistole. Mist! Der Versuch war missglückt.

»Du hast wohl gedacht, mit so einem alten Knacker wirst du leicht fertig? Selbst, wenn er seinen Stock dabei hat?«

Das hatte ich, in der Tat.

»Aber du hast nichts von meinem kleinen Freund hier gewusst. Und um dir auch die letzte Illusion zu nehmen, Dillinger, ich kann damit umgehen. Ich war früher mal im Schützenverein.«

Er stand ganz ruhig da, und seine Hand mit der Pistole zitterte nicht. Das war meine vorletzte Illusion gewesen.

Aber meine Chance würde kommen.

»Wo waren wir? Ach ja! Es war so«, begann er. »Ich habe sie in der Stadt abgepasst und ihr was vorgeschmarrt von neuen Informationen, mit denen sie Kellberg endgültig an den Haken nehmen kann. Treffpunkt hier im Käshof.«

»Und sie hat große Augen gekriegt und sofort eingewilligt? Das glaube ich nicht. Die Dame war ziemlich abgebrüht und kaltschnäuzig.«

»Kann sein, dass da auch eine klitzekleine Erpressung dabei war. So in dem Sinne, dass ich Kellberg ja mal einen Hinweis geben könnte, welche Laus sich da in seinem Pelz eingenistet hat.«

»Und das hat gewirkt.«

»Scheint so. Jedenfalls ist sie gekommen.«

»Aber sie hat dir nicht getraut. Deshalb die Pistole.«

»Könnte man so interpretieren, ja.«

»Woher hatte sie die Pistole?«

»Woher soll ich das wissen? Ich hatte keine Gelegenheit mehr, sie danach zu fragen. Ich habe die Pistole ja überhaupt nur bemerkt, weil du die Handtasche ausgeleert hast. Siehst du, Dillinger, Neugierde kann gefährlich sein. Man vergreift sich nicht an der Handtasche einer Frau, das solltest du eigentlich wissen.«

Ich hatte damit begonnen, mein Gewicht immer wieder von einem Bein aufs andere zu verlagern, als würde mich das Stehen anstrengen. Dabei schob ich mich millimeterweise auf ihn zu. Ich müsste den Abstand zu ihm verringern, damit ich mich auf ihn stürzen konnte. Das könnte gelingen. Das musste gelingen! Ich war jünger, ich war schneller, ich war stärker.

»Und dann?«, fragte ich. »Was war mit deinen neuen Informationen?«

»Die neuen Informationen waren die, dass ich auch was von der Sache haben wollte. Musste ja kein Geld sein. Hin und wieder eine Gefälligkeit, du verstehst schon.«

»Du bist widerlich, Georg!«

»Ach, hör mir doch auf mit deinem Moralgesülze! Was hat sie denn mit Kellberg gemacht? Meinst du, das war die große Liebe? Das war ein ganz kaltes Tauschgeschäft: Geld gegen – du weißt schon, was.«

Reden, reden!

Ich sagte: »Vielleicht ging es Kellberg nicht nur um Sex, sondern um Zärtlichkeit, Geborgenheit, um Nähe.«

»Und? Wo ist da der Unterschied? Er hat nur eine Täuschung bekommen.«

»Vielleicht sind wir bisweilen bereit, auch eine Illusion hinzunehmen. Sogar dafür zu bezahlen. Ein emotionales Investment sozusagen.«

»Esoterischer Quark! Was hampelst du eigentlich dauernd so rum? Bleib mal ruhig stehen. Und schön auf Abstand bleiben!«

»Ich nehme an, Lotta war von deinen Begehrlichkeiten nicht begeistert?«

»Sagen wir's so: Die Verhandlungen waren festgefahren. Und dann bist du gekommen, ich habe aus dem Fenster in der Wohnstube gesehen, wie du den Weg hochgestapft bist. Ich habe sie gepackt und bin mit ihr auf den Dachstock gegangen.«

»Freiwillig?«

»Und bist du nicht willig ... Du kennst das, hat so ein Großdichter gesagt. Nein, überhaupt nicht freiwillig, ich hatte ziemlich zu tun, sie festzuhalten und ihr den Mund zuzuhalten. Der Kerl wird ja gleich wieder gehen, habe ich gedacht, aber du Idiot musstest ja auf den Dachstock hochkommen. Und da hat sie sich losgerissen. Na ja, vielleicht habe ich sie auch etwas geschubst.«

»Und auf mich bist du mit dem Stock losgegangen.«

»So war es. Du hast noch geatmet, sie nicht. Also habe ich mich um die Leiche gekümmert.«

»Warum hast du mich nicht endgültig erledigt?«

»Komischerweise hatte ich Hemmungen, nochmals zuzuschlagen.«

»Wie rücksichtsvoll von dir.«

»Keine Ursache. Aber wie du mittlerweile unschwer erraten hast, war dein Ende nur aufgeschoben. Du wirst lästig, Dillinger, du stellst zu viele Fragen.«

»Damit kommst du nicht durch. Lotta hat Tagebuch geschrieben.«

»Netter Versuch, Dillinger. Uralter Trick, darauf falle ich nicht herein. Und wenn schon! Wer will mir etwas nachweisen? Der Stock, wie gesagt, ist verbrannt, die Pistole wird so entsorgt, dass sie garantiert nicht gefunden wird, und wie du vielleicht bemerkt hast, trage ich Handschuhe. Also keine Schmauchspuren.«

»Warum hast du ihre Handtasche liegen lassen?«

»Kleine Irritation. Hat nur nicht viel genützt. So, Dillinger, und jetzt verabschiede dich von dieser Welt. Du wirst dich nun zu den Gespenstern gesellen und darfst hier im Käshof herumspuken.«

»Nicht so schnell, Georg! Warum warst du bei Lea? Warum warst du bei Kellberg? Hast du vom Padre gewusst? Warum hat Lotta die Wohnung als Lea angemietet? Wer war die Frau, die an der Kasse nach der Handtasche gefragt hat? Welche Handtasche? Da sind noch viele Fragen offen. Fragen von existentieller Bedeutung, die kann man nicht so stehen lassen.«

»Muss man denn immer alles erklären? Ist es nicht schöner, wenn ein paar Rätsel bleiben? Ungelöste Geheimnisse beflügeln die Fantasie.«

»Das wird der großen Schar meiner Fans aber gar nicht gefallen.«

»Sie werden es überleben, im Gegensatz zu dir, Sherlock. Hast dich etwas überschätzt. Kleine Geister sollten die Wege der großen nicht stören.«

Er richtete die Pistole auf mich. Das war doch nur Spaß, oder? Der würde doch nicht wirklich abdrücken, oder? Ein lächerlicher Versuch, mich einzuschüchtern.

Es war nicht das erste Mal, dass eine Waffe auf mich gerichtet war, und jedes Mal war es gut ausgegangen. Für mich. Na ja, oft genug *with a little help from my friends.* Jeden Moment konnte sich Keller um die Ecke schleichen und ihm die Dienstwaffe ins Kreuz drücken, die er nie trug. Sonja veranstaltete ein paar Wirbel mit ihren Beinen, so schnell, dass man gar nicht folgen konnte, wozu sonst hatte sie einen schwarzen Gürtel oder pinkfarbenen oder sonst was. Helmar Haag blies ihm den Rauch seiner Pfeife ins Gesicht und drohte ihm eine weitere Wolke an, das haute den entschlossensten Mann um.

Die betrübliche Tatsache freilich war, und ich konnte nicht umhin, ihr ins Auge zu sehen: Ich war allein. Nicht mal ein Gespenst ließ sich blicken, nicht mal ein klitzekleines, eines, das vielleicht noch in der Ausbildung war und jetzt zum ersten Mal zeigen durfte, was es gelernt hat.

Nur der Wind rüttelte an den Fensterläden, ein kleines bisschen, als wollte er sagen, mehr lohnt sich die Mühe nicht.

Georg grinste. Er musste nichts mehr sagen, sein Grinsen genügte.

Er krümmte seinen Zeigefinger, und es gab einen ohrenbetäubenden Knall.

Ich sah die Kugel auf mich zufliegen.

Man sagt ja, wenn man dem Tod ins Auge blickt, zieht das ganze Leben im Zeitraffer an einem vorüber. Das stimmt so nicht ganz. Die Kugel kam immer näher, und ich war erst bei meiner Frühpubertät angelangt, als ich auf der Oberlimpurg versuchte, meinen Finger in das Höschen eines Mädchens zu schieben, dessen Name mir entfallen ist. Und dann gab es einen rasanten Vorlauf, und ich sah nebelhaft Sonja mit der Birkin Bag und ihre wirbelnden Beine und Kellers grimmige Miene und Helmar Haag stand da und notierte etwas in seinem Block und über allem schwebte Lea, die es zustande brachte, gleichzeitig besorgt zu schauen und zu lächeln.

Näher und näher.

Und dann –

Anscheinend bin ich tot.

Nachwort

Das Freilandmuseum in Wackershofen ist immer einen Besuch wert, nicht nur wegen des Käshofes, der von oben majestätisch auf das Tal hinabblickt. Seine Geschichte und die seiner Bewohner ist in den Schriftenreihen des Freilandmuseums gut dokumentiert, auch die Geschichte der Ilse Rosenfelder, die hier verkürzt wiedergegeben ist.

Auch Zwangsarbeiter waren im Käshof einquartiert, Urgroßmutter Danka aus Polen allerdings war nicht darunter. Sie ist meine Erfindung, wie alle Personen und Geschehnisse in diesem Buch. Einschließlich des Herrn namens Georg, der in seiner Pflichtvergessenheit nicht auf dem Dachstock nachgesehen und dadurch Dillingers Fall erst ermöglicht hat. In der Wirklichkeit wäre das nicht passiert.

Das ist ja das Schöne an einem Roman (und dies ist ein Roman, nichts sonst), dass der Autor sich die Realität so zurechtbiegen kann, wie er es braucht. Ich habe davon reichlich Gebrauch gemacht.

Es ist zum Beispiel undenkbar, dass man es sich des Nachts in einem der Häuser gemütlich macht, wie Dillinger das tut. Das geht nicht. Also gar nicht erst versuchen!